所有美好的遇见
都值得特别珍惜

崔修建 著

时代文艺出版社

图书在版编目（CIP）数据

所有美好的遇见都值得特别珍惜 / 崔修建著. —长春：时代文艺出版社，2019.2

ISBN 978-7-5387-5921-1

Ⅰ.①所… Ⅱ.①崔… Ⅲ.①散文集－中国－当代 Ⅳ.①I267

中国版本图书馆CIP数据核字（2018）第129089号

出 品 人	陈 琛
产品总监	郭力家
选题策划	凌 翔
	方 伟
责任编辑	田 野
助理编辑	吕 天
装帧设计	孙 利
排版制作	隋淑凤

本书著作权、版式和装帧设计受国际版权公约和中华人民共和国著作权法保护
本书所有文字、图片和示意图等专有使用权为时代文艺出版社所有
未事先获得时代文艺出版社许可
本书的任何部分不得以图表、电子、影印、缩拍、录音和其他任何手段
进行复制和转载，违者必究

所有美好的遇见都值得特别珍惜
崔修建 著

出版发行 / 时代文艺出版社
地址 / 长春市泰来街1825号　时代文艺出版社　邮编 / 130011
总编办 / 0431-86012927　发行部 / 0431-86012957　北京开发部 / 010-63108163
官方微博 / weibo.com / tlapress　天猫旗舰店 / sdwycbsgf.tmall.com
印刷 / 三河市万龙印装有限公司
开本 / 640mm×910mm　1 / 16　字数 / 236千字　印张 / 19
版次 / 2019年2月第1版　印次 / 2019年2月第1次印刷　定价 / 38.00元

图书如有印装错误　请寄回印厂调换

目录

辑一　世间所有的相遇都值得珍重

那样的遇见，真好 / 002

温暖一生的圣诞卡 / 007

甘甜的不只是井水 / 009

约你一起开花 / 012

永远的糖醋黄瓜 / 015

一束久久芬芳的纸玫瑰 / 019

没有打开心扉的钥匙 / 023

无言的爱 / 026

幸福的石子 / 028

清风明月里的瓜语 / 031

走遥遥的路去远方看她 / 035

那样爱着有多好 / 038

辑二 倾听每一朵花的声音

甜润生命的柿子 / 044

我在美国借钱 / 047

怀揣两块糖 / 051

会飞的发卡 / 053

教育的威力 / 058

学会倾听 / 060

母亲不为儿子骄傲 / 062

爱自己，才能好好地爱你 / 065

祖母的一针一线 / 068

微笑的力量 / 071

爱情知道 / 073

凝望生命的绿草地 / 076

辑三 一句问候，一生温暖

难忘那一语暖暖的问候 / 080

谢谢你纯真的赞美 / 083

温情秘方 / 086

玫瑰花茶 / 088

洒金的画报 / 091

不想辜负了他的爱 / 095

相信你也拥有一份美丽 / 099

寒冷的日子里我们靠什么取暖 / 103
爱的信笺 / 106
祖父最珍贵的遗产 / 108
提醒，是一种特别的爱 / 112

辑四　孤独，从来就不是谁的宿命

融入城市的父亲 / 116
赠一张阳光名片 / 119
老师的样子像天使 / 122
爱的援手 / 126
风雨打工路，打不碎我青春飞扬的梦 / 128
九十岁的眼，二十岁的泪 / 133
近处的星光 / 138
桃花村里的丑奶奶 / 140
爱的肩膀 / 144
有一种玩笑叫伤害 / 148
爱情的味道 / 151
难忘的一课 / 154
从前，是一道无解的方程 / 156

辑五　聊着聊着，我们就成了亲人

一粒花籽，馨香满园 / 160

你也可以做喜剧的主角 / 165
送给母亲最好的生日礼物 / 169
不老的思念 / 173
拾破烂的亲戚 / 175
爱是一勺盐 / 177
感谢曾经快乐的加塞 / 180
爱的天性 / 185
远近都是爱 / 189
爱情是一溪活泼的流水 / 191

辑六　幸好，爱一直都在

默然相爱，悄然欢喜 / 196
只想与你暖暖地在一起 / 199
幸好，爱一直都在 / 209
爱着就幸福 / 213
本次航班抵达爱情 / 216
我在你身后伫立已久 / 221

辑七　谢谢你曾来过我的世界

缘尽时，请把爱留下 / 226
流泪的爱情童话 / 228
你是从妈妈心里生出来的 / 231

不是一般的笨呀 / 233
只是路过你 / 236
默默地喜欢他,一去经年 / 242
曾经那样深深地爱过 / 245
其实你我都没有错 / 249
今夜,我为你写一首清纯的小诗 / 255
真爱如陶 / 257

辑八　因为懂得,所以珍惜

今生没有赶赴的约会 / 262
因为懂得 / 266
永远的豆香 / 270
幸福着他的幸福 / 273
母爱深深深几许 / 276
美丽的土豆 / 279
呵护孩子晶莹的心愿 / 283
与爱同行 / 286
幸福的爱情需要留个抽屉 / 289
你的秘密,我不说 / 293

辑一／世间所有的相遇都值得珍重

既然命运已经安排你我在茫茫人海相遇，我们就应该敞开心扉，让我的真诚握住你的真诚，在滚滚红尘里结一份美好的缘，无论光阴如何流转，你我明媚的笑容，连同并肩走过的那些醉人的风景，都是今生无法忘怀的珍藏。

那样的遇见，真好

来自江南水乡的她，十六岁那年，便只身来到美国西雅图求学。八年后，她如愿拿到了博士学位，并顺利地进入了当地的一所大学工作。

读研期间，她与一位来自中国的留学生有过一段短暂的爱情。那个家境优越的公子，长得很帅气，还喜欢制造一些浪漫，出手也阔绰，令她惊诧不已的生日礼物，便是他送上的九百九十九朵鲜艳欲滴的玫瑰。

她不是一个贪恋财物的女孩儿，但他的慷慨还是满足了她那小小的虚荣心。何况，从一个男人为喜欢的女人花钱这一点上，有时是可以看出他爱的程度的。我曾在好几本书里，读到过诸如此类的爱情论断。

你侬我侬的爱情，随着流水一样的日子款款地向前行走着。

然而，善始的爱，却未能如愿善终。那一日，她看到他与另一位漂亮的女孩儿，牵手说笑着走进了一间酒吧，她心里陡然掠过一阵瑟瑟的凉，虽说正是烈日炎炎的六月。

他倒是直言不讳，说他与她的爱结束了，因为精力充沛的他又遇到了新欢。她自然不会失了尊严，用哀怜挽留那份爱，更不会去乞求他回到自己身边。尽管她对那份爱，曾有过许多美好的憧憬，但她内心里更清楚，爱曾来过，又走了，走了就是走了，再怎么哭泣也是无济于事的。

但是，毕竟是初恋，毕竟她很倾心地投入过，那些看不见的伤藏在心灵的深处，旁人是看不到的，唯有她自己知道，在她那故作不以为然的背后，其实隐忍了怎样的疼与痛。

此后，好长一段时间里，她不敢再碰爱情，生怕不小心会再次被伤害。

那天，她参加了一个志愿者协会组织的募捐活动，去社区为北非的一些穷困百姓募集衣物。当她抱着一大包衣物，正气喘吁吁地往车上装的时候，那个脸膛黑黑的他快步走过来，帮了她一把。她回头一笑，对他表示了自己的谢意。他则孩子似的咧嘴笑了，一口雪白的牙，与他黝黑的肌肤形成了鲜明的反差。

他友好地自我介绍道："我叫孔龙，孔子的孔，成龙的龙。"

她很惊讶他的汉语说得那么流利："你去过中国？怎么起了一个中国名字？"

他很骄傲地告诉她，他曾在北京留学三年，因为特别喜欢中国古代思想家、教育家孔子，还很崇拜中国的功夫明星成龙，就给自己起了一个中国名字，每每遇到中国人，他都会自豪地介绍自己的名字。他说他还结交了许多中国朋友，有几位东北的哥们儿，现在还经常发电子邮件，邀请他去中国吃猪肉炖粉条呢。

他的一席话，让她不禁想起了故乡，想起了镌刻在记忆中的那些小桥流水人家。

很奇怪，仿佛他就是家乡人。她立刻便生出一份亲切，对名字有一些好笑的他。

随即，他与她一同驱车把募集到的衣物送到协会指定的地点。路上，随着进一步交谈，她得知他来自北非的利比亚，是一家大公司派驻到美国的商贸代表。

她立刻想起了三毛笔下的撒哈拉大沙漠，想起了三毛与荷西演绎的那些浪漫情节，便问了他几个有关撒哈拉沙漠的小问题，他竟饶有兴致地向她讲述了好几个神奇的故事，让她不禁对撒哈拉沙漠更加心生向往了。

说到兴致处，他突然一脸认真地对她说："如果你不反对，我想送你一件特别的礼物。"

"好啊！是什么礼物呢？"她仰起头来，努力地猜测起来。

"先保密，但你一定会喜欢的。"他故作神秘的样子是那么真诚可爱。

"那好吧，我就等着你的宝贵礼物了。这是我的住址和电话，别弄丢了啊。"她突然对他产生了浓厚的兴趣，渴望更深入地走进他的世界。

与他分开不过是几天的时间，她却有了漫长的感觉。好几次，她想给他打电话，借口问问他的礼物什么时候送她，其实只是想听听他的声音。

但她还是忍住了，她现在更相信世间真的有一种叫缘分的东西，就像他与她的相识是一种缘，她期待着再次相遇的机缘。

一个月后，她惊喜地接到他的电话，说他刚从利比亚回来，给她带来了礼物。

原来，是串上了银丝链的一朵沙漠玫瑰，她曾在一本书中看到过，知道它的确很特别。

望着那经历了无数风雨沧桑的洗礼,才凝结成的晶莹剔透的沙漠玫瑰,她一时感慨万千,说不出的温暖,从心底缕缕地升起。

"喜欢吗?"看到她走神了,他竟有些手足无措了。

"很喜欢,谢谢你送我这么珍贵的礼物。"她恍然发觉自己思绪飘远了。

"喜欢就好,这是我祖母送给我的,能保佑你一生平安,很灵验的。"说着,他将它轻轻地挂到她的颈上。

"这么贵重啊?我、我……"她猛地想起了外婆的那个代代相传的玉佩,猜想它一定有着难以估量的信物价值。

"我觉得,你戴上它是最合适的。"他笑容可掬地望着她,眼睛里盈满了爱意。

"那我要你送一件什么礼物呢?"她似在问他,其实是在问自己。

"把你一辈子的喜欢送给我,就行了。"

"你倒是很贪婪啊!"她在他脑门上轻轻一点,心里却满是欢喜。

"因为我也会送你一辈子的喜欢啊,我们向上帝宣告,我们是一样的认真,一样的持久。"

是的,爱情就这样不约而至,拦也拦不住。

遇见了他,她的天空突然增添了绚丽的色彩,波澜不惊的生活陡然多了情趣。因为他的善良、热情,还有一种孩子般的活泼,让她感觉与他在一起的日子,每一刻都充满了快乐。

不久,她在人们的惊讶中,辞掉了令人羡慕的工作,随他去了利比亚首都的黎波里,去一个慈善组织做一名整日忙碌的志愿者。他也回到了利比亚的公司总部。

她逗他:"你要辛苦多赚钱啊,因为我要四处去奉献爱心。"

他很男子汉气概地告诉她："你尽管去做自己喜欢的事情吧，我做你最坚强的后盾。"

他们的日子不算富裕，但恩爱的两个人始终很快乐，很充实。

她说，她不会想到会那样遇见他，会因他而使自己的人生有了新的方向，生活变得明媚而富足。

温暖一生的圣诞卡

那是寒冷的冬天的一个早上,世界巨富、著名的"钢铁大王"卡耐基像往常一样简单地用过早餐,便开始忙碌地处理起一天的繁重事务。

突然,他的目光停留在一封陌生的来信上面。写信人是纽约市一个名叫琼斯的乞丐。在信中,琼斯对卡耐基说自己没有亲人,也没有朋友,要过圣诞节了,他希望卡耐基能够以朋友的名义给他寄一张圣诞卡,给他写两句圣诞祝福,他还承诺付给卡耐基购买圣诞卡的费用和邮资。

又读了两遍那夹杂着几个错别字的七扭八歪的信,卡耐基拿起了电话,他想让助手替他找一张贺卡来,但马上又改变了主意,他搁下手头的一大堆工作,走出办公室,来到邮局,亲自挑选了一张精美的可以播放音乐的圣诞卡,认真地写下这样的祝福:圣诞老人不会忘记每一个有梦想的人,你也不例外,就像相信我可以是你的一个朋友一样,相信你的明天会更好。在贺卡下面，卡耐基工工整整地签上了自己的名字。

将圣诞卡投进了邮箱，卡耐基慢慢地走在节日氛围已开始浓郁起来的大街上，他猜想着琼斯接到圣诞卡时的神情，脸上露出了笑意。

一周后，琼斯的第二封信翩然而至，信中写满了感激的话语，里面还夹着十美元，他说尽管卡耐基先生在圣诞卡中夹了一张纸条，告诉他不必付邮资和卡费，但他还是要信守自己的承诺。卡耐基回信特别赞赏了琼斯，说他这位未曾谋面的朋友给自己留下了良好的印象。

数年后，卡耐基几乎已忘却了当年给琼斯邮寄圣诞卡的事，但来自洛杉矶的一封特别的感谢信，给曾经的往事续写了一个美好的结局——琼斯告诉卡耐基：当初向他请求寄一张圣诞卡，是寂寞中跟几个乞丐打赌，因为他的同伴都认为像卡耐基那样的成功人士根本不会在意他这样身份卑微的小人物，更不可能亲自给他这样街头随处可见的乞丐寄圣诞卡的。他在寄出那封信后就认准自己输定了。当他很快便收到卡耐基亲笔签名的圣诞卡，读到那将他视为朋友的祝福时，他的心灵受到了极大的震撼，他做的第一件事，便是极其认真地给卡耐基写下那封回信。接着，他开始思索该怎样经营自己今后的人生。

几经挫折，他成为洛杉矶一家著名船厂的高级职员。他在信中一再感谢卡耐基：是您当年对一个乞丐慷慨馈赠的那份尊重和真诚的祝福，温暖了我的那个冬天，甚至可以说是温暖了我的后半生，在最困难的时候，一想到那张圣诞卡，想到您这位骄傲的朋友，我周身上下便骤然有了无穷的力量……

甘甜的不只是井水

在通往某旅游区的路旁，住着一位心地善良的老人。老人有一口井，据说打到了泉眼上，因而不仅水量充裕，而且特别清澈、甘甜，来往的过路人喝一口他的井水，总忍不住要喝第二口。

在旅游的旺季，那些来自远方城市的大小车辆，总会在老人的小屋前停下来。那些游客中偶有一人喝了老人的井水，总会惊讶地大声地呼唤同伴快来品尝。

于是，众人就涌到老人的井旁，痛快地喝着井水，不住地赞叹，说那井水比他们随身携带的高级饮料还好喝，有的游客干脆倒了饮料，灌上井水；有觉得不过瘾的，就干脆装上满满的一壶，带到路上继续喝。

老人看着那些城里人畅快地饮着井水，听着不绝于耳的赞美，心里美滋滋的，嘴里不断地让着："好喝就多喝点儿，这井水喝不坏肚子的，还治病呢。"

看老人如此热情，又听说井水还能治病，游客们喝得更来劲了。有不少人临走时，还不忘用大壶小桶装得满满的，说带回去给家里人尝尝。

游客中有人嬉笑说："老人家，喝你的井水，你应该收费啊。"

老人就摇头："喝点儿水，还收什么费呢？愿意喝，你们就管够喝。"

看到老人如此慷慨，很多游客就把身上带的好吃的、好喝的，争着、抢着往老人手里塞，说让老人品尝品尝他可能没吃过的城里的东西。

老人推让不得，就像欠了游客许多似的，忙着跑到园子里，摘些新鲜的瓜果塞到大家的兜里，看着他们高高兴兴地吃着、喝着，他也兴奋得跟过年似的。

就这样，不知不觉过了好几年，老人和他的那口井不知接待了多少游客。

有一年，老人病了，被他的儿子接到县城里了，他的一个侄子来替他看屋。

游客又来喝井水了，他的侄子见此情景，觉得发财的机会到了，就灌了许多瓶井水，摆放在路口，标价出售。

奇怪的是，竟无人问津。

老人的侄子就埋怨：这些城里人真抠，光想不花钱喝水。游客们则议论纷纷：井水都拿来卖钱了，这人想挣钱想疯了吧。再说他那瓶子干净吗？水里放别的东西了没有？……

于是，老人的小屋前再没了往年热闹的场面，人们下车也只是方便方便，没人去讨水喝，更没有人给老人的侄子送东西了。似乎人们忘了或根本不知道眼前还有一口清泉，那清澈、甘甜的井水，足以让人陶醉。

　　老人病好归来后，又开始免费供应井水，前来喝水的游客又渐渐多了起来，游客们纷纷给老人带来很多物品，有的还很贵重，老人推都推不掉，还有不少人真诚地邀请老人去城里做客……

　　道理就这么简单：一样清澈、甘甜的井水，慷慨地馈赠，得到的是真诚的感激和酬谢，而一味地贪图回报，收到的则是无端的怀疑和必然的冷落。如那句俗语所言"送人玫瑰，手有余香"，多给他人一些滋润，自己也必将得到滋润。

约你一起开花

那年，几位好朋友都考上了省重点高中，他只考入了一所普通高中，失望之余，他随手写了一篇文章，宣泄心中的郁闷，没想到竟在《成才之路》上发表了。不久，他收到了几十位读者的来信，这其中就有薇薇的。

薇薇的文笔很好，读着她字迹娟秀的信，他的眼泪止不住地流了出来——生活在云南一个偏远大山里的她，有一个不幸的家庭，父亲早逝，母亲又染上了糖尿病，家里欠了一大堆债务。要升初三时，品学兼优的她在老师和同学们的惋惜声中被迫辍学了，挑起了家庭的重担。可她实在太喜欢读书了，每次从校园旁边走过，她的目光里都充满了伤感和无奈……

薇薇的遭遇扣动了他的心扉。在那个阳光灿烂的中午，他猛然发觉：和薇薇相比，其实自己还是很幸福的，他所碰到的一点点的挫折，实在是不值得一提。

那个下午，躲在小屋里，他第一次很认真地给一个陌生的女孩儿写信。他字斟句酌了许久，才写完那封带着关心和期待的长信。在信里，他热情鼓励薇薇勇敢地面对生活中的不幸，他愿意尽全力帮助她实现重返校园的梦想。

他把第一笔稿费和积攒了几年的压岁钱全都寄给了薇薇，并和她相约：我们要一起拿起手中的笔，写下青春不败的诗文，用挣来的稿费完成一样优秀的学业……

很快，薇薇的回信就到了。一枚漂亮红色树叶做的书签滑落在案头，在那生动的字里行间，他读到了她坚强的心声。那一刻，他真切地感到东北与西南相距已不再遥远，因为两颗年轻的心贴得很近很近。

薇薇说她本不应该接受他这个中学生资助的，可她太想上学了，便用他寄去的钱交了学费，又回到了校园。

他连忙去信安慰她，说等她将来挣钱了，可以再还他的，让她现在只管安心地读书就是了。他还特意夸大了一番自己的家庭收入情况，让她觉得他帮助她一下，不过是举手之劳。后来，他还断断续续地给她寄去一些学习资料和书籍。

他和薇薇的通信都是秘密进行的，他们约好了每月通信一封。自从和薇薇通信以后，他的心情一下子好起来，整天乐呵呵的，做什么事情都很有热情，学习更勤奋了，生活更俭朴了，成熟得让老师和家长都惊喜不已。他们不知道，他心里藏着一个秘密——他要和远方的薇薇比优秀，他还要尽力帮助她完成学业。

其实，他的家境也很一般，父母都是普通的工薪阶层。为了更好地帮助薇薇，学习之余，他充分发挥自己的写作特长，把所有的业余时间都花在了写作上，频频向报刊投稿，文章接连不断地发表出来。他告诉父母他的稿费存起来准备上大学用，实际上全都寄给了薇薇。

不久，薇薇在他的指点下，也开始给杂志投稿。当她的第一篇文章发表后，他和她一样整整好几天都沉浸在喜悦之中，他们一同开始憧憬起美好的未来。

高一期末考试，他考出了上学以来最好的成绩——名列年级第三。爸爸妈妈高兴得要给他一份奖励，他选了一台售价三百元的二手电脑，只是为了方便写作。

薇薇很聪明，每次考试都是年级第一，她在写作方面也后来居上，她的各类文章频频出现在报刊上，还连着获了三次征文比赛奖，被评为当地的"十佳校园作家"呢。她不让他再给她寄钱了，她说她可以用稿费供自己读书了。

可他依然给她寄钱，他说自己暂时用不上，可以用这些钱给她妈妈买点儿药，把病治一治。

因为一篇文章、一封信，他们开始用真诚编织一份纯洁如水的友情，他们一起走出了花季中的烦恼，走进了一片亮丽的天地，成为一对不曾谋面却心心相印的好朋友。如今，他马上要高考了，她也要升入高三了。他们一起满怀信心地相约——在大学里相见。

另外，他们还有一个美丽的约定——待时机成熟，他们将合出一本作品集，书名就叫"约你一起开花"。

没错，因为有了这一份美丽的相约，他们青春的岁月里注定将有许多难以忘怀的情节，他们成长的路上才有了那么多动人的故事……

永远的糖醋黄瓜

男孩儿来自偏远的山村，家境极为贫寒，他读师专的学费和各种生活费用，全靠自己辛苦打工积攒，因而他是全校最忙碌的学生，同时兼了好几份工作，整天没日没夜地忙忙碌碌。认识他时，住在本市、家境优越的女孩儿正在外语学院德语系。就在那一次高校文艺会演中，女孩儿悄悄地喜欢上了聪慧、朴实的男孩儿，并开始找了许多漂亮的借口，一次次跑到男孩儿读书的师专看他。

在两次不遇而归后，女孩儿见到了刚刚做完家教回校的男孩儿。这时，她已等了他足足三个小时，男孩儿同寝室的同学都羡慕他，羡慕那么漂亮的女孩儿竟对他如此痴情。

那天，已快过食堂的饭点了，男孩儿提议去校园附近的饭店，女孩儿嫣然一笑："我最喜欢吃的是糖醋黄瓜，听说你们学校食堂做得不错，能领我去品尝一下吗？"

男孩儿面露难色："当然可以，只是现在恐怕没别的菜了。"

"一个菜就足够了，比起山珍海味来，女孩儿家还是更看重体形的优美。"女孩儿的自然随和中，透着一尘不染的真诚。

男孩儿欣然为女孩儿点了一盘糖醋黄瓜，他自己则要了两个蒜茄子。

看着女孩儿吃得很香甜的样子，囊中羞涩的男孩儿心里有点儿释然，但还有一点儿困惑："你怎么知道我们学校的糖醋黄瓜好吃？"

女孩儿莞尔："我从小就喜欢各种小吃，尤其是糖醋黄瓜，更是百吃不厌，自然知道到哪里讨口福了。对了，我们学校跟前刚开了一家西安风味小吃店，哪天你到我学校，我请你去品尝一下，好吗？"

男孩儿愉快地答应了，但他许久没有去外语学院，一是因为他实在太忙了，二是他很自卑，尽管他内心里很喜欢那个纯洁、美丽的女孩儿，却固执地认为自己根本配不上女孩儿，没有资格与她共涉爱河。

聪明的女孩儿早已看出男孩儿的心理，她也不曾说破心里的秘密，只是寻了借口，就倒几路公共汽车，到男孩儿的学校看他。每次去他那里，她都要高兴地跟男孩儿去食堂点一盘糖醋黄瓜，那极便宜的小菜，竟成了女孩儿的最爱。当女孩儿请男孩儿吃饭时，她总要为他点一份排骨或别的肉类，男孩儿起初有些不好意思，说自己请她吃的都是价格低廉的素菜，她却请他吃大鱼大肉。

女孩儿笑着狡辩道："我们这是荤素搭配，吃着不累。"

"那叫'男女搭配，干活不累'。"男孩儿认真地纠正女孩儿。

"道理一样，我觉得这样很开心的，你就不要破坏本女士的情绪了。"女孩儿拿出了可爱的任性，说了一串男孩儿听不懂的德语，然后狡黠地冲男孩儿甜甜一笑，温暖得男孩儿再也找不到反驳的词汇了。

云淡风轻的日子匆匆而过，因了女孩儿的柔情闯入，男孩儿心里竟有了糖醋黄瓜的味道——甜润清爽之中，透着一丝丝意犹未尽的酸味。

暑假的一个周末，父母均不在家，女孩儿邀请男孩儿去她家做客，女孩儿亲自动手做了一桌子丰盛的菜肴，却没有以往每餐必备的糖醋黄瓜。

男孩儿惊奇地问女孩儿："怎么没做你最喜欢的糖醋黄瓜？"

"那道菜，我要等着你来做呢。"女孩儿的笑窝里藏着让人怜爱的调皮。

男孩儿挠挠头，有点儿为难："现在不行，等我学会了，一定做给你吃。"

"那就一言为定，我等着你早日给我做糖醋黄瓜吃。不过，你准备给我做什么风味的？做多久呢？"女孩儿说出这话时，脸上不觉已是一片绯红。

"我，我听你的……"四目相对时，男孩儿读懂了女孩儿那热烈的心思。

毫无疑问，那顿午餐还没开始，他们心中已被幸福盈满了。

男孩儿回去后，马上从图书馆借来一大堆菜谱，在同学们惊奇的打趣中，翻找出东西南北中各地不同风味的糖醋黄瓜的做法，还像一个小学生似的，买来黄瓜和各种配料，在寝室里一遍遍地实习起来。三个月后，他终于做出了让同学们都夸赞的味道颇佳的糖醋黄瓜。

然而，生活中总是有太多的波折，本以为会与男孩儿牵手走过幸福一生的女孩儿，竟还没吃到他的糖醋黄瓜，就怅然地与他分手了。事情的原因简单而复杂，女孩儿的父母坚决反对她与男孩儿的爱情，因为他们马上就要举家迁往德国了，女孩儿凭其优异的学业和殷实的家庭背景，必将有着令人羡慕的前途，而男孩儿按当初签订的委托合同，毕业后将要回到那个偏远的山村，做一个清贫的教书匠。孝顺的女孩儿在与父母进行了一番热烈的争执后，还是向父母妥协了。

男孩儿能够理解女孩儿父母的苦衷，也能理解女孩儿最后的抉择。其实，能与女孩儿拥有那样一段清纯、浪漫的初恋，他已十分满足了，尽管那样的结局，让他的内心浸满了难言的酸涩，他还是故作坦然地接受了命运的安排。

女孩儿很快便不辞而别，踏上赴德国求学的路。男孩儿知道她离去时，心里的痛苦不会比他更轻。一年后，男孩儿回到山村教书，接着娶妻生子，简单而实在的日子流水一样朝前走去。

十几年后，男孩儿考上了博士，带着妻儿定居在南方的一座繁华都市。这期间，没有女孩儿的任何消息。

一天，朋友从日本归来，带回一罐黄瓜腌渍的风味小菜。他举箸一品，怎么竟像是自己当年制作的糖醋黄瓜，再品，感觉依然。待他拿起那瓶罐仔细一端详，不禁哑然：这个粗心的朋友，买回的正是黑龙江省出口到那里的地方小菜。

望着桌子上那个包装精美的小罐，男孩儿的心猛地一颤，女孩儿那年轻的笑容再次浮现在眼前，那些与糖醋黄瓜相关的往事也清晰得宛若都发生在昨天，他和她曾经的点点滴滴，都绵绵不绝地涌来。

哦，那酸酸的、甜甜的，正是从未飘出心海的记忆啊。男孩儿明白了，岁月可以苍老人生，但美好的情感却会永远年轻，就像那酸甜的糖醋黄瓜，无论时光怎样流逝，无论走过怎样的千山万水，都将是他今生品味不已的一道美味……

一束久久芬芳的纸玫瑰

那是一个极其偏僻的小山村,连绵的大山几乎将其与外面的世界完全隔开了。

带着一缕天真,师大毕业不久,她就主动报名来这里支教。报到那天,全村的男女老少都来了,来看第一位要在小山村里至少工作三年的大学生。那热烈的场面,只有在影视剧中才见得到,兴奋得她连忙写信给男朋友——枫。

可枫的信迟迟不来,她预感到他们之间的裂痕在扩大。要知道,决定来这里支教的前夕,他们曾很激烈地争执过。他劝她留在县城他姑姑联系好的国税局工作,不要到遥远的山村自讨苦吃,而天性浪漫的她偏偏要放弃别人羡慕的好单位,要体验一下山村女教师的生活。

枫自然说不过她,他赌气地说她将来肯定会后悔的。

她很坚决地回敬他:"我从不为我的选择后悔,没准哪一天你也会喜欢上那里呢。"

他摇头："你天真去吧，再过情人节时，你不怕没人给你送花就行。"

"我才不怕呢，没准那儿还真有人给我送花呢。"这样说时，她的心里涌过一丝担忧。

她记得大一那年的情人节，早上打水回到寝室，猛然看到床头插着一支鲜红的玫瑰，她激动地扑上前去，看着红丝带上飘着的那个让她心动的名字，幸福地闭上了眼睛。此后每年的情人节，她都会欣喜地收到枫送来的爱情玫瑰。大学最后一次的情人节，枫送给她的是一朵特大的、罕见的红玫瑰。他骄傲地告诉她，他跑了十多个花店，比较了又比较，才选中了这最大的一朵，以表达他心中的爱意。

然而，那样美丽的爱情也要像那些鲜艳的玫瑰一样凋零吗？离开那座大城市以后，枫竟连一封信都不肯给她写了，气得她连连写信给他，但她还是没能说服他，最后只得选择分手。后来，朋友们都替她惋惜，说当初她少一些冲动，不来这个闭塞的山村支教，她跟枫肯定会演绎一段美好的姻缘。

尽管当时她表面毫不在意，可独自一个人的时候，自以为很坚强的她，还是禁不住泪眼婆娑。

把失恋的痛苦埋在心底，她全身心地投入到教学中，跟那些聪明、质朴的山村孩子们在一起，她找到了另一种难以形容的快乐。渐渐地，她不再想据说又在多情地恋爱的枫。

那个周末，她正在宿舍批改作业，很重很急的敲门声传来。门开了，响亮的问候扑面而来："老师，祝您情人节快乐！"

哦，情人节？今天是情人节吗？她恍然发觉自己不知何时已淡忘了这个曾很看重的节日。

站在她面前的，是她正教着的一大群学生，最前面的语文课代表把捧在手里的一束纸叠的红玫瑰，郑重地放到她的手里。

片刻的呆愣后，她赶紧招呼学生们进屋，并悄悄拭去眼角的泪水。

小屋立刻拥挤起来，学生们像一群快乐的小鸟簇拥在她周围，让她给他们讲情人节的来历，讲城里人怎样过情人节。

班长有些愧疚地解释道："老师，有关情人节的事，我们只是听李丽上大学的哥哥说过，可惜我们这儿买不到新鲜的玫瑰，同学们就商量着买红纸，叠了这束玫瑰。"

"这个好，这个好，比买的还要好！"握着这不可多得的纸玫瑰，她的心暖融融的。

看到她真心喜欢，学生们都开心地笑了。接着，他们纷纷地指给她看，告诉她哪一朵是自己叠的，哪一朵叠的时间最长，热烈地争论谁叠的最漂亮，夸赞谁的手巧，嬉笑谁的手特笨……

望着那一张张纯朴、活泼的笑容，一股春天的温馨，瞬间便弥漫到她的心头。她不禁赞叹道："这是我见过的最美的玫瑰，每一朵都是最美的。"

"可惜它没有鲜花的芳香。"一个男生遗憾地说道。

"不，它有一种特别的芳香，老师已经闻到了。来，你们也来闻闻。"她真诚地说道，并将捧在怀中的那一束玫瑰递到每个学生的面前。于是，他们若有所悟地跟着喊道："老师，真的，真有一种香味呢。"

同学们走了，她不由得将面颊贴到那参差不齐、形状各异的一朵朵花上，幸福的泪水潸然而下。"送人玫瑰，手有余香"这句话，再次撞到她的心扉上，但这一次她却真切地读懂了。

那一束玫瑰，在她的写字台上放了许久许久，直到她后来离开那个山村，也没舍得扔掉。

在后来的岁月中，她收到过许多让她欢喜的鲜艳欲滴的玫瑰，但让她久久难以释怀的，却是当年的学生们送她的那一束纸叠的玫瑰，并且，从那个情人节开始，在她的心中，"情人"的定义变得更加宽泛。

拥有一个特别的情人节，拥有一束特别的玫瑰，那是怎样的一种幸福啊！那份横亘时空的感动，足以伴她穿过岁月中的风风雨雨。

没有打开心扉的钥匙

颖是师大中文系最漂亮的女孩儿,清纯可爱,衣着端庄、高雅,尤其是玉颈间一枚用细细的红色丝线悬缀着的精巧的心状钥匙,更能凸显她的美。

窈窕淑女,君子好逑。追颖的男生自然很多,但我不在其中,因我一向自卑,除了能写一点儿自我欣赏的诗歌,似乎找不到别的优秀之处。另外,家境甚贫的我需要自己解决学费,在校外兼了四份家教,每天忙得焦头烂额,根本没心思考虑爱情问题。

有一天,我忽然发现颖的胸前悠荡的那枚心形钥匙不见了,取而代之的是一个漂亮的玻璃坠,顿觉少了一份美丽。

周末,颖约我给最近要出的一期黑板报写一首诗,我愉快地答应了,又禁不住随口问她:"你那枚好看的心状钥匙坠怎么不见了?"

"丢了,找了许久许久也没找到。"颖略有些惋惜地说道。

"其实你戴着它非常漂亮。"我第一次当面由衷地夸赞颖。

"是吗?那你能帮我买一个吗?听说很不好买的。"颖望着我。

"我试试看吧。"我心里猜想那样精致的钥匙坠肯定很难买到。

果然,我问过几家商店,根本就没有那种装饰钥匙坠。于是,我跟她坦言买不到。

她嗔怪道:"是你没有去找吧,听说哈尔滨市里就有卖的。"

"那你知道哪里有卖的?告诉我,我去给你买来。"我想偷懒。

"我若是知道,就不会劳驾你了。"颖悄然一笑,转身走了。

后来,功课和家教忙碌起来,我早把颖要买钥匙坠的事忘了。没想到她却一直在心里惦记着,待到期末考试一结束,便追问我去没去找钥匙坠。我不好意思地如实相告——我忘了。颖的眼里就闪过一缕失望,没再说什么。

再开学时,我依然忙着上课、写诗、做家教,跟颖见面也只是礼节性地匆匆打个招呼,完全忘了她曾认真地让我帮她买一枚心状的钥匙坠。

直到有一天,我在一个不起眼的地摊上,不经意地就发现了颖曾有过的那种心状的钥匙坠,而且价格很便宜。

当我拿着那枚钥匙坠找到颖时,我惊讶地发现她的胸前已有了一枚和我买的一模一样的钥匙坠,在她的身旁还有一个英俊的护花使者。

当我歉疚而又有些窘迫地拿出那枚钥匙坠时,她的眸子只一亮便黯淡了,苦涩地说道:"这枚钥匙坠真的很难买,你留着做个纪念吧。"

四年的大学时光转瞬即逝。毕业后,颖和那个护花使者结婚了,我也步入了波澜不惊的婚姻,依然忙碌的日子让往事渐渐地模糊起来。

没想到,一次大学同窗聚会时,一位昔日的情场高手在随意地谈及颖那并不幸福的现状后,直为我惋惜道:"阿健,你可真傻,听说当初颖只让你为她买过钥匙坠,那可是人家对你的一片深情啊,你怎么就没抓住机会呢?"

"我,我……"我一时语塞,恍然明白那枚其实很容易得到的爱情钥匙,曾经就放在我的手边,可我竟那样草率地让给了别人。

一扇爱情的门扉已经关闭。灯下,我轻轻地抚摸那枚心形钥匙坠,我能打开的却是无边的懊悔……

无言的爱

岁末，分散在各地的学生相约着一起回到那个偏远的山村，看望他们尊敬的启蒙老师。

簇拥在老师周围的，有副县长，有大公司董事长，有著名作家，有大学的教授……每个学生都一边表达着感激之情，一边欣然地汇报着自己足以让老师骄傲的成绩。

大家说说笑笑地讲述着，彼此间不由得暗暗地较起劲来——谁也不服气谁，争着证明自己才是老师最有出息的学生。

老师笑盈盈地看着虽已人到中年却依然孩子气十足的学生们，不时地点头赞许着。

这时，一直在外面劈柴、担水的张朋轻轻地进来，蹲在外屋烧着火炕，默默地听着他那一个个神采飞扬的昔日同窗自豪的讲述，自卑和羡慕都一览无余地写在了脸上。

大家仍在热烈地比试着各自的成就，似乎都忘了外边还有一位刚好只能解决温饱问题的老同学张朋。

中午到了，学生们纷纷提议开车去乡里找个饭店热闹一下，老师却坚持在家里吃一顿便饭。这时，大家才恍然注意到在厨房里一直忙碌的张朋。他们夸奖张朋，还是不善于言表的老同学能干，并慷慨地表示有需要他们帮忙的地方尽管吱声。张朋感激地应答着，谁也不让插手，一个人锅上锅下地忙碌着。

很快，一桌丰盛的饭菜摆好了，大家都围着老师坐好了，张朋却说什么也不肯上桌，他说他要为远道而来的同学们服务一次。

老师笑着将他拉在身边坐下来，举起杯子，朗声道："今天，我非常高兴，我的学生个个都很有出息。尤其要感谢张朋，这些年来，里里外外帮我干了数不清的活。"

"老师，那还不是应该的吗？我也没别的能耐，不像他们那么有出息。"张朋一脸的腼腆。

"不是老师偏心，也不是因为你帮我干的活多，就冲着你对老师这份感情，要我说呀，张朋是一点儿也不逊色呀。"老师拍着张朋的肩膀，望着一个个得意的弟子，一脸郑重地说道。

直到这时，大家才蓦然发觉：这些年来，大家一直在忙着各自的一摊子事情，有时连给老师一声问候都忽略了，唯有农民张朋始终默默地关照着老师的生活，帮着老师经营农田、修房、劈柴、担水……

没错，一个懂得把爱回报给恩师的学生，即使他是一个很卑微的小人物，他也依然是可敬的，不仅仅是在老师的心目中。

幸福的石子

偶然的一天，我看到朋友叶玫坐在洒满阳光的庭院里，轻轻地抚摸着掌心的一枚卵形的石子，目光中流淌着浓浓情思，仿佛面对着一件稀世难得的宝贝。

"谁送你的爱情信物吧？看你那珍重的样子，连我站在你身后这么半天了，你都没发现。"我不禁好奇地逗着爱情之花正绚丽开放的她。

"这是一枚幸福石子。"叶玫很认真地递给我看。

"不过是一块普通的石子嘛！"我上下左右翻看了一番，也没发现它有什么特别之处。

"它可不普通啊，与它有关的故事，你都想象不出来。"叶玫把石子放到桌上，给我讲述了下面的故事——

那年夏天，她去南京访友，归途中不甚丢失了背包，丢了几百块钱并没让她多么痛惜，她难过的是失去了好友赠送的一枚漂亮的雨花石。

在后面的长长的旅途中,她一直闷闷不乐。

列车行至沈阳时,对面刚上来的一位年轻男子,忽然从背筐里掏出两枚更漂亮的雨花石,饶有兴致地玩赏起来。她的目光立刻被紧紧地吸引过去,整颗心都被那枚石子攫住了。

"你也喜欢?"男子把一枚雨花石小心翼翼地放到她手里。

"非常喜欢,能卖给我一枚吗?"她忘情得近乎贪婪了。

看到男子轻轻而果断地摇头,她眸子里刚刚升起的火焰霎时黯淡下去,她的脸上写满了忧郁。

她那毫不遮掩的楚楚可怜的失望,扣动了那男子的心扉,在内心一番激烈的挣扎后,他像是做出了人生中的一个重大的抉择,竟慷慨地赠送她一枚雨花石,她兴奋得差点儿跳起来拥抱他。

后来,她才知道,那是他精心准备的送给初恋女友的礼物。

再后来,因为那枚雨花石,她竟遇到了一段浪漫的爱情传奇,拥有了一位知心爱人。

最让她感动不已的是,当年那位旅途中赠送她石子的陌生男子,十年后的某一天,又给她寄来了这枚来自太平洋上的一个极小岛国的石子。他还在信中告诉她:据当地人称,这种石子能给人带来幸福,他就选了一些回来分赠给自己的亲朋好友。在归途中,他乘坐的船先是遭遇了罕见的特大风暴,接着又不幸触礁,巨轮几近倾覆,距海岸尚有百里之遥时,船舱又突然起火。在这样几度生死劫难后,他随身携带的东西都失去了,唯有贴胸口袋里的石子安然无恙。

"就像当年馈赠一份无私的关爱那样,如今,他又把我视为亲朋挚友,寄来了这象征幸福的石子。要知道,我们这十年间音信杳无。"在叶枚深情的讲述中,我们两人的眼里都闪着晶莹的光泽。

是的,因为一份真挚的爱,因为一份纯洁的情,一枚普通的石子也增添了许多无价的内涵。再次凝视那枚石子,我的目光里多了一份郑重,多了一份感动,不由得羡慕起叶玫来。

　　幸福往往散落在那样不起眼的事物中间,流露在举手相赠的时刻,洋溢在细细品味的时候,在不邀自至的心灵感动的瞬间……因爱的阳光照耀,一枚普通的石子,也可以带来温暖一生的幸福。

清风明月里的瓜语

自从男友东渡日本以后,无边的落寞就追随在她的左右,直到最担心的事情发生——曾经海誓山盟过的爱情,就那样轻飘飘地说走就走了。炎炎夏日,于她已是彻骨的寒冬,她欲哭无泪。

邂逅同窗谭谈,她抛却了所有的矜持,向他倾诉了一个畅快淋漓。她知道他曾暗恋过自己,只是当年孤傲的她正被卓尔不凡的男友吸引,根本没心思阅读谭谈偷偷塞给她的那些情诗,甚至没在意学业一向平平的他怎样发愤,在老师和同学们的惊讶中考上硕士研究生,并留在了那所著名的林业大学做了老师。

谭谈默默地倾听着,偶尔插一句:"都是缘分啊,也许感觉失去时正是得到的开始。"

"你也相信世间真的有所谓的缘分吗?"望着谭谈,一缕怅然拂过她的心扉。

"缘深缘浅，都在于慧心把握。"他的目光掠过大街上喧嚷的人流。

"你怎么突然变得跟一个哲人似的？"她不禁打量起谭谈来。

"有兴趣到我的城外桃源看看吗？"他的目光里充满着不容拒绝的真诚。

"城外桃源？好啊，早就听说你的居所与众不同，正想着去参观参观呢。"她欣然与他碰杯应约。

终于等到了周末，她急急地乘车赶往距市郊还很远的林业大学植物园。不巧，谭谈要接待一批实习生，他抱歉地将宿舍钥匙交给她，叮嘱她中午先自己对付一口，等晚上他回来亲自下厨为她接风。

谭谈的小屋被葱茏的树木围拢，屋前的小院里种满了鲜花。屋内的一床一桌、一椅一凳，都布置得简洁别致，颇具个性。细细地欣赏着，她的目光被电脑桌上那件根雕作品深深地吸引住了——那个镂空的篮子里竟装着一根纤长的苦瓜。她不禁哑然：这家伙是从哪里弄来这么一件古怪的根雕？

忽然，她的心一颤，桌上的玻璃板下面有一张模糊的照片，上面那个侧身的女孩儿正是读大学时爱坐在窗台上张望爱情的她啊。她轻轻抚摸着谭谈不知何时偷拍下来的那张照片，许多青春往事不约而至，霎时搅得她心海难平。

暮色苍茫时，谭谈带回来一大兜子蔬菜，他不要她插手，独自在厨房里忙碌起来。一轮明月升时，谭谈手脚麻利地在飘着花香的小院里放好了饭桌。在她的惊讶中，他一连端上了四盘瓜菜：肉末苦瓜、炼乳地瓜、什锦南瓜、虾仁丝瓜，还有一碗翡翠冬瓜汤。

"今晚有清风明月相伴，又难得老同学专为我摆了这一桌瓜宴，真让我开心。"她不客气地边大快朵颐，边连连赞叹。

"承蒙老同学光临，我这小院又多了一道风景啊。"谭谈亦是满脸的兴奋。

"想不到你的手艺这么好，什么时候练的？"她好奇地追问，索性将最喜欢吃的炼乳地瓜搬到了跟前。

"这个嘛，以后再慢慢跟你讲，你先尝尝这个苦瓜，是不是别有一番风味？"谭谈热情地向她推荐。

她尝了一口，夸张地喊了起来："苦啊苦啊，真苦啊。"

"是吗？我可是默默地品尝了好多年了。"谭谈微笑着看她，津津有味地咀嚼着苦瓜。

她忽然想起了他电脑桌上的苦瓜根雕，纳闷地问他："为何那么喜欢苦瓜？"

"因为它与爱情有关。"

"跟爱情有关？"谭谈神秘的样子引得她好奇丛生。

"是的，现在最时尚的爱情表白不是送玫瑰，而是送瓜。从欧美流行过来一套很有意思的爱情瓜语，以不同的瓜传递不同的爱情感受：南瓜代表追你追地很难，地瓜代表暗恋着你，丝瓜代表相思缕缕，苦瓜代表着爱你爱得好辛苦……"

"确实是很别致的爱情瓜语。"她若有所思地打量起那盘苦瓜来。

"其实，我并不喜欢吃苦瓜，但是……"谭谈欲言又止地望着她，柔和的月光里，那脉脉含情的双眸里，藏着怎样的万语千言啊。

"谭谈，谢谢你！"这时，她才蓦然发觉，那么多的人生风雨过后，他依然怀抱着大学校园里特有的那份清纯，怀抱着诗意的痴情，在苦苦地期待着她能够读懂他的心语。

"怎么哭了？"

"谁哭了？都是苦瓜苦的。"

谭谈掏出一方白手帕,轻轻地拭去她眼角滚动的晶莹泪珠,又夹起一大口苦瓜,大声喊起来:"奇怪啊,这苦瓜怎么突然变甜了?"

"是啊,真奇怪,怎么不苦了?"两人不禁相视而笑,因为那充溢在清风明月里的幸福的爱啊!

走遥遥的路去远方看她

不是因为一时心血来潮,就在那个阳光灿烂的午后,一个萦绕在心头许久的渴望猛然强烈起来——不能再等了,我得去看看她。

我们彼此音信断隔已经十八年了,她现在的情况我一无所知。也许她早已淡忘了我这个老同学,可我永远不会忘记她——我的小学同桌王小英。

少年时的故事大多已随年轮的流转而淡化,但有一件事我记得很清楚。那是一次期末考试后,老师将我们的成绩张贴到墙上。第二天,不知哪个淘气的学生,用红笔将位列第一的我和第三的她的名字连接起来。于是,情窦初开的同学们便开心地起哄,说我们是一家子。她气得直抹眼泪,让老师揭下了那张红榜。我表面装着很生气,故意跟她疏远,内心里却装着一缕幸福,因为她是班级里最漂亮的女生啊。

再后来,我们上中学了,彼此分开了,再也不曾相见。

时光荏苒，如今我已为人夫为人父，可浪漫的情怀依旧，尤其是发表了许多缠绵的爱情故事后，更怀恋起少年时的那一抹清纯。很多次灯下独坐，心总会怦然一动，让时光倒转，让想象飞越万水千山，一次次地在心中描绘我和她相聚的美丽……

终于，我坐上了远去的列车，直奔东北平原上的那个小村庄，去看同学王小英。我没有事先通知她是想给她一份惊喜。我想象着四目相对时的情景，该是怎样的一种美丽啊。

坐了两天一夜的火车，我竟没有丝毫的疲惫，又上了拥挤的客车，在七拐八拐的山路上颠簸了一上午，终于抵达了王小英居住的村庄。一问询就有热情的村民耐心地给我指路。快走近那间小屋时，我已掩不住满怀的激动了。

但她的白发母亲的一句"她已经上四川两个多月了"，让我一下子呆住了。

十八年精心设计的重逢里，可没有这样的景象呀。我数一数兜里的钱，勉强够去天府之国来回的车票。没有犹豫，我又登上远行的列车，继续我的浪漫之旅。

车到成都，一问她去的那个县城，还有好几百里路呢，当天的车已经没有了。躺在那个破烂的小店里，我不禁扪心自问——我是不是有些冲动了？她会怎么想呢？

第二天，起大早搭上了客车。没想到客车行到半路上，一下子滑到了路基下，好在车速不快，坡也不陡，只有几个乘客受了些轻伤，我的胳膊也擦破掉了一块皮，流了一些血，很疼。

客车好不容易晃到了终点，天空中又飘起了细细的雨丝，我买了两个面包，边啃着边朝五里外的那个小山村赶去。不承想，半路上雨竟大了起来，周围没有避雨的地方，我索性冒雨前行。等走到村庄前时，我已完全成了一个"落汤鸡",裤角沾满了泥巴。我带着这一副狼狈相去看老同学,连自己都有些感动了。

七问八问,问到王小英亲戚家门口,努力屏住怦怦跳动的心上前叩门,迎接我的又是失望——那把铁锁告诉我还得等待。

等到天快黑了,王小英的亲戚回来了,告诉了我一个沮丧的信息——她去南方打工了,刚走一个星期,还没来信呢,不知道找没找到活呢。

她的那位亲戚很热情地留我住下来。在度日如年地住了四天后,王小英的信才到,信中说她在一家鞋厂打工,挺累的,不想干,暂时还找不到更好的工作,只能对付着干吧。

如此,我还是打道回府吧。因为我不知道在这种状况下见到王小英该说什么,再说我出来已经一个多月了,早已囊中羞涩。

但在归途中,又发生了一件不幸的事。在郑州换车买票时,我发现有限的几张钞票不知何时落入了他人的口袋。危难中,我想到了经常在这里发稿的一家杂志社,便厚着脸皮去了。在给几位编辑讲了我不知该怎么评价的经历后,两位在信中相识的编辑很热情地给我拿了路费,又帮我搞到一张卧铺票。

回到家中,妻子惊讶地打量着胡子拉碴、仿佛一下子苍老了十岁的我,戏语道:"去约会昔日情人,怎么搞得这么狼狈?"

我一咧嘴,指挥道:"先别逗了,快给我弄洗澡水吧,回头给你讲讲我的浪漫之旅。"

直到今天写这篇稿子时,我还没跟王小英见上一面。我突然觉得见不见面并不十分重要了,重要的是我能够始终如一地牵挂一个或许其实根本不需要我牵挂的人。

王小英,但愿你能找一份好工作,但愿你的日子过得舒心。我默默地在心里这样祈祷。

那样爱着有多好

夏日，来去匆匆的地铁上，那样不经意的一次回眸，她便心生喜欢。尽管他与她没有交流一句，彼此连对方的名字都不知晓，但那又何妨呢？她只相信上苍让她在最美的时候遇见了他。

此后整整一年，每天上班，她都要早起二十分钟，绕远乘坐那班地铁，只为再次见到他。而他，竟如一阵突来的轻风，转瞬即逝，再难觅踪影。

若干年后，她已为人妇为人母，与朋友聊起初恋的故事，她依然能描述出他的容颜，他的微笑，他的短袖衫，他肩上的背包，甚至他手中那本杂志的封面。

似乎一切都还没有开始便已结束，但那个他却深深地植入了她的记忆，像一粒闪烁的星，一直明亮在她爱的天空。

多么神奇的暗恋，很简单，却很深邃。

我第三次看小说《彼得堡最后激情》，仍看得心潮澎湃，唏嘘不已。

那不过是一位女子自传性的回忆：一个中国女孩儿邂逅了一个男人，便一发不可收拾地爱上了，而那男人天生风流，从一个国度到另一个国度，他的身边一直不乏美丽、艳丽或浮浪的女子，他与她们真心或假意地挥霍着激情，对女孩儿痴情的追随不屑一顾，可她仍那样无怨地爱他，快乐而心疼地爱他。后来，他患上了艾滋病，几乎所有的人都躲瘟疫似的远离了他，唯有女孩儿义无反顾地走近他，关心他，呵护他，一直陪着他走完生命的最后一程。

在彼得堡远郊的林中小木屋里，女孩儿像一个勤快的主妇一般为他煮好咖啡，与他一起望着窗外纷飞的雪花，静静地倾听着时光远走的声音。那一刻，女孩儿觉得自己是这个世界上最幸福的人了。

那样执着的爱，很古典，也很现代。

在《今生有约》的一期电视节目里，我见到了那样一段走过漫长的人生依然新鲜如初的爱情：整整守望了六十年的她，终于在弥留之际，与海峡彼岸归来的他双手紧紧地握在一起。已是耄耋之年的他们，尽管许多旧事早已淡忘，却依然清晰地记得当年他们走过的林间小路，记得她第一次与他约会时脸上羞涩的红晕，记得他离别前匆匆的叮嘱，记得他拿筷子的习惯，记得她走路的姿势……

记者问病榻上几乎已说不出话的她："为什么无怨无悔地等那么久？"

她轻声而清晰地答道："因为相信他在等我。"

再问当年他们只是定了亲，还没有走进洞房便被迫远走他乡的他，在几十年音信全无的日子里，是否想过放手。他连连摇头："根本没有，因为相信她在等我。"

只因为相信彼此都在等待着对方,所以,六十年的烟尘岁月,一点儿也没有模糊彼此心中那曾经花样的形容,没有淡去心中浓浓的情思。那绵长的等待,因爱意充盈的浸润,每一个细节,都散出了沁人的馨香。

那样深情的爱,很轻柔,很凝重。

像一树树的花开,那么多美丽的爱,就簇拥在我的周围,随时随地,我都会与各种各样的爱相遇,比如,那些一见钟情的爱,那些缠绵悱恻的爱,那些生死相依的爱,那些清水出芙蓉的爱,那些富丽堂皇的爱,那些或深或浅的爱,那些或浓或淡的爱,那些或短或长的爱,那些或轻或重的爱……它们清风明月般地伴在我的左右,它们似水柔情般地陪在我的身边,将温馨、温暖、温润的芬芳,徐徐地吹送。

我喜欢《魂断蓝桥》《泰坦尼克号》《罗马假日》《音乐之声》等影视作品中的那些爱,那些穿越了辽远时空,依然送来久久的感动与羡慕的爱,只那么想想,心里便暖暖的。

我也喜欢红尘中凡夫俗子每日上演的那些爱,譬如,那位站台上追着缓缓启动的列车将一包橘子塞进车窗的老农,那位和丈夫一起推着收废品的小车笑呵呵的妻子,那位像做学问一样认真得一丝不苟的修鞋工,那位守着一脉青山怡然自得的老人,那一对悬在高楼间擦亮城市的年轻夫妻,那两位牵手去西部支教的刚毕业的大学生……那些人间烟火味中的爱的织锦,一片一片地铺展开来,就是一簇簇美丽的花朵,美了眼睛,富了心灵。

那样爱着有多好。

因为懂得,因为疼惜,因为真挚,因为坚持,即便只是清纯的一次邂逅,也有了那样始终萦绕生命的眷恋,即使只是平常得近乎平庸的日子,也有了那样有滋有味的故事,纵然只是因为一语简单的承诺,也有了那样足以横亘岁月的传奇……那样爱着，很真，很善，很美，只轻轻地看上一眼，便叫人由衷地喟叹——那样爱着有多好。

　　世间匆匆行走的每一个人，多么希望你们能够像我一样——时常地，随处地，遇见爱，握住爱，与爱同行，书写爱的篇章。那样的日子，该是怎样的美好？那样的人生，该是怎样的幸福？

辑二 / 倾听每一朵花的声音

拥有一颗善良、美丽的心，便可以屏蔽周遭的嘈杂，远离那些纷扰的喧哗，便能静心倾听每一朵花开的声音，倾听每一个美丽的生命行走的声音。在倾听中，让心与心贴得更近，让生活变得更精彩，让人生变得更加美好。

甜润生命的柿子

天渐渐地黑下来了。揣着满怀的忐忑，他紧张地跟在同桌的身后，慢吞吞地朝师大那个试验园走去。高三的同桌一脸轻松地告诉他："跟着我走，保证没有事的，上次白天我都抱回来一个大西瓜呢。"

同桌是那天去师大看表姐时，偶然发现了校园一角生物系做试验的小菜园，那里面种着许多市场上根本都买不到的蔬菜瓜果。禁不住那些鲜艳欲滴的果实的吸引，同桌悄悄地扒开木栅栏钻了进去，带回了一兜的兴奋。

来到试验园跟前，同桌去四周细细地侦察了一番，向他发了一个"平安无事"的信号，他便跟着同桌飞快地钻了进去。他刚刚手忙脚乱地摘了几个柿子，就听到不远处有匆匆的脚步声朝这边传过来。

不好，他们被发现了，同桌经验老到地钻出木栅栏缺口，迅速逃之夭夭。他却双腿一软，瘫坐在那里，怀里的柿子滚落到地上。

完了，若是被告到学校去，肯定得挨严厉的处分，甚至可能被开除，上大学的梦想也许就此断了，下岗后脾气变得更加暴躁的父亲会狠狠地揍自己一顿，当保洁工的母亲更会伤心得抬不起头来。他万分沮丧地双手捶头，懊悔不该受了同桌的一再怂恿，让自己陷入这样无法挽回的窘境。

那位老教授走过来，拣起那几个刺目的柿子，伸手将他拉起来。他就那么乖乖地跟在老教授身后，走到对面楼的一间办公室里。

"吓着你了吧，孩子？"老教授轻轻拍拍他的肩膀。

"我……我……我……"他嗫嚅着不知该说什么。

"谢谢你啊，帮我摘了这些柿子，我这两天正想品尝品尝它们的味道呢。"老教授微笑着。

"我……我是第一次……"他紧张得手足无措。

"看出来了，连这个没有熟透的都摘下来了，有点儿可惜了。"老教授把洗净的柿子放到一个盘子里，放到他面前。

他羞红着脸："太紧张了，只顾着挑大的摘了。"

"哦，这一方面你可就不如我了。当年在农村当知青时，我们好几个人一起去偷生产队种的香瓜，伸手不见五指的晚上，我摸回来的个个都是熟透的香瓜，那叫人羡慕的技术啊……"老教授呵呵地笑着，仿佛在讲着别人的故事。

他被逗笑了："就因为这个，您不打算惩罚我了？"

"惩罚？你想让我怎么惩罚你啊？找你学校、找你的家长，弄得满城风雨？"老教授严肃地盯着他的眼睛。

"您辛辛苦苦做的试验成果，我不该……"他知道遇到了好人，内心里更愧疚了。

"知道就好了，你现在帮我一个忙，尝尝这个柿子味道怎么样？"

老教授挑选了一个最红润的递给他。

他轻轻地咬了一口:"真好吃!比市场上卖的甜多了,皮薄,肉也厚。"

"这可是我花了五年多的时间,才培育出来的新品种,还没有命名呢,你是第一个品尝者,得帮我取一个好听的名字啊。"老教授慈爱地望着他。

再后来,他考上了研究生,做了老教授得意的弟子,培育出很多的蔬菜新品种,成为国内外著名的年轻科学家。

他常常向人们讲起那个夏夜发生的故事,他说老教授递给他的那个柿子有着一种特别的甜味,甜润了他的生命。

我在美国借钱

那天，刚到美国不久的我，独自驾车去西雅图，在一个前不着村后不着店的路边加油站给车加完油后，我才发现钱包不知何时已去向不明。我焦急地翻遍全身，也凑不足那五十美元的加油费了。情急之中，我打电话向在西雅图工作的一位老同学求援，他让我在那里等待，他最好的朋友布朗将赶来帮我摆脱尴尬。

大约一个小时后，布朗驱车赶到。他借给我一百美元，付了加油费，剩下的五十美元以备我路上应急。我用不大流利的英语向他道过谢，就准备上车赶路。

这时，布朗微笑着递给我一张纸，让我给他写一张借条。

区区的一百美元还需要郑重其事地打借条？他可是我关系老铁的同学最好的朋友啊。要知道，在国内，我与朋友之间相互借成千上万的钱，彼此也从未打过借条啊。我惊讶地接过布朗那张执意递来的白纸，并没有立刻动手。

布朗似乎丝毫没有察觉我的心理反应，他又掏出了笔，并递给我一个硬皮的笔记本做书写的垫板。

看到布朗那一丝不苟的神情，我草草地写下借钱数目，并签了名字和日期，不情愿地递给布朗。

布朗看了看借条，连连摇头，他告诉我，不应该把借条写得这么简单。

"简单？借一百美元，难道还要写多么复杂吗？"我在心里暗暗嘀咕布朗实在是有些小题大做了。

"一定要写清楚的。"布朗撕掉了我刚才写的借条，又递给了我一张白纸。

"请你告诉我怎么写吧，我听你的。"我拗不过他的认真。

于是，在布朗的指点下，我详详细细地写下了借钱的时间、地点、原因、用途、还款时间、我的联系方式等，整整一页纸都写满了。

末了，布朗又像检察官似的逐字审阅了一遍，确认无误后，他将借条塞到那个简易公文包里。随后，他又给我写下他详细的联系方式，微笑着与我握手道别。

一周后，我按布朗留下的银行账号还上了他的一百美元，并在电话里告诉他，请他把我写的借条撕掉就行了，不必送回来了。正在新泽西谈一桩重要生意的他在电话里连连说不，坚持要亲自过来给我送借条。

放下电话，我心里暗暗地说："这个布朗真是不嫌麻烦，当初他就不该让我给他打借条。"

没有想到，第二天，布朗真的匆匆赶来了，亲自把借条交到我的手上。

"您乘飞机赶一千多里的路程，只是为我送这么一张小小的借条?"我不禁比那天他执意让我给他打借条时还要惊讶。

"是的,你还钱给我了,我就应该早些还你借条嘛,很正常的事情。"布朗很自然地摊摊手。

而随后发生的又一件借钱的小事,让我的内心再次受到深深的震动。

那天,我在一个小型超市里,遇到了我的小邻居——七岁的女孩儿琳娜,她正对一个来自中国的布娃娃爱不释手,可她手头的钱不够。我走过去,得知她还差三美元。我便慷慨地说我可以帮她付那三美元。小女孩儿摇头,认真说道:"可我不能要你的钱啊!"

"那就算我借给你的吧。"我轻轻地拍拍她那可爱的小脸蛋。

"那……好吧。"琳娜犹豫了片刻,欣然同意了。

我把三美元硬币放到琳娜的手里,看着她快乐地走向收银台,我转身朝卖电脑的柜台走去。

三十多分钟后,在超市出口处,我又看到了琳娜,她一手抱着心爱的布娃娃,一手拿着一张卡片,上面用简笔画了三个面值一美元的硬币和一个女孩儿的头像。

"怎么还没有走啊?"我看出琳娜是专门等我。

"我识的字不多,给您这个,算我的借条吧。"琳娜把卡片交到我的手上。

"这个借条很别致啊,我喜欢。"刹那间,我被琳娜的简单、天真感动了,把卡片塞到贴胸口的衣袋里。

当天晚上我便乘车出远门了。直到半个月后才回来。一进门,房东便告诉我:"那个叫琳娜的小女孩儿,这半个月每天都过来问你哪一天回来,她说找你有特别重要的事情。"

"有什么特别重要的事情呢?"我正不解地猜测着,琳娜来了,原来她是来还我那三美元。

"辛苦你了，琳娜，怪我没有告诉你我要出远门。"我很不好意思，没有在意她在超市里说过第二天就会还钱的承诺。

"现在好了，我可以轻松地跟爸爸妈妈去海边度假了。"琳娜像完成了一项重大任务一样，开心地笑了。

这时，我才知道，她为了还我三美元，竟然把度假的日期整整推迟了一周。

"那要是我今天还不回来，那还会等吗？"我逗琳娜。

"当然会了，虽然我很想去看大海，可我答应过您会早点儿还钱，说话要算数啊。"琳娜毫不犹豫地回答道。

望着琳娜走远的背影，我还久久地站在那里发呆，我不禁又想起了布朗的借条。这时，我才恍然发觉：在美国亲历的两次借钱事件里面，其实藏着很深刻的文化意味。无论平素关系如何，无论借钱多少，借主都认真地写下一张借条。有了借条便有了一份契约，有了一份承诺。大家彼此坦坦荡荡、清清楚楚、认认真真地借钱和还钱，清清爽爽，既维护和滋养了彼此间已有的情谊，又因一份自觉的承担而卸去了许多不必要的担忧和猜疑，还可以避免许多不必要的尴尬，实在不失为一种很不错的为人处事的方式。

怀揣两块糖

那是一个阳光明媚的午后,在山西一个偏远而清苦的山村,来自大洋彼岸的金发女孩儿玛丽亚,正在心中慨叹这里的生活实在太穷困了。

忽然,她的目光被一株百年老树下那位白发苍苍的老妇人吸引过去了。老人衣着简单,微眯着眼睛,一脸慈祥地跟一个小男孩儿说笑着。玛丽亚好奇地停下脚步,不远不近地站定了。她听到老人给小男孩儿出了一个字谜:"一人本姓王,怀里揣着两块糖。"那个小男孩儿显然此前听说过这个字谜,立刻大声回答:"金。"老人满意地咧嘴笑了,从贴胸的衣兜里掏出两块水果糖,一块递给男孩儿,一块送到自己嘴里,两人甜甜地吮吸着,似乎正享受着无边的幸福。

玛丽亚羡慕地望着面前这被快乐包围着的一老一少。蓦地,她想起了祖母的那栋带大花园的漂亮别墅,想起常常邀请一帮孩子到家中分享她的糖果和故事的祖母,想起祖母和孩子一样单纯而畅快的笑声。

原来，快乐和幸福，就像阳光一样无所不在。一个人，无论身处怎样的境遇，无论是富庶还是清贫，只要他怀揣着两块糖，一块慷慨地赠人，一块留下自己慢慢品尝，就自有真实的快乐如泉涌来，自有绵绵的幸福飘逸在生活当中。

就是那两块普通的水果糖和那两张纯朴的笑脸，让玛丽亚做了一个令她一生骄傲的选择——留在中国西部，做一名帮贫助困的志愿者，播撒更多的快乐和幸福。

后来，玛丽亚和村里人一起劳动，给村里的孩子上课，还帮着山村招商引资，办起了一个山产品加工厂，让山民的日子一天天富裕起来。村民感激地称她是"幸福天使"，她却笑着说自己只是与大家一起分享了兜里的两块糖，她还要感谢大家呢，是与他们在一起追求、奋斗的那些日子，让她发现自己原来还能够做那么多的事情，让她品味到了从前所没有品味到的无比的甜蜜。

阅读玛丽亚芬芳的小故事，我不禁怦然心动：原来，获得幸福就这么简单，不需要太多的寻寻觅觅，不需要太多的权衡论证，只需怀揣两块糖，慷慨地与人分享，就完全可以拥有快乐的时光，就可以拥有幸福的人生。

会飞的发卡

第一次在精品屋里看到那个漂亮的发卡，安宁的心便被紧紧地攫住了。

此后的好几个月里，那个设计精妙、色彩艳丽的蝴蝶形发卡，便常常在安宁的脑海里翩然起舞，好几次还闯进了她甜蜜的梦乡，带着她快乐地飞翔。

读高三的安宁，无法向父母开口要钱买那个自己内心里喜欢不已的发卡，因为它近三百元钱的价格，实在是太昂贵了，而她的家人全都囊中羞涩：父亲下岗多年，一直在打着报酬可怜的零工，做清洁工的母亲每月微薄的收入和低保金差不了多少，奶奶又长年卧病在床，父母能省吃俭用供她读高中，安宁已经很知足了，她从不敢在吃穿用等方面再奢望更多。

然而，似乎越是得不到的东西越显得珍贵，更何况那是她心里最喜欢的东西呢。安宁无法拒绝那个美丽的发卡魅力无限的诱惑，甚至在学习最繁忙的那段日子里，她还几次挤出一点儿时间匆匆跑去那个精品屋，只为看一眼那个令她爱不释手的发卡。这是她十八岁的秘密，带着一缕不能向任何人诉说的淡淡苦涩。

令安宁惊喜万分的是高考前一个月的一天，一直萦绕在她心头的那个心爱的发卡，竟然真实地飞到了她的手上。原来，在那家大商场打工的姑姑偶然窥见了她的秘密，便毅然决定送她这份礼物，期望她能怀着最好的心情走进考场。

漂亮的发卡托在手上，安宁轻轻地抚摸着，细细地端详着，喜悦蓬蓬勃勃地舒展开来。认真地洗过头发，端坐在书桌前，安宁对着圆圆的小镜，颤抖着双手戴上那个精美的发卡。在那一瞬间，她感觉自己也陡然变成了一只轻盈的蝴蝶，不禁舒展开双臂，在那狭窄的小屋里欢快地旋转了两圈。

安宁慢慢地摘下发卡，把它恋恋不舍地放进书桌的抽屉里，她不想马上戴着它出现在老师和同学们面前，她准备在高考那两天才戴上这只漂亮的蝴蝶，她相信它能给自己带来一份最真实的激励，能给自己带来一份好运。

当然，每天独在小屋紧张地复习功课之余，安宁总会悄悄地打开抽屉，看看那只振翅欲飞的蝴蝶，似乎只是匆匆地瞄上那么一眼，她心里就有一股说不出的欣悦。

汶川大地震发生后的第三天，班级里转来了一个叫程倩的女孩儿，她是避震到舅舅家来的，临时插到安宁的班级。那会儿，同学们虽然已进入高考复习的冲刺阶段，但大家始终都十分关注有关抗震方面的事情，同学们都踊跃地为灾区捐款捐物，安宁还放弃了一本早就看好的复习资料，将省下的钱全捐了出去。

对程倩的到来，老师和同学们奉上了最大的热情，每个人都表达了最真诚的欢迎和关爱，让程倩感受到了回家一样的温馨和美好。长得小巧玲珑的程倩，轻轻地微笑时，嘴角便露出一个甜甜的小酒窝。安宁坐在她的右边，很羡慕她那一头浓密、乌黑的秀发，悄悄问她怎么保养的，程倩说她家乡的每个女孩儿的头发都是这样的，没有特别用心地呵护。

这一天晚上临睡之前，安宁又习惯性地拉开那个抽屉。咦，自己心爱的发卡怎么不见了？她噼里啪啦地把书桌所有抽屉里的东西都倒了出来，仔细地翻拣了一通，还是不见发卡的踪影。

被惊动的父亲过来看看，也纳闷地说："奇怪了，我们谁也没有动它呀，难道它还能飞了？"

"是啊，它还能飞了？"安宁明明记得前天晚上还看到了呢。

"先休息吧，等你妈妈回来再让她帮你找一找吧。"父亲告诉她母亲今天去市郊的外婆家了。

为那不翼而飞的心爱的发卡，安宁一夜辗转反侧。

第二天，刚一走进教室，安宁立刻惊呆了："那不是我的发卡吗？它怎么飞到了程倩的头上？"疑问的鼓点不停地在她起伏的心头敲打着。

"好看吗？"程倩注意到了安宁那痴痴的目光，微笑着问道。

"哪里来的？怎么跟我的那个一模一样？"安宁一脸的困惑。

"是舅妈的一个最好的朋友送的，你也有一个？怎么不戴？"程倩也露出一丝惊讶。

"哦，我的那个飞了。"安宁有些魂不守舍地回答，语气里有着明显的伤感。

"飞了？"程倩迷惑不解地望着安宁，同学们刚才对发卡那些赞美的谈论带来的喜悦，这一刻已被冲淡了许多。

　　整整一天，安宁的心都在随着程倩发间那只美丽的蝴蝶起起落落，难以平静。

　　晚饭时，看到女儿闷闷不乐的样子，母亲揭开了谜底——原来，母亲跟程倩的舅妈十分要好，那天看到她牵着面带忧郁的程倩的手在散步，母亲心里忽然一颤，感觉那个背井离乡的小女孩儿很是可怜，便匆匆跑回家，没有多想什么，拿了女儿的发卡就送了过去。

　　"你知道，我是多么喜欢那个发卡吗？"安宁的眼泪簌簌地落了下来。

　　"咋不知道呢？可程倩那孩子家里遭了那么大的难，咱不能帮上人家什么，只能送一个漂亮的发卡，让她高兴高兴。"母亲满怀惭愧地将安宁揽到怀里。

　　"我懂，我不怪你，我就是有些不舍得……"摩挲着母亲粗糙的双手，安宁知道自己接下来该怎么去做了。

　　"好女儿，等你高考结束了，妈妈争取再给你买一个。"母亲轻轻地拍拍一向很乖的女儿。

　　"等我自己打工赚钱买吧，你和爸爸已经很辛苦了。"安宁擦去眼角的泪花。

　　再见到戴着漂亮发卡的程倩时，安宁已经能够很自然地送上心中由衷的夸奖。走在校园内外，两个人手拉手，亲密得像一对姊妹。

　　六月五日，同学们一起拍完毕业照，便不再到学校而是回家调整状态，准备面对两天后那场人生重大的考试。程倩也回四川复习去了，她是悄悄地走的，没有惊动老师和同学们，只给大家留下一封写满感谢和祝福的信。

　　明天就要上考场了，安宁心里有一点儿兴奋，也有一点儿紧张。当不经意地拉开书桌的抽屉时，她惊讶得失声叫了起来："我可爱的蝴蝶又飞回来了！"

没错，就是那个在程倩的秀发上美丽了十多天的发卡。此刻，它正躺在一张粉色的带卡通图案的信纸上，静静地望着她。

信纸上流淌着程倩的叮咛和祝福："请美丽的安宁明天戴上这只漂亮的蝴蝶吧，它会带你飞到梦想开花的远方……"

"我会的，相信这只会飞的发卡，一定会给我们带来好运……"安宁轻轻地呢喃着，仿佛正握着程倩的手，两个人倾诉着各自心灵的秘密，月光一样的纯洁、轻柔，好像清泉般的钢琴曲，拂过这个美好的夏夜。

教育的威力

那是一个极为闭塞的山村,由于令人难以想象的贫穷的长期困扰,好不容易分来的几个老师都很快调走了。时间一久,许多被生活艰难熬苦了的村民,也开始对教育麻木不仁了,那座破烂不堪的学校更加破烂了,仅剩本村的一个瘸子,在教孩子们认识几个字。于是,恶性循环产生了——越穷越不重视教育,越不重视教育越穷。

那年春天,村里分来一个中师毕业的女孩儿,女老师多才多艺,课讲得很好,许多已下地干活的孩子,抽空也往学校里跑。

起初,村民都以为年轻的女老师待不了多久也会走的,因为这个村子实在是太穷了,许多孩子连课本都买不起。然而,女老师偏偏留了下来,心甘情愿地把自己的工资掏出来贴补给家境困难的学生。

村民们都感动地说:"真是遇到了一位难得的好老师啊!"

谁也不会想到,那天大雨过后,在去家访的路上,大家敬佩的女老师摔下了山崖，任孩子们苦苦地呼唤，她再也没有睁开那美丽的眼睛。

两年后，村里考出了第一个中专生——女老师最得意的学生拴柱。

拴柱的父亲兴奋得赶到县城里，卖了三百毫升的血，请全村人喝了一顿喜庆的酒。去省城读书前的那些日子里，全村人都对拴柱流露出无比羡慕的目光，大家嘴里说的和心里想的一样——拴柱的双脚已经迈出了穷窝窝，再也不用回来受穷受苦了。

但谁都没想到，三年后，中专毕业的拴柱，在大家的一片惊讶中，又回到了依然很穷的村里来，乐呵呵地当上了一名清贫的老师。父母满怀失望地骂他，村民们也纷纷困惑地摇头，说他好不容易考出去又回来，实在是犯傻。对此，拴住只重复了一句当年那位女老师曾说过的朴实无华的心里话，大家便都沉默了。

拴柱一生铭记的老师的那句话是：要改变困境，总是需要有人先做一点儿奉献啊。

这就是教育的威力——不仅传递知识、开启心智，还塑造心灵，让即使十分卑微的生命，也迸发出耀眼的人性光辉。

学会倾听

那是一个落雪的冬日的周末,好友彬来到了我工作的那个偏远的林区小镇。一进门,他便开始跟我叙述起令他痛苦不已的爱情经历。

而我只是拉着他的手,和他坐拥一炉熊熊的炭火,仰起头来,认真地听他讲述自己的爱情遭遇,激动时就攥紧他的手,悲伤时就跟着他落泪。这期间,我几乎没插入一句劝慰的话。

就这样,我握着他的手,默默地听他倾诉了大半天。末了,他站起身来,微笑着对我说道:"跟你讲完了我心里就轻松多了,谢谢你的倾听。"

后来,彬终于找到了幸福的爱情。他不止一次地跟朋友讲起那个落雪的冬日,他说那会儿他沮丧透了,是我那专注、信任的倾听,让他堵塞的心田里涌入了一股清风……

哦,安慰一个心灵创伤深重的人其实也很简单——学会倾听。

是的,只要我们热爱生活,就一定要学会倾听。别的不说,单是大自然弹奏的美妙的音韵，就很值得我们倾听——倾听大山的深邃、旷远，倾听大河的奔腾、喧嚣，倾听一棵小草在风雨中摇曳的呐喊，倾听一枚红叶走向深秋时的平静，倾听花朵深情的渲染，倾听果实无声的宣言，倾听檐角的如断珠的雨滴，倾听蜿蜒的山路上此起彼伏的鸟语……

走进沸腾的生活，更需要一双倾听的耳朵。在讲台前，在人流中，在小巷的深处，在高楼的阳台上，在奔驰的列车上，在温馨的小家里，只要愿意，随时随地都可以倾听，都可以倾听到许多值得我们一生回味的声音——倾听街头那位修鞋的老人阐述的对过日子的精辟的看法；倾听一位重病患者，坦然面对生命的表白；倾听那位屡遭磨难又屡次站起的男人悲壮的经历；倾听那位成功人士的掷地有声的慷慨陈词；倾听那些用汗水和智慧浸泡出的辉煌的往事；倾听那些让热血顿作潮涌的感人的情节……倾听那一串串鲜活的故事，那一个个真实的足音，我们就会明白——这日子真的很精彩，这生命真的很美丽，这人生真应该演绎得如诗如画。

在倾听中，会感知生命的落叶不止在秋天，忧郁和悲伤不能久驻心灵，孤独也是一种美丽；在倾听中，会懂得理解的艰难和重要，即使是陌路人的一抹微笑，也足以驱散满怀的寒意；在倾听中，会明白阳光公平地照耀你我，照耀辉煌与平凡；在倾听中，会发现自己正在与一个博大的世界对话，所有的风霜雪雨，所有的世事沧桑，都只是一片自由舒卷的云朵，都只是墙上嘀嗒的钟摆……

倾听，是生命中不可或缺的一个章节。是倾听，让我们明白了什么才是真、善、美，让我们彼此的手握得更紧、心灵更贴得更近，让我们积累了许多难得的经验，少走许多不必要的弯路；是倾听，让一句简单的话语，有了神奇的力量，让那些琐屑的小事，一下子变得无比地亲切起来，让那些平凡的日子，陡然增添了动人的光彩……

生活是一本厚厚的长卷，需要心灵的关注，更需要心灵的倾听。

母亲不为儿子骄傲

母亲是个普通得不能再普通的农村妇女，识不了多少字，田里、家里的活做得也很一般，但有一样很特别的，那就是对子女的期望总是很高很高。在她眼里，自己的孩子理应是最出色的。

读小学时，我就常常得双百，每当我雀跃着拿着成绩单给母亲看时，她至多是扫上一眼，淡淡地说一句："知道了，别骄傲得翘尾巴啦。"至于奖励，那是一点儿也别指望。这还不算，当左邻右舍的叔叔婶子们见了面夸奖几句时，母亲总是不以为然地回一句："小孩子家，吃得饱，穿得暖，又不干什么活，得个双百还不是应该的？"

上中学了，家里困难，不能给我买自行车，我要用我的两片脚板一步一步地量那十多里的山路。每天天刚蒙蒙亮，我就背上干粮上路了，要花掉一个多小时，才能赶到那所无电、无水的简陋得不能再简陋的乡中学。

风里来雨里去，我备尝求学的艰难，更加用功了。三年后，我以超出录取分数线三十多分的成绩考上省重点校——县城一中，并且是乡中学四年来唯一的考取县城一中的学生。要知道，进了一中，就意味着半只脚已跨进大学的门槛，对母亲而言，则意味着她期望儿子走出山村的梦想就要成为现实。

拿着录取通知书，父亲满脸的喜悦无法掩饰，大声地提议摆两桌，请亲戚朋友来庆贺一下，母亲却摇头说道："这刚哪到哪，只是去县城读书罢了，没啥值得太高兴的。"母亲的一瓢凉水从头浇下来，让我心里很是不服气了一阵子，私下里直埋怨母亲的心太高，一点儿也不为儿子骄傲。慢慢地，我就暗暗地告诉自己：一定要考上一所名牌大学，让母亲为我骄傲一次。

高中三年，我勤奋异常，体格一向不错的我，甚至累昏过一次。功夫不负有心人，黑色的七月过后，我终于拿到了北京那所著名大学的录取通知书。整个村子都沸腾了，因为我是全村有史以来第一个考上大学的，而且是去北京上学，连乡长都来祝贺了。好多人都建议这回可要好好庆祝一下，父亲也开始张罗着要好好操办一下，但最后还是让母亲给推掉了，她说还是省了钱，让孩子好好念书吧。其实，我知道母亲心疼钱是假，她只是不愿意太张扬了，可我在心底里却更加深信母亲是不为儿子骄傲的。

四年的大学生活，我又拿了不少的奖，父亲和亲属们都感到面子上很光彩，唯有母亲总是淡然处之，似乎我所取得的一切成绩，都不过是极其平常的，根本用不着夸耀。

待到我写了许多文章，成了省作家协会的会员，母亲依然如此。终于有一天，我按捺不住了，问母亲是不是真的不为儿子感到骄傲。

母亲依旧淡淡地说道："你觉得你很优秀了，其实你只不过尽了最大的努力，你所取得的成绩是理所应当的。"

我还想辩解，但母亲转身忙自己的事去了，留我在那儿呆呆发愣。

今年的春节，当我将新出版的散文集拿给父母看时，我看见母亲的眼里闪过一丝惊喜，只是口中仍平淡地告诉我还得继续努力。

母亲去了厨房，父亲跟过去，悄声问她："真的不为儿子骄傲吗？"母亲轻声却掩饰不住喜悦地说道："哪里的话？我不夸奖他，只是不想让他沾沾自喜，让他更努力些，做得更好些……"

至此，我才恍然明白了：在母亲的内心里，她一直在为儿子骄傲着，只是她选择了那样一种看似淡然的方式。

我真的要感谢母亲，那淡然的背后蕴藏着怎样的一种深沉的勉励啊，那正是我成长中不可或缺的源源不竭的动力。母亲的骄傲深埋在心底，我却要大声地喊出——我为母亲而骄傲。

爱自己，才能好好地爱你

他才华横溢，二十五岁便拿到了美国名牌大学的博士学位。

他事业成功，轻轻松松地便当上了某大公司的副总经理。

他一表人才，走上街头，常被人误认作某位正当红的电影明星。

毫无疑问，追求他的女孩儿络绎不绝，其中不乏优秀者，但他一律微笑着拒绝，因为没有一个女孩儿能够让他心动。

极其偶然的一次西部之行，在那个著名的贫困县城的招待所，他遇见了那位来自偏远山村的女孩儿。女孩儿文静、清纯的举止中，透着一份难以琢磨的美。一见钟情，没有更多的了解，他就那么不可思议地爱上了她。

他在女孩儿工作的宾馆住了一周，一再向女孩儿坦陈了与她牵手人生的渴望。面对他如火的热情，女孩儿倒显得颇为冷静，出身卑微的她在省城读过四年中专，目睹了许多与金钱联系紧密、与心灵相去甚远的爱情，她清楚自己不过是一个县城招待所的服务员，她与他之间的差距显而易见——尽管她也相信有许多与资历、家庭、财富无关的超越世俗的真爱，但她不敢贸然接受他的爱。她读过许多灰姑娘遇到白马王子的美丽爱情故事，但那些毕竟是故事，她不敢相信那样的故事会发生在自己的身上。

没想到，女孩儿的拒绝反倒让他变得更加执着起来，他又多次借故到那座县城，到她所在的那家宾馆，为她送花，为她写情诗，为她买漂亮的衣服，浪漫的、现实的、物质的、精神的……种种示爱的方式都用上了，女孩儿仍未交出小心翼翼呵护的爱情。她心里纳闷：他为什么会爱上她呢？他的爱是不是一时的冲动？他的爱会持久吗？总之，她无法判断他的爱是真是假。

多次遭遇求爱挫折的他，并没有放弃，仍在努力证明自己对女孩儿的爱真挚得如清风流水，纯洁得白璧无瑕，连他自己都被这份纯情深深感动了。

某日，他又住进女孩儿工作的宾馆，向她倾诉自己的心声，女孩儿有些心动了，但她仍微笑着问了他一句："我怎么能相信你是真心地爱我呢？"

他认真地说："我可以把整个心都掏出来给你。"

女孩儿嫣然一笑，说道："我的一个姐姐就因为相信这样的誓言，有了至今仍无法摆脱的不幸婚姻。"

"但我说的是每个字都是真的，我可以证明给你。"他扔下这句话，抑郁地回到了自己的房间。

突然间，女孩儿感觉自己可能误解了他，有点儿懊悔自己的话伤害了他，她想向他道歉。这时，正好有投宿的客人，她忙前忙后地去接待。

晚餐时间过去很久了，仍未见他出来，她便有些愧疚地去敲他的房门。往常只要她轻轻一叩门，他准会满面春风地出来迎接她。这一回，任她一遍遍报着名字，急促、用力地叩门，他仍没有回应。她预感到某种不妙，忙掏出钥匙，推开门，她惊呼了一声，便昏了过去——他正倒在血泊中，身边是他蘸着鲜血给她留下的殷红的情书……

没错，他选择了割腕这种自戕的方式，表明了对她的忠贞之爱。

此后，她陷入了深深的懊悔、遗憾、自责中，精神几乎完全崩溃了。很快，她便离开了那个让父老乡亲们羡慕的好单位，悄然来到了一座寺庙。一位高僧听完她一泣三叹的哭诉，平静地安慰她："孩子，那不是你的过错，你不必为那不负责任的男人伤心。"

她非常生气："高僧，您怎么能亵渎他的真爱呢？"

高僧阅尽沧桑的目光里透着从容："如果他真的爱你，他就不该给你留下一生的痛苦。一个连自己最宝贵的生命都不懂得爱惜的人，怎么能将一生托付给他呢？与其说他给了你爱，不如说他给了你爱的伤害。"

"可是……"她想说如果不是因为自己的猜疑，就不会有那样结局了。

老僧打断她说道："这世间，只有傻瓜才愿意让爱成为一柄伤及自己又伤及爱人的双刃剑，一个愿意为他人付出真爱的人，首先应该学会爱自己……"

是的，应该先学会爱自己，然后才能好好地爱别人。渐渐地领悟了爱的真谛的女孩儿，终于走出了痛苦的泥淖，又开始了新的人生。

祖母的一针一线

祖母八十五岁了，成了一个鬓如霜、耳聋、眼花、走路蹒跚的老人。每次回老家，见到坐在床头的祖母，我总禁不住在心底暗暗慨叹时光如流水，不经意间，就将一个人那么多的芳华岁月，悄无声息地带走了。

今年五月，我回家探亲，问祖母为何不戴我去年给她买的助听器，她笑着说她只是偶尔有一点点耳背，不用戴那东西。后来妹妹告诉我，祖母只是跟楼下的邻居们炫耀了两次，一直没有戴助听器并不是因为听得见，而是她不想让我们感觉到她老了。

妹妹说得很对。这些年来，祖母总是跟我们抢着挑菜、刷碗、擦地板，她这是在告诉我们——她的身体还好，还能干许多活，还没有苍老到只能吃喝和睡觉。

那天，我要出去见一个朋友。穿西服时，袖口的一枚扣子突然脱落下来。我捡起那枚可有可无的扣子,将其放到一旁。祖母见了,忙翻出那个陪了她快半个世纪的针线包,拿出针线,要帮我把扣子缝上。

我笑着说:"您眼睛都花了,还是让我来吧。"

祖母不服气地说:"谁说我的眼睛花了?我还能把线穿到针眼里呢。"

说着,祖母从线团上扯过一截细线,将线头放在嘴唇边,用唾液抿湿,然后,又用手捻了捻,才颤巍巍地把线头举到那根针前,一次,一次,又一次,她连着试了好多次,都没能将那细细的线头穿过针眼。

我有些着急,便凑过去想帮她一下,她却不肯让我插手,嘴里还直念叨着:"前两天,我没怎么费劲,就穿好了,是这边的光线有点儿暗,我再到窗前试一试。"

祖母挪了挪身子,屏气凝神,再次举起针和线。一次次离成功擦肩而过后,祖母并没有气馁,也没有急躁,仍耐心地一试再试。我正在心里暗自叹息祖母的固执,祖母忽然惊喜地喊道:"好了,穿上了。"

果然,祖母自己把线穿过了针眼。随即,她拿过那枚扣子,开始慢慢地穿针走线。

岁月真的很无情,祖母的动作明显迟缓了,全然没了我记忆中的那份娴熟,那份干脆利落。然而,就在那一刻,望着满脸皱纹的祖母那青筋暴起的手,一下一下,在阳光里起起落落,我的眼睛里满是感动。

"好了,缝结实了。"祖母像完成了一项重大工程,一脸的欣喜。

"您的眼神还这么好,手艺还这么好,您真的不老啊!"我由衷地赞叹道。

"是啊,我还没老,还能干很多活呢。"祖母骄傲地收拾着她那些宝贝,告诉我若是有一台缝纫机,她或许还能给我做几双鞋垫呢。我说相信她还能操作缝纫机,还能让我们大开眼界的。

我这样一说，祖母反倒有些不好意思了："听说现在的缝纫机都先进了，我怕是用不好了，只能用用这些陪了我一辈子的针线了。"

　　"这么多年来，您的一针一线，缝入了多少的爱，缝进了多少深情啊。"我突然想起了已逝的一位文友曾写过的一篇美文。就在那一针一线的游走中，祖母一生为我们缝制、缝补了无法计数的衣裳，从寒冷中缝出了温暖，从清贫中缝出了富有，从艰难中缝出了幸福……

　　真好，我的八十五岁的祖母，还能穿针走线，还能给我们带来满怀的惊喜与自豪。

微笑的力量

那一年,她的父母相继病逝,留下了一大堆的债务。

该如何撑起那个一贫如洗的家呢?十六岁的她正手足无措时,一场突如其来的车祸又叫她失去了左臂。

面对生活中一连串的打击,背地里她也曾流过泪,也曾慨叹上苍太不公平,但人们却极少见到她的愁容,大家看到的更多的是她那始终如一的微笑,甚至在她被迫辍学的那些日子里,在她求职无门的那些日子里,她仍带着一脸的微笑,行走在生活的风雨中。

后来,有人介绍她去当保险推销员,一连两个月,她连一份保单也没有签下来。在女孩儿最艰难的那些日子里,她没有钱买菜,便去市场拣别人扔弃的菜叶,没有钱坐车,她就全凭着两条腿走路。

穿街走巷,上楼进店,她一次次满怀希望地叩门,一次次地遭遇冷冰冰的拒绝。没有人告诉她明天的面包在哪里,但所有这些都没能抹去女孩儿脸上灿烂的微笑，她依然平静地穿行在喧闹的都市中，依然执着地去敲一扇扇门。

终于有一天，一位多次见到她满面笑容的老板好奇地放下手头的工作，与她攀谈起来。当得知她那令人唏嘘不已的身世时，老板惊讶地问她："那你为什么还要微笑呢？"

"因为我相信微笑能给我自己信心，微笑能给别人温暖，微笑能帮我打拼出理想的生活。"女孩儿坦然的微笑，一如窗外明媚的阳光。

老板深受感动，当即签下了一份很大的保单，并激动地打电话给商界的朋友，为女孩儿介绍了许多业务。

数年后，女孩儿已是那座城市里很有名气的成功人士。她那始终年轻、灿烂的微笑，感染过许许多多的人，人们都愿意与她相识相交，因为从她那里每个人都能获得一份轻松、愉快的心情，都会从最朴素的生活中感受到一份特别的美好。

简单至极的微笑，却有着无比神奇而巨大的力量。经常保持一份发自内心的微笑，就握住了一串打开成功之门的钥匙，就会拥抱许多绚丽的人生风景……

爱情知道

一对来自都市的年轻恋人，被草原迷人的景色深深地吸引住了，他们忘却了牧民的忠告，不知不觉地来到了草原深处。暮色苍茫时，他们才踏上归途，但他却不慎被一条毒蛇咬伤了手指，虽然进行了紧急处理，毒汁还是通过血液迅速地扩散了，他很快就陷入了半昏迷状态。

在茫茫无人的草原上，她喊破了嗓子也没有唤来任何的援兵。不能坐以待毙啊，瘦弱的她搀扶着他，艰难地一步一步地向前挪动着。

这时，一只饥饿难耐的老狼，在悄悄地跟踪了他们一段路后，开始不顾一切地向他们扑来。巨大的恐惧几乎让她立刻瘫倒在地，她本能地大喊大叫着用身子护住他，双手胡乱地抵挡着，手上、胳膊上被狼咬了好几个大口子，她也顾不上疼痛了。终于，她找到一个机会，双手紧紧地卡住了那条饥肠辘辘的老狼的脖子，任它怎样用四爪把她抓挠得遍体鳞伤，她也不肯松手，直到那只饿狼断了气。

几乎已累虚脱的她，只歇息了片刻，又扶起昏迷中的他，就那样半背半拖地一点点地向前走去。谢天谢地，两个小时的挣扎后，她挪到了一条路边。当那位热心的司机将满身血迹斑斑的她刚一扶上车，她便昏厥过去。

出院后，听她讲述那惊心动魄的经历，众人非常惊讶——平素一只蟑螂都会把她吓得直往他怀里钻的她，怎么竟然能够徒手掐死一只拼命的饿狼？还有——不足百斤的她，竟能拖着膀大腰圆的他，在黑暗的草原上走了七里多路……

我的一位作家朋友在讲述完这个故事后，满怀敬意地慨叹那是因为爱情。看到我似乎还有些不解，他又给我讲述了另一个真实的故事。

那是一个风和日丽的午后，英国一对爱好攀岩的夫妇，遭遇了他们登山多年来的最大危险——即将登顶的丈夫突然一脚蹬空，保险绳也被猛地挣断，他的整个身子呼啸着朝悬崖下面坠去。正全神贯注地向上攀登的妻子，本能地张嘴咬住那从面前滑过的绳索，同时双手紧紧地抱住一块凸起的岩石。

丈夫沉重的身躯，很快让她的嘴流血了。大滴的血落到了悬在下面的丈夫身上，他仰头看到了妻子那不要命的动作，焦急地大声地喊着让她赶紧松口，否则他将会把她也拉下悬崖的。但妻子死死地咬紧牙关，咬紧那根维系丈夫生命的绳索。

当丈夫明白了妻子的心思后，他已是泪流满面，无法割断绳索的他，开始小心翼翼地在石壁上寻找支撑点，一次次的失败后，他的身子终于贴到了石壁上。这时，妻子仍紧紧地咬着那根浸染鲜血的绳索，直到四十分钟后，他们双双被人救起。

经过那样巨大的拉扯，妻子满口的牙齿都脱落了，但她非常骄傲地对闻讯赶来的记者宣称，她的那副坚硬的牙齿，可以上吉尼斯世界纪录。

"原来，死神也怕咬紧牙关。"这是许多媒体在报道这一感人事件时，不约而同地引用的一位记者由衷的感慨。

许多不可思议的奇迹诞生了，许多平时根本不可能做到的事情，在危难关头竟然真的做到了，就像上面说到的那位恋人和那位妻子，她们何以爆发出那样惊人的力量，何以呈现出那样超乎寻常的巨大勇气，还是我的那位作家朋友回答得好——爱情知道。

没错，因为心中有爱，世间就没有什么是不可能的。

凝望生命的绿草地

　　站在故乡低缓的山坡，那一片葱茏的绿色，再次摄住我的心魄。

　　那些肆意生长的青草编织出如锦的地毯，上面缀着些许无名的小花，红的、黄的、蓝的、白的……星星一样眨着调皮的眼睛，像是在向我讲述着有关岁月不老的往事。

　　在我童年永不褪色的记忆里，那片向远方浩浩荡荡伸展的绿色汪洋，最适合描述的词语应该是"广袤"或者"一望无际"。而现在，那四周散布的杂乱的采石场，已将草地逼成了那样小小的一方。

　　我忍不住俯下身去，用已沟壑纵横的手掌，再次轻轻地抚过那些柔柔的小草，绵绵的记忆便悠悠地飘然而来。翩翩年少的我，曾经整日地奔跑于那片长满快乐的绿草地上，采花、逐蝶、听鸟鸣、编草帽、挖野菜……累了，便躺在那松软如毡的草海里，仰望蓝天飘动的白云，嗅着泥土的馨香，一任阳光活泼泼地撒满周身，一任玫瑰色的梦幻在微风里轻轻地摇荡。

草地是温柔的，那么多年的异乡漂泊后，我只需在草地上慢慢地坐一会儿，就能抖落满身漂泊的疲惫。就像面对一位音讯断隔已久的老朋友，我们只需那样静静地对坐着，就仍能够从彼此不再年轻的眼睛里，读到时光不曾更改的那份情意。即使无言，相信那份洗却铅尘的真正的情愫，也会像那株蓝色的打碗花，自然地绽开。

草地是幸福的，年年岁岁，它总会放飞无数缤纷的憧憬，总会收获无数的悲欢离合。每一株小草、每一朵小花，都见证着世事沧桑。

草地是坚忍的，经历了那么多风吹雨打，那么多的犁耕火烧，很多的草根被掘出了，很多的生命已湮灭了，它依然无怨地守护着那个山坡，依然张扬着绿色的主旋律。

草地是诗歌的，在枯黄的季节里，有期盼的种子在悄悄地萌动，在葳蕤的日子里，有沉思的花朵在倾诉着生命的感悟。春风秋雨吹不散的韵脚，寒霜暴雪也压不乱的节奏，是云卷云舒的淡定和从容。

草地是散文的，随便的一缕风，随意的一声鸟鸣，甚至一只迅疾跑过的田鼠，都会为我打开跳跃的灵感，都会让我禁不住身心清爽地放飞思绪，沿着一个青翠的主题，恣意铺展满怀的情思。

而我最愿意做的一件事，还是默默地坐在那里，凝望那块绿草地。

我知道，生命中总有一些东西是永远无法割舍的，一个人无论走多远、走多久，他心灵的深处总有一方深情凝注的天地如影相随，总有一份特别的温润会在不经意间不约而至，瞬间便会引领蓬勃的思绪跨越人世的万水千山，沟通了古往今来。

凝望那块草地，我看到了大地的宽厚与慈爱。给每一粒种子以希望，给每一条根须以滋润，无论岁月馈赠的是贫瘠还是肥沃，干旱还是洪涝，很多似乎坚硬如岩的注定都是完全可以打破的，就像那些从来不肯低头的草，什么样的风霜雪雨都没法打败生长的信念，就像我们生活中那些屡遭磨难的人们，他们的骨子里拒绝靠近倒下、退缩、沉沦这类的东西。

凝望那块草地，我听见了岁月徐徐吹送的感慨：谁能够真正地了解一株小草的心事呢？谁又能够真正地参透大地那些无声的箴言呢？谁没有过青春葱茏的时光呢？谁没有梦想夭折的泪水呢？谁没有目睹过生命无奈的凋零呢？是见识过太多太多的衰与荣的草地，在不动声色地告诉我："只要是在行走着，就有光荣和梦想，就有遗憾和失落，就有欢欣和苦痛……我们的幸福，不在于我们已拥有了什么，而在于我们可以选择应该拥有什么。"

人生一世，草木一秋。古老的农谚里面包容着沉甸甸的智慧，寄寓着浓浓的情感。每个人都不过是一株简单而卑微的小草，一株会思考的小草，但汇聚起来就是一片博大而深邃的草海，就是一片历经生命辉煌与暗淡的思想汪洋。身在其中，我们每一个人都应当以感恩的心情，仰望头顶的天空，拥紧足下的大地，不卑不亢地展露生命青翠的本色。

辑三 / 一句问候，一生温暖

世间没有走不通的路，只有紧紧关闭的心扉。每个人都在匆匆地赶路，如果能够在擦肩而过的时候，彼此互相致意，送上一句抚慰心灵的问候，就会邂逅许多意想不到的惊喜，就会诞生许多神奇的美好。纵然花开半季，也会情暖一生。

难忘那一语暖暖的问候

那天,我要去很远的一座城市采访。

不巧赶上列车晚点,我将手里的两本杂志翻完了,仍被广播通知要等待一个小时。焦灼、无奈中,我开始将目光投向来来往往的乘客。一个靓丽的女孩儿吸引了我的视线,她衣着考究,一举一动透着一缕特别的气质,正像我经常在影视剧中见到的大公司的白领丽人一族。

坐在我的对面,她轻轻地抚弄着一个小巧的坤包。蓦地,她垂下头,双手掩面无声地啜泣起来,仿佛沉浸在巨大的悲伤中,许久不曾抬头。

也许是动了怜香之意,一向极少与陌生女性交往的我,走到她身边坐下来,从旅行袋里掏出纸巾轻轻地塞到她的手里。她泪眼婆娑地整理了一下垂至胸前的秀发,冲我微微点点头,算是打了招呼,尔后又陷入伤感的氛围里。

"如果有什么伤心的事，也许哭出来更好。"我提醒她。

没想到她竟侧身伏到我的肩头，毫不掩饰地大放悲声，引不少人好奇地驻足观看。

就在她的泪雨纷扬中，我真切地感受到了她的纯真、质朴。

十几分钟后，她拭去泪痕，向我羞涩地一笑："谢谢你，我没事了。"

"没事就好，刚才看你那样子，好像是……"

"你不知道，我在那家外资公司里上班是多么紧张，心里好压抑，常常莫名其妙地想一个人痛痛快快地大哭一场，可每次又都忍住了。今天，是你的那一句话，让我终于彻底地轻松了一回。"她脸上重现的笑意和刚才那伤心欲绝的神态真是判若两人。

两周后，等我采访归来时，在我的办公桌上放着她的一纸薄笺，上面是两行娟秀的楷字：谢谢你，谢谢你的那一语真正的问候，你让我懂得了怎样爱自己、怎样爱别人。

默读时，一缕暖意油然而至，我又想起了刚毕业的那年冬天里的发生的事——那天，我正为大学毕业分配的单位不理想、几次跳槽都没成功烦恼不已，又因工作不认真，挨了领导的几句批评。苦闷之中，我独自喝了许多酒，直到午夜时分，还在街头踉跄着。

是一位卖烤地瓜的老人拉住了我，他拨了拨炉中的炭火，热情而自信地问我："小伙子，有什么不痛快的事，跟我说一说，我给你参谋参谋。"

就在那个飘着零星雪花的冬夜里，我竟真的对那个六十多岁的陌生老头，一五一十地倾诉了心头压抑了快一年的苦闷。

令我惊讶的是——一股脑地倾诉完了，我心里竟换来一片平静，甚至没用老人一句安慰，我就知道接下来该做什么了。

真的，从那个难忘的冬夜后，我仿佛整个儿变了一个人，工作中再不挑肥拣瘦，再不抱怨什么，一心教书、写作。不久，我不仅成了学生喜欢的老师，调到了一所理想的大学，还发表了大量文章，成了一位小有名气的作家。

是的，在我们的生活中，经常会接到来自他人的或认真，或不经意的一句问候，但因为那一份袒露的关切里面，充盈着无限的真诚和爱意，常常让我们情不自禁地将平素封闭得很紧的心扉打开，在一番淋漓尽致的情感宣泄后，我们蓦然懂得了许多生活的真谛……

正是那似乎微不足道的一语问候，凝聚着纯洁无瑕的爱，拂去了我们心灵中的荫翳，让我们真切地感受到生活里更多的是阳光灿烂……

谢谢你纯真的赞美

那是暮春的一个午后,刚刚遭遇了失去工作、失恋两重重大打击的他,又被告知患上了一种罕见的自身免疫系统的疾病,目前医学界尚无有效的治疗药物。

握着那张冰冷的诊断书,他突然感到自己眼前的世界一下子倾斜起来,四周的高墙都向他挤压过来,挤压得他喘不过气来。

缴清了房租,他握着仅有的七十一元钱,对着镜子里憔悴的自己苦笑了一下,一个强烈的念头立刻攫住了他的心——既然这个世界已经不喜欢自己了,又何必苦苦地留恋呢?

他生平第一次走进了麦当劳,花掉了七十元钱。然后,他平静地来到那栋摩天大楼前,想最后再看一眼这座曾让他向往让他伤心的美丽的城市。

走过大楼前的广场时,他的脚步明显快起来,他不忍看那几位正悠闲地打太极拳的老人,更不忍看不远处那两对亲热的恋人,似乎他的目光一迟疑,就会改变已拿定的主意。

"叔叔,你能帮我把风筝放到天上吗?"一个打扮得像花蝴蝶的小女孩儿,拖着一个红蜻蜓形状的风筝,仰着头向他求援。

"我,我……"他想说自己已很久没有放过风筝了。

"我放好长时间了,都没放起来,妈妈也放不起来。"小女孩儿汗津津的小脸和亮晶晶的眸子,在诉说着她曾怎样地努力过。

"好吧,让我来试试吧。"他不忍心看到小女孩儿失望。

可是,费了大的劲,风筝也只飞起了两人多高,他心里开始堆积新的沮丧,小女孩儿却兴奋地喊着:"叔叔,你真棒!我的风筝就要飞起来了喽!"

也许是受了小女孩儿快乐的感染,他开始认真地琢磨风向、角度、力度等,开始细心地总结一次次失败的原因。终于,那风筝一点点地升起来了,越升越高。追着高空中飘动的风筝,他和小女孩儿的眼里、心里都填满了快乐!

"叔叔,你真棒!"小女孩儿崇拜地一遍遍地赞扬他。

"我真的很棒吗?"刹那间,他的眼里浸满了泪水,只为小女孩儿的赞叹和不远处小女孩儿母亲那阳光般的微笑。他忽然意识到自己差点儿做了一件最傻的事——风筝可以一次次地跌落到地上,但最终还是能够升起来的,一串梦想打碎了,还可以再放飞一串嘛。在这个大千世界里,我虽然不是最棒的那一个,但也不能做最熊的一个啊。

他甚至为自己那没出息的想法羞愧起来。帮着小女孩儿将风筝放得更高更高,在小女孩儿欢快的"叔叔,你真棒!"的叫喊声中,他的心田里撒满了明媚的阳光。

后来,他以积极的心态开始了新的生活,他找到了一份理想的工作，并开始写作，他漂亮的文字感动了许多的读者，其中有一个美丽的女孩儿因此执着地爱上了他。三年后，当他再去医院复查时，医生惊讶地问他用了怎样的良方，因为他的病情非但没有发展，反而有了明显的好转。

于是，他向我的那位经验丰富的医生朋友讲述了上面这个故事，他说，正是那个小女孩儿的一句纯真无邪的"叔叔，你真棒！"，让他恍然发现了自己还能也应该去做许多事情，而在充实的做事情的过程中，他感觉到一个人好好地活着，实在是一件很美的事。

很简单也很神奇——改变命运走向的，往往只是一些微乎其微的小事，一句话，一个微笑，甚至一个眼神，只因那纯净的赞赏与爱，春风化雨般地滋润了心田，于是，就有了梦想、热情、勤勉，就随之演绎出了无数的神奇与美好……

温情秘方

静静的午夜,我关闭了电脑正准备休息,电话铃声骤然响起。

我抓起话筒,一个女子的声音传来:"阿健,我是许婷婷,还记得我吗?"

"许婷婷?"我的大脑飞速地运转,也没想起对方是谁,只得如实告知。

"我是你的小师妹,我现在在冰岛留学。你忘了吗?大四的那年端午节,我们一起出去踏青的。"电话那端的她在提醒我。

那次踏青是中文系和数学系两个友好寝室一同出去的,数学系的那八个女孩儿,哪一个叫许婷婷,我还真想不起来了。毕竟我们没有更多的交往,再说大学毕业都已十二年了,淡忘的人和事太多了。

"我猜你可能不会想起我的,不过没关系,我记得你,记得你说过你有胃病,不能吃黏东西。"从万里之遥的异国他乡传来她那好听的声音。

"谢谢你啊,这么多年了,你还记得我当初不经意说过的一句话,我的胃病还是老样子,不好不坏的。"一缕温暖已悄然涌至心头。

"那我今天告诉你一个偏方,你试一试,听说很灵的。"她开始慢慢地告诉我一个偏方。

"谢谢你啊,我相信你的秘方一定会见效的。"我满怀感激,没有告诉她这个偏方我曾试过,效果并不好。

"那我祝你早日康复!"她挂断了电话。

我久久地坐在那里,努力地试图回想起许婷婷的形容,但最终还是遗憾地没有想起来。

后来,怀着一份无言的感动,我又试了许婷婷告诉我的偏方,虽然那个偏方依然没有治好我的胃病,却让我的心充满了一生的温暖。

玫瑰花茶

生在高纬度的北国的他，喜欢喝茶，常用硕大的玻璃杯子，泡了浓茶，大口大口地痛饮，极少用那精致的茶具慢慢品味，对于神奇玄妙的茶道，他的兴趣也不大。

近年来，他突然喜欢上了用各种植物花朵泡的花茶。很多时候，无须啜饮，单是捧着那透明的玻璃杯，端详杯中渐渐绽开的那形形色色的花朵，馨香悠悠飘过，令唇齿顿生芬芳。真的，火红的金盏花，白色的菊花，黄色的萱草花，淡紫色的玫瑰花……那些曾在枝头汲了阳光和雨露的花瓣，如今，又重新在温热的清水中盛开，依然美丽灼灼，清香四溢。

无意间点开朋友博客的链接，他遇见了她——那个喜欢美食的江南女子。她在博客里贴了许多各地小吃的精美图片，还配了简洁的文字点评，她的博文也多是如何制作风味独特的小吃的技法介绍。他匆匆浏览一下，口舌便已悄然生津了。

一个爱美食，一个好佳饮，两人很快便成了交流密切的好友。

没想到，她对品香茗也十分在行，细细地说起茶道来，让他不禁心生叹服。一日，她说过一段时间，会给他寄一份精致的玫瑰花茶，让他品鉴一下。他欣然闭了眼睛，猜想她的玫瑰花茶，该是怎样的与众不同呢？或许是选了长在特别地域的特别的玫瑰花树，挑了特别的时辰采集了特别美的花瓣，又用了类似家传秘方的技法，做了特别的加工吧？这样想着，不禁更加期待她那神奇的玫瑰花茶了。

跋山涉水的玫瑰花茶被信使快递到他手上，他急切地打开那层层包装，却骤生困惑，断然质疑：这分明是一包自己多次品味的寻常绿茶啊，哪里是什么精致的玫瑰花茶？肯定是弄错了吧？

他心有不甘地抓了一些茶叶，放进那个大号的玻璃杯。很快，茶叶便一一地舒展开来，一片片摇曳的翠绿，像极了他喝过的那种名曰青山绿水的绿茶。

端起杯子，他喝了一大口。没错啊，就是那熟悉的青山绿水的茶味。

再喝，仍是那种绿茶的味道。他便把杯中的茶水咕嘟咕嘟地"牛饮"下去。

犹豫了两天，他还是忍不住在她的博客里留言，说她寄给他的是一包绿茶，并非所谓的玫瑰花茶。她的回复简单明了：没错，就是玫瑰花茶。

还能说什么呢？既然她已一口咬定，权且默认那是玫瑰花茶吧，他回了"谢谢"两字，不再说什么。此后，好长一段时间，他没有再登陆她的博客。她寄来的茶，那天被他随手送给了一位爱品茶的女同事。

晚上，同事打电话惊喜地问他："你从哪里弄来那么好的茶？味道简直是妙不可言！"

"不过是寻常的青山绿水茶，并没有什么特别啊！"他被同事弄得一头雾水。

"不对，那茶含在口中，细细地品，有淡淡的花香，从内到外缭绕着，丝丝缕缕，像是……"同事似乎还沉浸其中。

"像是玫瑰花？"他脱口而出。

"对，对，就是玫瑰花的味道。"同事兴奋地喊道。

"真的是玫瑰花茶？"他仍有些疑惑地摇头。

"果真是极品的玫瑰花茶啊！告诉我，到哪里能买到？"同事没有听出他语气里的疑问。

放下电话，他赶紧上网，打开她的博客，看到她最新贴上的一篇博文，他猛地呆住：她寄给他的的确是玫瑰花茶，只是它没有让玫瑰花直接出场，而是选了玫瑰花的灵魂——选上好的绿水青山茶，平铺于陶瓷中，在玫瑰花开得极盛之夜，将陶瓷置于花下，接纳一滴一滴自玫瑰花瓣上滚落的露珠，让那汲了玫瑰花精髓的露珠一点点地浸润茶叶，然后慢慢阴干。如是，才能收获非同寻常的玫瑰花茶。

原来如此！

她以为他懂得茶道，便慷慨馈赠他旷世珍品，他却没能够细心品鉴，没能发觉那看似寻常的背后藏着的神奇和美丽，还对她的美意产生了无端的猜疑。他不禁羞愧地在她那篇博文下面留言：玫瑰花茶，一叶清心，一瓣清脑。

从此，他学会了慢慢地品茶，慢慢地品味生活。他惊讶地发现：无数的美好，就在慢慢地品味中浮现出来，凸现出来，那样亲切地簇拥在身边，一如那吸纳了天地精华的玫瑰花茶。

洒金的画报

那个周日的早上，我把女儿送进了艺校舞蹈班，便朝新华书店的方向走去。

穿过两条小街，我的目光忽然被前面十字街口的一群围观的人吸引过去。走近了，只见一个胖胖的中年妇女，正大嗓门地训斥着一个眼含泪珠的小女孩儿。小女孩儿大约五六岁的样子，干瘦的身子，穿了一件肥大的衣裳，正垂着头瑟瑟发抖。从胖女人向围观者絮絮地吵嚷中，我大概了解了事情的前因后果——原来，小女孩儿经常在这个报摊周围转悠，馋巴巴地看着报摊上那些花花绿绿的杂志，却没有钱买。那天，她趁胖女人不注意，从书摊上拿了那本封面有一个金色小浣熊的画报便想跑，被胖女人发现了，一把将她揪了过来。

胖女人说自己早就瞧她的眼神不对劲，果然是个小偷，非得把她的父母找来，让他们好好管教管教她。

小女孩儿小声地辩解着:"我不是小偷,不是小偷,我要买那本画报。"

"买画报?你的钱呢?"胖女人一脸的鄙夷。

"我要回去找妈妈要,明天是我的生日,妈妈会给我钱买生日礼物的。"小女孩儿揉搓着宽大的衣襟。

"哼,小嘴还在撒谎。"胖女人摆出一副洞若神明的不屑。

"真的,我……我……我没有撒谎。"小女孩儿急得脸都红了。

这时,我径直走过去抱起小女孩儿,从她的衣兜里掏出十元钱,塞到她的手里,对她说:"孩子,你怎么忘了,妈妈昨天就已经给你买书的钱了。"

"我……我……"举着那张崭新的钞票,女孩儿不无疑惑地望着我。

"孩子,快去把钱送给阿姨,说一声对不起,我们回家过生日。"我放下小女孩儿。

"你是她的什么人?"胖女人惊愕地望着我。

"我是她的舅舅,我可以证明她不是小偷,今天和明天她都不是,她只是太想得到那本画报了。"我郑重地一字一字地强调。

"就信你一回吧。"胖女人麻利地找零,我把那本小女孩儿心仪已久的画报交到她手里,抱着她昂然地走过众人注视的目光。

"舅舅,我不认识你啊!你怎么知道妈妈给我兜里装了钱?我早上起来掏兜时还没有呢,妈妈什么时候放进去的?"小女孩儿仰起灿烂的笑脸。

"可是我认识你啊,或许是妈妈太忙了,就让圣诞老人悄悄放进去的吧。"

"舅舅说的对,妈妈整天忙着收废品,特别忙,准是她让圣诞老人悄悄放进我衣兜里的。"小女孩儿欢快地跳起来。

接下来,我从小女孩儿的讲述中,知道了她叫小雪,她的爸爸因病去世后,她和妈妈相依为命,妈妈干过很多脏活累活,现在正和几个老乡合伙收购废品。妈妈说要给她攒钱,让她像城里的孩子一样去读书。

十二年后的一个夏夜,我随手打开电视,本省电视台一个很有名的访谈节目正在进行中。那天,坐在主持人面前接受记者采访的,是一个豆蔻年华的少女。作为本市今年的高考状元,她没有谈自己刻苦学习的经历,而是动情地讲述了自己六岁时的一件小事。

哦,是小雪。我的眼前立刻又浮现出那个早上她捧着画报时的神情。

果然是小雪。她讲完了故事,拿出了那本精心保管的画报,封面上那只憨态可掬的小浣熊,仍那样地惹人喜爱。小雪举起画报,冲着镜头,满怀感激地说道:"就是这本洒金的画报深深地影响了我的人生,它让我永远地记住了一个简单而深刻的道理——无论是自己多么喜欢的东西,都要光明磊落地去获得,不能找任何借口去玷污它。当年,那位好心的舅舅悄悄塞到我兜里的十元钱,不仅帮我洗去了'小偷'的污渍,还让我懂得了这世界上有那么多的真爱,就在我们的身边,我们每个人都会遇到。那天,当我向妈妈讲起这本画报的由来时,妈妈就叮嘱我,一定不要辜负了好心舅舅的关爱。"

真没有想到,当年极其偶然的一个小小的善举,对小雪竟会那样重要。

"现在,我要向那位至今不知名的好心的舅舅再次大声地说一句谢谢,谢谢您送给我的最珍贵的生日礼物。"小雪将那本画报抱在胸前,起身深鞠了一躬。那一刻,我看到主持人的眼里也盈满了晶莹的泪花。

哦,我也应该谢谢小雪,因为她,我才恍然发觉:纵然只是微不足道的一缕阳光,也会温暖风中的一枚叶片。每个人都不应吝啬爱的播撒。有时,即使是陌路人不经意间的一点点的爱,也会迸发出无比神奇的力量,诞生令人惊讶的美好。

不想辜负了他的爱

　　爱上她时，作为孤儿的她，已是一个堕入风尘的女子，无边的凄苦无从诉说。而他，刚刚从名牌大学毕业，在一家著名的公司工作，想与他牵手的女孩儿排了长队。

　　仿佛中了魔，他对周遭那些爱意盈盈的目光视而不见，坚定地告诉自己也告诉她——今生今世，最爱她的男人，应该是他。

　　起初，她并不相信他真的爱自己，以为只不过是善良的他对自己的一份喜欢抑或是怜爱而已，虽说她有一些姿色，但绝对算不上漂亮，就像他直言不讳的那样，不是因为她的漂亮才爱上她的，而是因为她的可爱而让他一见钟情。

　　他的认真和执着，终于让她真切地感受到——他捧出的是一份金子般的爱，她感动而羞愧，执意不肯接受他的爱，她觉得自己配不上他的纯洁，虽然她那么喜欢他，并且因为他，她已离开了那些污浊之地，找了一份干净的工作。

熟悉他的人都无法理解他的选择，觉得他的眼光实在是太有问题了，凭他的优越条件，什么样的好女孩儿找不到？为何偏偏……他下岗的父亲一遍遍痛骂他让家人失望，柔弱的母亲流着泪一次次地哀求他不要犯傻。他心里苦苦地，一再向父母解释——她不是一个坏女孩儿，她只是走错了一段路，她有着别人不知道的苦楚。

见他固执己见，父母放了狠话——若是娶了她，他们就不认他这个儿子了。而他仍不肯放手，虽然他能够理解父母的心。

不忍看到他因她而痛苦，她不辞而别，悄悄地离开了那座繁华的城市，到了很偏远的一座海滨小城，切断了所有与他联系的方式。

然而，她又怎能够心若止水，恍如什么都不曾发生一样？一个人的午夜，她总是一遍遍地想起他的种种好，想起与他相处的那些欢欣的情景，甜蜜中那丝丝的痛，无药可解。

她不知道，在她远走之后，无尽的思念让他怎样的心力交瘁，他只能用拼命地工作来冲淡内心的悲苦。他谢绝了所有要给他介绍女朋友的热心人，常常一个人面对她的照片，久久地呆立无语。他想了许多办法，四处探询，却一直没得到她的任何信息。

他相信她是爱他的，她一定不会忘记他的。这样想着，内心里便涌起一缕涩涩的幸福。

在那些她音信全无的日子里，他埋藏了浓密的心事，用忘我的工作去努力冲淡那些谁都无法想象的痛苦。很快，他便以自己优异的表现，赢得了上上下下的一致赞赏，短短几年间，他便成了那家大公司的总经理。

而她，就在发现他真的爱上自己的那一刻，便满怀感激地告诉自己：一定要重新开始，不要辜负了他那双一尘不染的眼睛。

在海滨那个日益开放的小城市里，举目无亲，没有学历，没有一技之长的她，要想闯出一片天地，其难度可想而知。偶尔，她会想起曾经和一群小姐妹们谈论过的理想——等挣足了资本，就到一个谁都不认识的地方，做光明磊落的事情，最好能遇到一个真正心疼自己的爱人。但是，那样的歧路，她今生不会再走了，甚至她觉得只那么想一想，都是件羞耻的事情。尽管灯红酒绿的城市里有太多的诱惑，有太多成功捷径，她却心甘情愿地要做干净的事，她从最底层做起，从最苦最累的工作做起：她去饭店洗碗，去早市摆地摊，去街头散发传单，去给写字楼送外卖，去编织沙发套，甚至还做了几次清洁高层建筑的"蜘蛛人"……挤出一点点空余时间，她便读书，去职业技术学校听课，时刻没忘了给自己充电。

几年过去了，依然没有她的任何音信，他不忍看着辛苦了大半辈子的父母因自己决绝的爱而日益憔悴，便与一位众人都认为很般配的女子结婚了。接着，生子、育子、孝敬老人、忙碌工作，日子波澜不惊地朝前推着。偶尔，他还会想起她，每当想起她那可爱的样子，便有幸福裹着疼痛从他心头涌起。

他不知晓她突然离去后的情况，关于他的信息，她知道的也很少，且常常迟到。在那遥遥的距离上，他们仿佛只是在曾经擦肩而过时，彼此深情地回眸一探，便只有默默地铭记对方，不禁喟叹：本来缘浅，奈何情深。

多少年过去又是多少年，在送儿子去大学报到的列车上，他才从一张报纸上惊讶地看到她定格的微笑——在玉树震区做义工的她，被一次余震溅飞的石块击中了额头，而她用身体护住的两个儿童安然无恙……

她的遗物只有几张捐款收据和献血单，还有一张照片，那上面站在领奖台上的男人，正是他，不知她何时从网上搜到的。照片的背面，写着她的心语：不想辜负了他的爱。

原来，从他身边走开以后，她改了名字，去了远方，心中却始终不曾割舍一份殷殷的真爱，只是，她选择将那爱，播向了更为辽阔的大地，播向了更多的心灵。

相信你也拥有一份美丽

刚考入大学那会儿,他感到自己实在是差劲透了——个子很矮,相貌几乎可以用丑陋来形容,性格木讷,众人面前不敢说话,一开口就脸红,学习成绩也不好,尤其是英语,可能是班上最差的一个了。每每看到别的同学口若悬河地讲述着天南海北的趣闻逸事,他便常恨自己孤陋寡闻;每每看到别的同学写得一手好字或好文章,他更是羡慕不已;运动场上,也没有他活跃的身影。除了喜欢偷偷地写一些拿不出手的诗歌,和他的那些优秀的同学相比,他实在找不出自己哪怕是很小的优点。

于是,原本就很自卑的他更加自卑了。虽说同学们对他并没有流露出丝毫的歧视,可他还是愿意独来独往,不喜欢跟同学们在一起,生怕显出他的窝囊劲。他最好的朋友是书籍,他把更多的时间交给了图书馆,交给了教室,只有徜徉在那些精美的文字中间,他才能找回一些自信。

大学生活中的第一个元旦来临了，同学们都在高高兴兴地准备着晚上的联欢会，他却跑到街上转了整整一天。天黑了，还不想回校，他怕那种热闹的场合，怕自己丢人现眼。沿着长街，他慢慢地朝前挪着如铅的双腿。寒风中飘着星星点点的雪花，他愈加感到有种说不出的寒冷，心压抑得如一片巨大的阴云。

刚回到宿舍，班级的文艺委员于燕就来了。她是他们年级最漂亮的女孩儿，能歌善舞，学习也好，性格开朗，待人热情。若形容她是白天鹅，那他连丑小鸭都算不上。见到他，她笑着说："大诗人，你藏到哪里准备节目去了？快走，大家正在班级里等着你出节目呢。"

他赶紧撒谎说自己身体不舒服，不想去了。于燕说："这可是我们大学里的第一个元旦啊，终生难忘呀。"说着，目光中充满期盼地望他，他的脸又红了。

"走吧，你肯定不会让大家因缺你一个而感到遗憾的。"说着，她拉起他的手就走。

被于燕牵着走进教室，同学们向他报以热烈的掌声。像约好了似的，没有一个人问他为何迟到，只是争着把苹果、香蕉、糖等一股脑地堆到他面前。那一刻，他的眼泪不争气地流出来，他赶紧擦去。

"下面请我们班的诗人给大家表演一个节目。"于燕的话音一落，大家便使劲地鼓掌。他站起来，讷讷地说道："我……我……我真没什么给大家表演的……"

"云海，来一个，来一个。"同学们大声地喊着，他看见于燕正微笑着朝他点头，那充满勉励的目光在示意他，别让大家失望。

于是，在大家鼓励的掌声中，他开始朗诵自己刚写的一首短诗。这是第一次在大庭广众下朗诵，他紧张得磕磕巴巴，很熟悉的一首小诗，让他读得一点儿美感也没有了，可是同学们还是很慷慨地赠他热烈的掌声。于燕还真诚地说："不错，真的不错，让我们预祝云海成为未来的大诗人。"她的话音未落，大家又送上一阵掌声。

接下来是同学之间互赠礼物，由前二十号抽签，和后二十号互赠。他抬出一张签，"哦，三十一号——于燕。"班长大声宣布道。于燕走过来，笑道："很荣幸和未来的诗人交换礼物，送你一个日记本，愿它能记下你的梦想。"接过那个很精致的蓝封皮日记本，他回赠给她一本席慕蓉的诗集。

于燕忽然想起了什么似的，拿过她刚递给他的日记本，坐到一边，拿笔在上面飞快地写起来，并告诉他回去再看。

热闹的元旦联欢晚会结束了，回到宿舍，他赶紧翻开于燕送的日记本，扉页上是这样几句赠言：仰起头来，你和大家一样，没有什么可自卑的，要相信，其实你也是一道美丽的风景。

默默地品味这几句话，他想起了一位名人曾这样说过："每个人都应当记住，你所拥有的独特优秀，是别人永远无法替代的。"是啊，纵然自己在很多方面不如他人，也没有理由自卑啊，至少他还能发现自己的不足啊。那么，现在最重要的，是努力使属于自己的独特的风景更美丽。

此后的日子里，他仰起头来，自信地面对众人，像于燕说的那样，在心里告诉自己：和别人一样，我也拥有一份美丽。

此后，他陡然换了个人似的，一切都变得轻松起来，许多原以为自己做不了的事，认真地去做，居然也做得有模有样。他蓦然发觉：原来自己并非想象的那样一无是处，相反，自己还有着很多优点呢。

后来，一向笨嘴笨舌的他，经过一番锻炼，竟以出色的口才当选了学校演讲协会会长，他的文章也纷纷见诸报端，他结交了全国各地很多笔友，还被还好几家报刊聘为特约撰稿人。面对一个个喜人的成绩，他更加感激于燕同学的赠言——相信自己也拥有一份美丽的风景。

寒冷的日子里我们靠什么取暖

自从我的居住地附近被辟为高新技术开发区后，仿佛一夜之间，那些气宇轩昂的高楼大厦便呼呼地崛起，将我那破烂的小屋衬托得更加无地自容。尤其是看到从那座本市最高的建筑——四十层的写字楼里进进出出的俊男靓女们，我立刻就有了被甩下几个世纪的感觉。

我这辈子怕是难以成为白领阶层中的一员了，我只是一个普通的教师，而且有一个固执的爱好——写一些很少能发表的可怜的诗歌，自然谈不上赚些碎银子聊补困窘的生活了。当初跟我一起写诗的朋友如今玩股票的玩股票，开餐馆的开餐馆，只有岛子还常常动动笔，但他多是给那些经理、厂长们写些肉麻吹捧的所谓的报告文学，再就是胡乱地编一些风花雪月的故事，他的钱袋子日渐鼓了起来，他就很有资格地一再教训我："你要是再那么犯傻，写那没人看的诗歌，你就得去要饭了。"

可不管别人怎么说，我仍心甘情愿地坚持在诗歌这个清贫的高地上。

　　记得那是初冬的一个早上，我正手忙脚乱地生炉子，煤烟呛得我泪眼模糊、咳嗽连连。

　　这时，一个很温柔的女孩儿的声音在门口想起："请问你是阿健吗？"

　　一位漂亮女孩儿站在我的面前，我点头告诉她我就是，然后陌生人似的看着她，我想她准是走错门了，因为平常光顾我寒舍的只有寥寥可数的几个穷哥们儿，不要说这样漂亮的女孩儿，即使长得十分对不起观众的女士，也几乎没有愿意走进我凌乱的小屋的。

　　"哦，太好了，总算找到你了。"女孩儿兴奋地跳起来。

　　"找我？"我有些惊讶。

　　"对，我读过你的那首《想起朋友》，是跟杂志的编辑要了你的地址找来的。"女孩儿很自然地坐到我那摊了一大堆稿纸的破旧的写字台前。

　　"仅仅因为我的那一首小诗，你就跑到了这里？"我抹了一下脸上的煤灰。

　　"对，因为你的那首诗写得太棒了，'就在这万家灯火阑珊的午夜/这一纸陈年的芬芳/竖起来是高墙/放倒了是长路……'多美的诗句啊！"她赞叹着朗诵起来。

　　"谢谢你，谢谢你的鼓励，其实它真的很一般。"我谦逊道。

　　"不，它很不一般，我靠它重新获得了一份甜蜜的爱情。"女孩儿绽开幸福的笑靥。

　　"真的？我不相信一首小诗竟有那样神奇的魔力。"我被女孩儿的清纯感染了，小屋里开始有了一股春天的暖意。

　　"你不相信，我给你讲讲。"女孩儿开始给我讲述起一个颇浪漫的爱情故事。

"真的很美,你的故事比我的诗歌要美。"听她讲完,我由衷地赞叹道。

"所以我从长春专程跑来谢谢你,邀请你明年春天去参加我们的婚礼。"

"好,我的诗歌竟能成就一份美好的姻缘,届时我一定赴约。"我兴奋地答应了。

"好,你现在就送我一份珍贵的礼物吧。"女孩儿摊开双手。

"珍贵的礼物?现在就送?"我有些愣了。

"对,就是你的大作啊,我和他都十分喜欢你的诗歌,但只在报刊上搜集到了几首,太不'解渴'了,这次来,我可是想满载而归的啊。"她歪头笑着。

"哦,原来是这样,对你这位难得的知音,我只有欣然从命了。"

我把这些年来的诗歌习作一股脑地翻出来,摆在她面前,两个人像疯子似的站在屋子当中,饱含深情地一首一首地朗诵起来……

女孩儿走了,抱着我的诗歌高高兴兴地踏雪归去,风中的红纱巾将她装扮得更漂亮了。

整整一个冬天,我都沉浸在那个叫燕子的女孩儿带来的温暖中。真的,我好几次冲动地对着窗外凛冽的寒风大声地朗诵起那些热情澎湃的诗句,在一次次自我陶醉中,我真切地感受着生活的芬芳……

从此以后,我不知道什么叫忧郁、落寞,也不再为清贫的日子伤感。因为我懂得了在寒冷的日子里,学会点燃诗歌,让燃烧的热情,照亮我深情拥抱的人生……

爱的信笺

她是那所大学公认的美女，追求她的优秀男同学排成了长队，让女生们羡慕又嫉妒。面对那些玫瑰之约，她始终高傲地不予理睬。快毕业时，她出人意料地宣布要嫁给那个其貌不扬的他，令许多追求她而不得的男孩儿愤愤不平却又百思不得其解。

后来，她的一个闺中密友得知了事情的原委——那个他花了三年多的时间，给她写了九百九十九封情书，那份古典的执着打动了她的芳心。

婚后，那个浪漫的他开始像别的男人一样，拼命地忙事业，忙着争名争利，考研、跳槽、经商、出国……陀螺似的被岁月之鞭抽得飞转，整天在外面应酬着，劳心劳力，弄得身心憔悴。

应该说他很能干，结婚八年，他已让她居有豪宅、出有豪车，且雇了能烧一手好菜的用人，她年纪轻轻便不用上班，赋闲在家，过上了阔太太的生活。

然而，她却总感到生活中缺少了些什么，常常一个人坐在空旷的房间里暗暗地发呆。那份无法向人诉说的忧郁，像一个巨大的阴影投射到心灵的底片上，挥之不去。

那天是她的生日，和上一年的模式一模一样：丈夫仍在外面忙着生意，服务生受了委托送来了大篮的鲜花，传呼小姐在她的呼机上留下了熟悉的、例行公事一样的祝福。她推开一桌子丰盛的饭菜，百无聊赖地关闭电视，又翻拣起当年丈夫写给她的那些爱的信笺。霎时，青春的情怀潮汐一样涌来，她的眼角开始湿润起来……

这时，女佣送给她一封薄薄的信，她双手将信按在胸口，久久地不忍拆开。那来自南方都市的一位喜欢浪漫的大学同窗的几句简单的问候，让她幽闭的心扉透过一缕阳光。一周后，她借口出去玩玩，独自踏上了南行的列车。在风光旖旎的海南，她与曾暗恋她许久的同窗有了毕业八年后的温馨一握……

然而，她很快就带着深深的失落踏上了归程，事业未立的同窗还要为生活拼命奔波，没有时间牵着她的手去演绎更多的浪漫，商业气十足的大都市无法抚慰她带着诗意的心情。

回到家中，走进洒满阳光的客厅，她惊喜地看到桌上有一捆漂亮的信札——正好七封，也就是说她离开家后一天有一封。原来，在她走后，丈夫才恍然发觉自己平素总是借口太忙而忽略了妻子的感受。

在柔和的灯光下，两人翻阅着那厚厚的一摞编了序号的陈年的信笺，久违的幸福洋溢在两双相对的眸子里。

那一刻，做丈夫的才真正地懂得：有很多时候，金钱其实并不重要。幸福的爱情，总是需要浪漫的情节的，知心爱人有时需要的仅仅是微乎其微的一纸爱的短笺啊……

祖父最珍贵的遗产

在他出生前两个月,祖父便去世了。借助于父辈和乡亲们零零碎碎的讲述,他脑海中印下了祖父这样不同寻常的人生经历:他祖居浙东,少年得志,十八岁考入京城名牌大学;中年经商,生意做得很大,成了省内外有名的富商;20世纪60年代初那场铭刻历史的运动来临时,祖父散尽了万贯家产,挈妇将雏来到东北的一个林区小镇,默默地走完了此后清贫的人生。

"如果祖父当年不那么实在得犯傻,不把自己用智慧和汗水赚来的财富,那么慷慨地分赠给那些素不相识的灾民,而给我们每个儿女都留下一些遗产,让我们后来能有创业和发展的资本,说不定我们现在都富裕起来了。"这是他从叔叔婶婶们口里常常听到的慨叹,那口气里有些许的遗憾,有些许的抱怨,也有些许苦涩的无奈。

听得次数多了,再看看父辈们如今一家比一家清苦的日子,他也在心底认为祖父当年的举动的确有些傻。

连村里一些上了年纪的乡亲们也都唏嘘不已——若是祖父给他的后代留下一批遗产,那他们这个家族或许是村里最富有的了。而一生老实巴交、只知道下苦力气过日子的父亲,常常说的一句话却是:上辈是上辈的,我们是我们的,一代人要有一代人的活法。父亲从没有说过"假如祖父当初……"之类的话,似乎祖父留不留下遗产,与他毫无关系似的。

他高考落榜后,到江浙沿海一带打工。辛辛苦苦地打拼数年,终于有了一点点的积累,他便盘下一个店面,雄心勃勃地准备大干一番,希望重现祖父当年的辉煌。

然而,初涉商海,他便被迎头浇上了一桶凉水。原来他看好的一单水果生意,竟是一个可怕的陷阱,而他已深深地陷了进去。眼看着左借右挪来的二十多万元本钱就要随着那些正在一天天烂掉的水果远去,他实在输不起啊。那些天里,他急得像没头苍蝇似的团团乱转,却于事无补。

那天,好不容易碰到一位买主,同意买他那些即将烂掉的水果。绝望的他像溺水者抓到了一棵救命稻草,决定赶紧把那些咬手的水果处理掉。买主是一家养殖场的老板,人家开出的是饲料的价格,而他已没有讨价还价的余地了,因为再不立刻出手,他就只能面对血本无归的惨淡结局了。

两人很快谈定了这桩买卖,他心痛无比地跟买主聊起了这些年来的苦涩经历,不知不觉中他提到了祖父的名字。仿佛惊雷般地一瞬,买主的身子猛地一晃,突然紧紧地拉住他的手,惊讶地望着他,认真地问起他祖父的情况,当他再次肯定地说出祖父的名字及其经历后,买主的眼睛陡然一亮,激动地抱住他大声喊道:"恩人啊,我们终于找到你了。"

"恩人？"他愣住了。

"是的，你祖父是我们家几代人的恩人，在我很小的时候，父亲就跟我讲你祖父的故事，告诉我们是你祖父救了我们全家人的命，父亲让我们一定不能忘了你祖父的大恩大德。这些年来，我们一家人，还有很多当年受过你祖父帮助的人，都一直在找你祖父，找你祖父的后人，希望能报答他老人家当年的救命之恩。"买主的眼睛里闪烁着感激的泪珠。

他还在惊讶时，买主已经不容置疑地给出了新的水果购买价格——那是他根本不敢想象的价格，比此时市场最高价的两倍还高，足以让他赚到五万元。

他感激地连连谢绝，他已不奢望能在这单生意上赚钱，能够少赔一些，他就已经很满足了。

而买主却安慰他说："小伙子，按我说的办，我把你的这些水果推销到一家果酒厂，那个老板现在资产过千万，他小子能够有今天，也多亏了你祖父当年的慷慨救助，他说要不是你祖父，他恐怕当年就被饿死了。相信这点儿小忙，他肯定会高兴地去帮的。"说着，买主将一张支票递到他的手里，让他去寻找新的商机。

后来，又有很多当年曾受过他祖父恩泽的人陆续找到他，他们以各种方式表达自己满怀的感激之情，他的生意也在大家的帮助下，一天天地做大起来，他拥有了自己的大公司，远在林区小镇上的亲戚朋友们也纷纷投奔他而来。

如今，事业正如日中天的他，每每谈起自己的这段商海经历，总会情不自禁地这样感慨："我能有今天的成功，要特别地感谢未曾谋面的祖父，是祖父当年慷慨无比的馈赠，为我存下了一笔巨大的遗产，他给了我立足、发展的雄厚的资本，让我一生受用不尽。"

是的，祖父留下了一个响当当的、让子孙后代自豪的名字，也留下了一份让后人品味不已的财富，那是远比金银财富还要珍贵的遗产。

提醒,是一种特别的爱

那是很多年前的一个冬日,我在一个末等小站等候晚点的列车。

暮色降临时,我已将随身携带的两本杂志翻烂了,听说还要等两个小时,我无奈地将杂志覆盖在头上,在空落落的候车室里昏昏欲睡。

朦朦胧胧中,感觉有人捧了我的胳膊,睁开眼睛,发现一个衣衫不整的聋哑乞丐正站在面前。我刚要恼怒他惊扰了我的睡意,忽见他"啊啊呀呀"地指着墙上的时钟,大声地冲我比画起来。这时,广播里响起了列车进站的通知。

哦,我恍然大悟——原来他是在提醒我别耽误了上车。

我朝他感激地点点头,他竟像讨了大块金子似的,蹦跳着走开了。

整个旅途中,我的眼前不时地浮现出那位乞丐的面容,我的心被他那善意的提醒温暖着,一股亲切的感觉始终洋溢在周围……

是啊,走进现实生活,我们每个人多么需要这样坦诚无私的充满爱意的提醒啊。

细细想来，在生命的旅途中，能拥有那来自四面八方的种种提醒，该是多么令人欢欣鼓舞啊。那是一双双关切的眼睛，在注视着我们前行；那是一块块清晰的路标，指示着我们前行的方向；那是迷茫中的一盏灯，那是陶醉时的一缕清风，那是求索中的一份勉励，那是落寞时的一语问询……

提醒，可以是婉转的和风细雨，也可以是走了火的雷霆霹雳，可以是寥寥的只言片语，也可以是不停地絮絮叨叨；可以直对相知的友人，也可以朝向素不相识的陌路人；可以是面对面的激烈的争辩，也可以只是悄无声息的一个暗示的眼神……提醒可以不拘泥于时间、地点，提醒的方式也不必统一，但其共同之处却是显而易见的——提醒，包容着爱意，寄寓着期待，蕴藏着关心……

哦，提醒，是岁月中的一种特别的爱。善待那一个个纯洁无瑕的提醒，就是在不断地提升着我们的生命，就是在朝着美好的方向坚定地走去。

在提醒中，我们会蓦然发觉，有那么多善良的心灵在呵护着自己，有那么多热情的手在扶持着自己，有那么多的同路人在向着一样的高地攀缘；在提醒中，我们会有心的怦然一动，会有眼前猛地一亮，会让心头的阴郁陡然消散；在提醒中，我们读懂了亲情、友情、爱情，其实都是弥足珍贵的真情，就洋溢在我们每个人的周围，美丽着我们的每个注定不会平淡的日子。

辑四 / 孤独,从来就不是谁的宿命

暗夜里,总有一盏灯在为你亮着;驿路上,总有一缕春风在为你吹拂。对着镜子微笑,你自然会收到笑脸盈盈。你不是孤独的。只要不封闭自己,学会跟陌生人说话,你会蓦然发觉——心与心的距离,其实并不遥远。

融入城市的父亲

我把在乡下跟土地打了一辈子交道的父亲接进城里来住，原以为他会有一段不适应期，但很快我便发现自己的担忧是多余的，父亲像一株生命力极为旺盛的柳树，一下子就融入了城市的生活。

单元门上的声控灯坏了半个多月了，每次晚上回来开门，我都要在黑暗之中摸索着花费不少时间，有时弄得心情也一团糟。可是，我和整个单元的人，谁都没有在下班的路上或逛超市时，顺手买一个价格低廉的灯泡安上。父亲来后的第二天，门前便一片光亮。我夸赞父亲是光明使者，他嘿嘿一笑，说不过是举手之劳。

小区门前的花坛，许久没有人照料了，里面长满了杂草。父亲不知从哪里弄来了工具，主人一样地开始除草、搬走垃圾、疏松花土，又从别处移来了各种花苗。不久，门前便花香四溢，小区里的人见了父亲，都夸奖他勤快能干，他反倒不好意思了，说他在乡下习惯了干活，见到那块地方荒着，感到可惜了，栽种一些花，看着养眼，心里也舒坦。

父亲不光栽种了那些花，还当仁不让地当上了"护花使者"，每天都要在小区院子里转上几圈，拦阻一些淘气的孩子对花的揪、掐、摘，顺便把散落在花坛边的垃圾，捡起来送到大门外的垃圾箱里。我笑着逗他，你一天天那么忙，为小区美化环境，我得找物业管理部门，为你申请补助啊。他得意地告诉我，最近这两天他还撕掉了不少贴在小区单元门上的广告。我问他为什么撕掉。他说，他一眼就看出那些都是骗人的东西，有的说是药店免费发放治疗糖尿病的药物，有的说是请专家免费给老年人进行体检。其实，都是糊弄人的，你去了一检查，准保个个都有病，使劲吓唬你一番，让你乖乖地掏钱，买那些昂贵的还不一定见效的药物。这样的事情，在乡下我就见识过了，村里的人没少上当受骗。他同小区里的不少老人也聊过，他们当中也有人被骗了上千块钱。

我很赞同父亲的说法和做法，但又提醒他，让他在撕掉那些小广告时，注意别让贴小广告的人遇见，防止人家打击报复。他一脸凛然道，怕啥？那些骗人的家伙都心虚着呢，就是打了照面，我也敢戳穿他。

我没再多说什么，换了一个话题，建议他去附近的公园活动一下身体，他说那里人多，闹哄哄的，不如在小区里走走。他突然问我能不能把家里用不上的书找一些出来，我问他干什么，他拿过一张前一天的晚报，指给我看上面的一条募捐新闻。

原来是一所专门为打工子弟开办的学校，正在向社会各界募集课外书给学生们阅读。这是一件好事，我立刻放下手里的工作，开始从我的书架上筛选我一时不读的、适合学生阅读的书籍，父亲在一边帮忙把选出来的书，装到一个纸壳箱里。忽然，他举起一本《现代汉语词典》，让我把它也捐了。我说报上只是说捐课外书，父亲说学校买不起课外书，这么厚的词典，肯定也买不起，而学生们肯定更需要它。我点头，觉得还是父亲想得周到。

第二天，父亲说他要亲自送到那所学校去，我说路太远，要转两次车呢，还是通过社区转交吧。父亲说早送去，学生们可以早看到，路远点儿没关系，就当是看看城市的风景了。

天很晚了，父亲还没有回来。给他配的手机也没带，我有些担心父亲迷了路，或者遇到了麻烦，焦急地跑到楼下看了好几趟。直到六点多了，父亲才回来，他手里还拎着一袋十斤装的大米。

我刚要嗔怪他回来这么晚，害得我禁不住要胡思乱想了。父亲却兴高采烈地告诉我，他回来的路上见到一家商店前排了长长的队伍，大多是老年人。他一问是商店搞促销，每斤大米一元钱，每人限购十斤。他便过去排了两个多小时的队，买了这袋大米。

超市的大米每斤也不过一元二三，十斤大米顶多也就节省两三元钱，还不够他今天出去的路费呢。我说父亲真不会算经济账，父亲立刻反驳我，该节省的就要节省，一毛钱也是钱啊。我立刻投降，说父亲做得对，他便嚷着赶紧给他盛饭，说是饿坏了。

父亲昨天还跟我说他兜里有二百多块钱呢，我问他怎么不在街上买点儿自己喜欢吃的。他脸红了，说没跟我商量，把钱和那些书一起捐了。我笑了，说他差一点儿裸捐了。父亲问我什么是"裸捐"，我说像他把所有财物都捐出去，就是裸捐。父亲看出我在打趣他，便故作生气地说，以后他做了好事，再也不向我报告了。

我骄傲地说，我可爱的老爸，你进城不到半年，好事就做了一大堆，想要竞选小区的文明市民啊？父亲连连摇头，这孩子，你不是担心我不能尽快融入城市吗？我这是在努力啊。

老爸，你已经融入了城市，而且是一个优秀的市民了。我冲着父亲竖起大拇指。

赠一张阳光名片

朋友组织了一个饭局，来了八位，彼此大都是初相识。

某文化单位一位副处长挨个儿散发了印制精美的名片，上面密密麻麻地印了一堆"会员、理事"头衔。简单地寒暄后，那位副处长便开始大发牢骚：一会儿抱怨没有家庭背景和一定的人脉，靠一个人在官场打拼实在太难；一会儿抱怨物价过高，抱怨交通状况太糟糕，与他旅游去过的欧洲国家实在没法比；一会儿又抱怨教育、医疗改革太不成功，养一个孩子都不容易，连生病都不敢……总之，在他看来，生活中不顺眼、不如意的事情太多，活着的每一天都在受罪。有人礼节性地附和一两句，他更滔滔不绝了，一脸看破红尘的神态。

觥筹交错中，挨着我坐的张工一直笑容可掬地听着众人的慨叹，没插一句话。朋友提议张工说两句。他笑着站起来："我一个普通的电工，也不会说啥，大家都很忙，聚一次不容易，我祝愿在座的各位都有一个好身体，每天都有一份好心情。"

那位副处长不以为然地说道："这世道难得让人有好心情啊！"

"好心情需要自己调整，也可以从他人那里获得啊。"张工微笑着。

"怎么从他人那里获得？"副处长有些不解。

"多跟快乐的人相处，多找一些快乐的话题，多留心生活里那些阳光的地方，少在意那些阴暗的地方，心情自然会好起来。"接下来，张工讲了自己二十五岁那年，医生曾在诊断书上写下一个冰冷而陌生的词汇——骨质硬化症，世界上没有人能说出该病的起因，医生却肯定地说其结果是他将丧失正常行走的能力。然而，他丝毫没有抱怨命运无情，依旧乐呵呵地面对每一次日升日落，并把快乐传递给身边的人，似乎那可怕的疾病与他毫不相干。如今，他不仅是单位里优秀的员工，还是一位登山健将，是市里小有名气的太极拳业余教练。

说着，张工起身为大家表演了一套杨式太极拳，一招一式，刚柔并济，叫人看着就有一种美感。

大家鼓掌，说以后有时间，得向他拜师学学太极拳。张工笑着说没问题的，他包教包会，并且不收一分钱学费。

有人立刻向张工索要名片，张工没有，他笑眯眯地告诉大家，只要去建国街的那个公园，远远地就能看到一个一身红装的领拳人，那就是他。

后来，除了那位副处长，那天聚会的几位，竟真的跟他学起了太极拳。他们不约而同地表示：跟张工学拳锻炼身体只是一个小小的缘由，主要是喜欢他的阳光心态，跟他在一起，听不到任何抱怨，只会被他的快乐感染，只会身心清爽，不知不觉地就抖落了生活中的许多疲惫和不如意。

而那位整天牢骚满腹的副处长，自己活得不开心，别人跟他在一起心情也不愉快。渐渐地，再聚会时，便少了他的身影。后来一次偶然的机会，我听朋友说他年前因肝癌去世了。我愕然："他很年轻啊。"朋友淡然说道："从我认识他那天起，就没见他活得阳光过，跟他这样一个心中缺少阳光的人在一起，心情难免都会被抑郁传染，更何况他本人了？"

　　朋友说得极是——心中有阳光的人，才能赠人一片阳光。一个人若能够懂得赠人一张阳光名片，相信他一定会赢得许多阳光朋友，会让自己和他人的生活变得更加灿烂，譬如那位令病魔也敬畏地退去的张工。

老师的样子像天使

我支教的学校在一个异常干旱的山区，到处是裸露的山岩，难得看到几抹绿色。村里的男人几乎全都出去打工了，女人也出去了大半，留守的只有老人和孩子。村里有一所小学校，破败不堪，除了一个跛脚的老教师，其他的人无法忍受这里生活的艰难和收入的微薄，都陆续地离开了。

我这个来自大城市的漂亮的大学生刚一进村子，就听到有人大声地打赌，嚷着说我肯定不会待在这里超过三个月。的确，村里的教学和生活环境，都远远地超出了我的想象，如果不是亲历，实在难以相信，在21世纪的今天，在西部还有这样闭塞、落后的地方，连辛苦收集来的发霉的雨水，都那么珍贵。我想洗一次澡，需要花费一天多的时间，转三次车，赶到几百里外的县城，才能找到一个浴所。

我教三、四两个年级的语文课，学生的基础差得叫人触目惊心，许多学生连拼音也不会，错别字随处可见，一个简单的造句，也会语病百出。因为老师来来走走，学生们总是时断时续地上课，所学的东西都快忘干净了，一些学生对学习也没了兴趣。

我教的班上有一个叫望富的学生，他是一个非常懂事的男孩儿，学习刻苦，成绩最好。每当课堂上有学生调皮，他都会站起来帮我管理。我问他的理想是什么，他说要做一个像我这样的好老师。我说自己还算不上一个好老师，他说能在这么艰苦的地方待住的就是好老师。

望富的家离学校非常远。我问他到学校的路途有多远，他说不上来，只说如果跑着走，最少需要两个钟头。望富的回答激起了我要一探究竟的好奇。周末放学时，我提出要与望富一同回家，去做一次家访。

望富惊恐地阻拦我："老师，你别去了，太远了，路不好走，会累着你的。"

"没事的，老师不是那么娇惯的，我在大学里还是长跑运动员呢。再说了，你不是每天都要往返于学校和家之间吗？"我换好了一双轻便的旅游鞋。

刚一出校门，望富便从帆布缝制的书包里掏出一双草鞋快速地换上，我愕然地发现他没有穿袜子，只是在脚上缠了两条布带。他羞涩地告诉我，山路崎岖，很费鞋的，他穿的草鞋是自己编的，布带是捡来的。

我和望富边走边说，不知不觉间三个小时过去了，我的双腿已酸涩得迈不动了，天色也已暗了下来，还没到他的家。我问他还有多远，他说快走还得半个小时吧。好不容易走到望富家，我一下子坐到他家门口的石凳上，累得再也站不起身来了。很快，望富端来了半盆热水，让我赶紧泡泡脚。

我先洗了脸，又叫望富也过来洗洗，并把随手带的一块香皂递给他,他把香皂放到鼻前贪婪地闻闻,说了声"好香",却没舍得用,而是叫过妹妹也来闻闻。看到他们那样爱不释手,我就送给了你们,两个孩子连连道谢,脸上是无尽的欢喜。

我脱下磨出了两个洞的袜子,舒坦地泡了脚。我起身要将泡脚水浇到院子里的花坛中,望富却宝贝似的端到一旁,让患了白内障的奶奶坐下来,慢慢地帮着奶奶洗脚,看到奶奶那副很享受的样子,我的心里暖暖的,只想落泪。接着,望富又让妹妹过来洗了脚。那盆水已经很混浊了,望富才把双脚放进去,他说真的要感谢我,让他和奶奶、妹妹都借光洗了一次脚。

晚饭是望富和妹妹一起做的:小米干饭,一盘炒蕨菜,一小碗炒鸡蛋,还有一小碗萝卜咸菜。望富不停地往我碗里夹鸡蛋,他的筷子却总是瞄着萝卜咸菜。

这时,我才知道,望富家是村子里最穷的一家,母亲得了肝硬化腹水,去年去世了,父亲常年在外面打工,妹妹已辍学在家两年多了,他是靠希望工程的捐助才重返校园的。

回到学校,我在书信中向远方都市里的同学们讲述了支教学校的情况。很快,同学们捐献的衣物、书籍等,便从四面八方邮寄到学校里。有一位报社的记者还专程来采访了一次,图文并茂的报道过后,又引来很多热心人的关注和帮助,其中,最大的帮助是,有人出资帮村子和学校各打了一口深水井,基本上解决了饮水难的大问题。

我不过是做了一点点举手之劳的小事,但很多学生和家长都感激地称我是美丽的天使。

望富的妹妹又上学了,她洗得干干净净的笑脸上,散着淡淡的皂香。下了课,她就趴在办公室的门口,目不转睛地盯着我看,一次又一次,我看到了,她就跑开了。没多久,她又在盯着我看。

当我好奇地抓住她,问她为什么总是看我。她仰起天真的笑脸,告诉我:"老师,我不知道美丽的天使是什么样子,可我相信,天使一定和老师是一样的。所以,我看着老师,就是看着美丽的天使。"

我激动地把她揽到怀里,轻轻地摩挲着她的小辫,眼角一阵灼热。

爱的援手

站在细雨绵绵的街头，已下岗两个月的他，终于找到了一份"苦差"——向过往的行人分发某药店的广告。

人们早已厌倦这类街头广告，加上天气又不好，许多人在经过他身边时，都摇头摆手，不愿意接那可信度有限的广告单。

他一次次伸出手，又一次次尴尬地收回来，厚厚的一沓广告单，许久也没散发出去几张，而他只有散完了广告单，才能拿到十元钱的报酬。

霏霏的雨丝浸湿了他的衣衫，他还在无奈地坚持着，但失望已经开始在心底一点点地聚集着……

这时，一辆豪华轿车缓缓地在他身边停下，妇孺皆知的本市商界女强人——希望集团的艾丽总裁走了下来。艾总微笑着从他手中接过一张广告，看了几眼，亲切地对他说："来，让我也当一回广告人。"说着，她便迎着他惊诧的目光，抓过一沓广告单，向过往的行人分发起来。

艾总亲自站街头发广告，众人都惊讶不已，纷纷从她手中接过广告单。一会儿，在她身边就围了一大圈人，远处的行人也好奇地朝这边涌来，凑热闹似的争抢那些大家原本已经熟视无睹的街头广告，他手里的广告单也随之很快地散发出去了。

半个小时后，艾总和他都双手空空。他感激地向艾总道谢，艾总笑着说："天快黑了，早点儿回家吧。"一句自然的关切，似一缕轻柔的风，拂去了他下岗后心头积聚许久的抑郁。

第二天，电视台记者采访了艾总，问惜时如金的她为何要站在街头，帮一位素不相识的人散发广告单。于是，无数市民听到了她那朴实而让人回味无穷的话语——因为他那也是工作，需要得到我们的关注。我们可以对那些广告单不感兴趣，但我们不能对他的工作漠然，更不该缩回自己关爱的双手。面对那满怀希望的眼睛和心灵，有时我们仅仅伸一下手，付出一点点的爱，就可能实实在在地帮别人一个大忙……

望着荧屏上艾总那一脸的真诚，倾听她那夏日里清爽的话语，他的心久久地沉浸在无言的感动之中。

风雨打工路,打不碎我青春飞扬的梦

这是我的一位作家朋友讲述的一段震撼心灵的往事——

无法想象的贫困,像一条冰冷的绳索,绞断了我的大学梦。十六岁那年,在父母无奈的长吁短叹中,我懵懵懂懂地踏上了艰难的打工路。

为了省下买车票的钱,我藏厕所、钻座席底下,跟验票员打了一路的游击,惶恐、紧张得我精疲力竭,终于被列车像卸货物似的,卸到了南方那个繁华的城市。

站在那个高楼林立的大都市的街头,看着那花花绿绿的招聘广告,随着一拨拨的求职者跑东跑西,失望一次次地向我涌来——像我这样技能和文凭全无的外来打工者,要找一份工作实在太难了。

难道靠力气挣钱这条最差的路也走不通吗?我开始跑建筑工地,一家又一家,东一头西一头地乱走乱撞了三天,仍未找到一份哪怕报酬很低的工作。

夜幕降临时，我啃完了最后一个从家里带来的两掺面的烙饼，手里攥着一直没肯花掉的全部财产——五十元钱，四处张望着寻找过夜的地方。火车站太远，建筑工地太吵，最后我相中了一个垃圾箱附近被弃置的两个粗大的水泥涵管。

疲惫不堪的我躺在冰冷的水泥管里，却怎么也睡不着。一闭上眼，脑海中就闪现出年老多病的父母那满脸的愁容，闪现出弟弟妹妹那营养不良的身影，还有那被迫扔下的课本，那曾让我热血沸腾的文学梦⋯⋯

我不禁想到了安徒生的《卖火柴的小女孩儿》，想到了自己还准备挣钱再去学习写作、当作家的梦想，等等，不知不觉中泪水打湿了衣襟。擦擦眼睛，我安慰自己：哭顶什么用？拿出点儿男子汉气概来，就不相信闯不出一条路来。

第二天，我接着街头洗车的水龙头，草草洗了一把脸，又忙着找工作。谢天谢地，暮色苍茫时，我灌了铅的双腿快要支撑不住了，终于找到了一份工作。虽说那活儿相当累，报酬也特别低，可我连眉头都没皱，就一口答应下来，因为我已没有跟人家谈条件的资本了。

拼死拼活地干了一个月，老板发给我三百块钱工资，又加了一句勉励的话："记住了，小伙子，只要肯吃苦，总会有出息的日子。"多年后，我还清晰地记得他拍着我肩膀，随口说出这句话时的情景。

又在劳务市场焦急地等了好几天，说了一大堆好话，那个凶巴巴的工长才同意我上了那台卡车，和一大帮来自天南地北、靠卖力气为生的打工者一起，被拉到市郊去拆一大片旧房屋。

工长给的工资还凑合，还管吃管住，这让我暗自惊喜——好运来了，我终于可以给家里多邮一点儿钱了。我满怀的愉快，将初来乍到的狼狈和一个多月的艰辛全冲跑了。

其实，吃住的条件极差，劳动强度却不小，可我和大伙儿都很知足，因为找工作太难了。每天天刚一亮，我们便睁开惺忪的睡眼，抓起铁扦、锤子，叮叮当当地敲打起来，直到天黑得看不见了，才收工。

午餐很简单：一担子馒头，一大锅最便宜的炒菜，再加一大桶有那么几片菜叶的稀汤，往灰尘飞扬的工地上那么一放，大伙就坐在刚刚拆下来的砖头上面，一人抱着一个小菜盆，用筷子插着馒头，迎着风狼吞虎咽起来。刚歇息几分钟，就又操起工具干起来。一天下来，累得浑身上下像散了架似的，一上那潮湿的地铺就呼噜震天地陷入酣眠中。

到发工钱的日子了，那位领我们来的工长，告诉我们说老板的资金周转不开，工钱先压一压，估计要压两个月吧。

"说好的，到月底就开工钱，怎么说了不算呢？"我立刻急了。

工长回头呵斥我："当初是你求着我要来的，不愿意干就走人。"

"那也得先把工钱开了再说。"大伙都急着用钱却被工长压住了。

工长脸一沉："就这么定了，再吵也没用，不想干就走人，没干完活，工钱不给结算。"说完，扭头便走。

"不行，我们不能就这样叫人欺负了，得找老板谈谈，我们凭力气吃饭，他不能说压工钱就压呀。"我站出来，大伙见我年轻气盛，敢跟工长顶嘴，就推我为代表去替他们找老板交涉。望着那一双双饱经风霜的充满期盼的眼睛，我心中又多了一份勇气，转身就去找老板。

老板刚开始并没在意我，对我不冷不热。在我一番入情入理的慷慨陈词后，他的态度缓和了一些，叫秘书给我倒了杯茶水，微笑着跟我商量："我现在资金实在周转不开，工钱只能先压一阵子，你回去帮我劝劝大家好好干活，别闹情绪，我再给你额外加一份工资，现在就可以拿给你，把你眼前的困难解决了，怎么样？"

再加一份工钱，并且现在就能拿到，这个诱惑不小，可一想到工地上那些老实巴交的同伴们，我立刻摇头。

老板很有耐心地说:"你可以回去再考虑考虑,不用急着表态。"

我口气坚定地说:"没什么考虑的,按事先说好的,给我们开工钱,若实在拿不出来,压多长时间,跟大伙商量商量,说清楚了,怎么补偿,都签好合同,也行。"

老板板起面孔说:"你这么跟我咬死理,不怕我找人教训你吗?"

我无所畏惧地说道:"不是我咬死理,我所争取的只是我们应该得到的,我想,老板你一定知道,我们有权力要求你准时付给属于我们的那份报酬。另外,我也知道你能找人教训我,打伤我甚至打残我,可你也一定懂得教训我的同时,你也触犯了法律。别以为你有几个钱,就能把法律放到一边。"我不卑不亢地盯着老板的眼睛。

老板忽然哈哈大笑起来,过来拍拍我的肩膀:"小伙子,有个性,跟当年的我一个样。我答应你去跟大伙儿说说,争取早点儿开工钱,拖压工资保证给大家补偿。我还要奖励你,给你换一份好工作。"

我诚恳地说:"只要老板能体谅我们打工者的艰难,想到尊重我们,能履行当初的承诺就好。至于我个人,要是你觉得那份工作我能够胜任,那我也会愉快地接受并努力做好的。"

后来,老板给大家开了会,诚恳地道歉,说明了延迟发工资的缘由,做了补偿的承诺,并且很快兑现了。

工资风波过后,大伙对我都很感激,也很敬佩。而我也因此博得了老板的欣赏,换了一份较轻松的工作。也就是从那时起,我开始了激情飞扬的写作。在那个拥挤的工棚里,当大伙吵吵嚷嚷地甩扑克、下棋时,我就蹲在门口,伏在那张破椅子上,一笔一画地书写着内心的喜怒哀乐,忘情得仿佛进入了一个神奇的世界。

不久,我的第一篇反映打工者生活的文章被本市的晚报登了出来。

一天,老板拿着一本杂志惊讶地问我:"你的文章都上杂志了,什么时候写的？"

　　我有些羞涩地跟他讲述了藏在心中的那个痴迷的文学梦，老板拉着我的手赞赏道："小伙子，好样的，什么时候都不放弃自己的梦想，这才是个真正的男人。"

　　老板非但没责怪我"不务正业"，还鼓励我好好写，并帮我找了一个闲置的仓库，叫我有闲暇时间就躲在里面安静地写作。后来我才知道，老板年轻时也喜欢写作，也是因为家里穷，才出来闯世界的。

　　有了好心的老板的支持，我创作的热情更高了，随着大大小小的各类作品频频见报，我很快就成了那座城市里小有名气的打工作家。再后来，我干脆买了电脑，做起了自由撰稿人。

　　多年以后，回望当年走过的风雨打工路，我非常庆幸自己始终没有迷失了人生方向，始终没有放弃那个青春飞扬的梦想。

九十岁的眼，二十岁的泪

那是1938年的夏天，二十三岁的德国青年肖恩跟随叔父来到巴黎。他先领略了塞纳河两岸旖旎的风光，又去了辉煌的罗浮宫和凡尔赛宫，然后沿着香榭丽舍大街一路走去，体味这座世界名城非凡的意蕴。接着，他又观赏了著名的凯旋门。

那天，顶着蒙蒙的细雨，肖恩来到了举世瞩目的埃菲尔铁塔前。仰望眼前这一人类建筑史上的奇观，他油然而生一种敬慕。他是一位大三的学生，所学的专业就是城市建筑学。他对埃菲尔铁塔已有了比较详尽的了解，从设计到建筑的整个过程，都比一般人知道得多，但那都是在阅读中获取的，而此刻，这伟大的建筑就矗立在他面前，他就要走上前去，亲手去触摸一下那些被赋予了深厚的文化意蕴的钢铁。

他正心情激动地向前走去，忽然，在他的左前方不远处，一个满头银发的老妇人摇晃着身子，向后仰去，他紧跑两步，但还是没有接住她,老妇人肥胖的身躯重重地摔倒在地。起初,他还以为老人是心脏病猝发,等走近了,才知道老妇人是眩晕症发作。

躺在地上的老妇人,一手按着受伤的大腿,一手撑地想站起来。肖恩上前想帮她一下,老妇人忽然痛苦地咧咧嘴,显然她伤得不轻。老妇人向肖恩求援:"小伙子,帮我打个电话,叫一台救护车,送我去附近的医院,再通知一下我的孙女。"

肖恩的法语还不错,老人的话全能听懂,他安慰老人:"没问题,我懂得怎么做。"

救护车很快到了,他陪同老妇人去了医院,又陪她做了一系列的检查。还好,已年届九旬的老人,只是大腿骨折了,身体其他部位并无大碍。

老人的孙女斯芬娜匆匆地赶到了,看到病榻上的祖母,小女孩儿含着眼泪,轻轻地嗔怪祖母不该独自上街,摔伤了自己,把她也吓坏了。

"我也不知道怎么突然就眩晕了,现在没大事了,医生说静养一段时间就好了。对了,你可要好好谢谢这位德国来的小伙子。"老妇人指着身边的肖恩对孙女说,眼睛里满是慈爱。

斯芬娜赶紧擦去眼角的泪珠,向肖恩深鞠一躬:"谢谢你救了我的祖母,上帝也会感谢你的。"

"举手之劳,不用客气。"肖恩竟腼腆得有些手足无措了。四目相对时,肖恩惊讶地发现,斯芬娜是一个非常漂亮的法国女孩儿,尤其是她那双清澈如水的眼睛,散着令人过目难忘的魅力。

得知斯芬娜刚刚接到巴黎大学的录取通知书,学的也是建筑学,肖恩兴奋地说:"我们以后就是同行了,应该多多交流啊。"

"你是师兄,你可要多帮助我啊。"斯芬娜甜甜的笑容,是那样的美。

"没问题,如果我有需要你帮助的,你也不能拒绝啊。"那一刻,肖恩突然在心底感谢斯芬娜的祖母,让他有缘认识眼前这位可爱的法国女孩儿。

"那当然了。"斯芬娜回答得很干脆,她也喜欢上了眉清目秀的肖恩。

随后,斯芬娜陪同肖恩登上埃菲尔铁塔,两人并肩而立,极目远眺,巴黎美景尽收眼底。微风轻轻拂过,两人内心泛起了轻轻的涟漪。

回国后,两人开始频繁地通信,两颗心也贴得更近了,那一段跨国之恋,让两个年轻人感觉到了生活的甜蜜和人生的美好。他们在信中相约,一定加倍努力学习,将来一起设计出让后代赞叹的建筑。

然而,没过多久,第二次世界大战便几乎让整个欧洲都陷入了战火中。随着巴黎的失陷,斯芬娜跟随父母逃难到瑞士。肖恩也在大学毕业半年后,被强行征召入伍。愈演愈烈的战争,彻底中断了两个年轻人的联系。

1943年,肖恩所在的部队被派往法国,肖恩和两位要好的朋友冒着生命危险,来到冷清的埃菲尔铁塔下。他悄悄掏出当年与斯芬娜在铁塔前的合影,轻轻地吻了吻,内心翻涌着说不出的甜蜜与苦涩。

在诺曼底战役中,肖恩受伤被俘,他没有任何挫败感,反而有一种解脱的感觉。他想,他已退出了该死的战争,最令他痛心的是,斯芬娜写给他的那些陪伴他无数次穿过枪林弹雨的书信,在他受伤后全都下落不明了。

在战俘营里,肖恩不断地猜想斯芬娜与他失联后的情况:她现在哪里?战争没有伤害着她吧?她和他还会有梦想的未来吗?每一个问题,都撕咬着他的神经,让他疼痛不已,却忍不住一再追问。

战争终于彻底结束了。带着伤痛,肖恩回到了满目疮痍的柏林。那场不堪回首的战争,让他失去了亲爱的父母和可爱的弟弟,失去了尊敬的叔父。而他萦绕在心头的斯芬娜,仍下落不明。

一段黯然神伤的日子过后,肖恩意识到自己不能总是陷在回忆中,必须要振作起来,他相信:不管斯芬娜如今在哪里,她都一定会希望自己还有梦想,还有充满阳光的生活。

他进了一家建筑设计院,帮助人们重建被战火摧毁的家园。即使是在那些特别忙碌的日子里,他也没放弃打探斯芬娜的消息,他甚至委托好友去巴黎大学查询过。然而,他一次次的努力,换来的是一次次的失望,斯芬娜仿佛在人间消失了,再没有她的任何音讯。

肖恩四十岁那年,与一位建筑师结婚了。两人一同走过了三十年平平静静的婚姻生活,他们没有生育一个孩子,那些散落在城乡间的大大小小的建筑物,凝聚了他们无数的心血,成了他们热爱的孩子。

妻子病逝后,肖恩独自生活了十年,搬到了自己设计建造的敬老院。就在他淡然地望着镜中一天天苍老的面额,等待着去天堂与亲人相聚时,他偶然在一张报纸上读到了一篇署名斯芬娜的文章,作者在文中讲述了自己的初恋,虽然没有写出他的名字,但他还是根据文中所提及的那些细节,断定写文章的斯芬娜就是他苦苦寻觅的恋人。

很快,在报纸编辑的帮助下,肖恩与斯芬娜通上了电话。

原来,斯芬娜的父母带着她避难到瑞士后,她因为心中特别牵挂肖恩,没过多久,就独自返回巴黎,却不幸遭到一位纳粹军官的蹂躏。她一时万念俱灰,想纵身跃入塞纳河,结束自己年轻的生命。是一位流浪汉救了她。而后,她去了法国南部的一个小山村,做了一名教师,一生未曾婚嫁。

在那场劫难发生之前,她也曾多方打探肖恩的消息,和他一样没能如愿。遭遇了那场不幸以后,她觉得已无法将最纯洁的自己交给最爱的人了,她便将那份深爱埋藏在心底。只有夜深人静时,她才会一边翻阅肖恩写给她的那些信,一边流着泪默默地为他祈祷和祝福。

反法西斯战争胜利六十周年前夕,心中一直不曾割舍的那份情思,让斯芬娜在耄耋之年,拿起笔来,向世人讲述了自己鲜为人知的初恋。而上苍似乎也被他们的爱打动了,于是,命运让他们在别离了六十七年后,再次惊喜地重逢,让浪漫的爱情经历了那么多坎坷后,终于有了一个美好的结局。

装饰了鲜花的婚车,缓缓地从埃菲尔铁塔前驶过,两位银发飘飘的老人紧握着手,眼睛里满是幸福的泪水。

在巴黎市郊的一座教堂内,神父向许多闻讯赶来见证这一跨世纪婚礼的人们,深情讲述了他们令人唏嘘不已的爱情故事后,说了下面这样一段话——

没有什么能阻止爱的花朵美丽地绽开,也没有什么能摧毁藏在心头的真爱,苍老的只是岁月,而爱会永远年轻。

温暖的赞美诗唱响了,两位老人幸福地相拥而泣。

不要慨叹爱的迟来,九十岁的眸子里,流淌的依然是二十岁的深情。面对他们跨越了无数阻隔的爱的相拥,整个世界都应该转过身来,为他们献上敬慕和祝福。

近处的星光

那时正是追星的年纪，不断涌现的各类明星，吸引了我们许多目光，占去了我们许多宝贵的时间，我们曾乐此不疲地把最热烈、最痴迷的情思，献给了远方那一个个耀眼的明星们。

在一次班会上，同学们炫耀似的，争先恐后地罗列了一大串自己崇拜的明星，并把他们的名字写了满满一黑板。对此，老师微笑着未置一词，而是让我们再写出这样几个人的名字——最关心你的人，给予你教诲最多的人，对你成长影响最大的人，对你帮助最大的人。

结果，我们不约而同地写下了父母、亲人、朋友、老师的名字，几乎没有一个是明星。

"同学们，最关心你们、给予你们最多的教诲和帮助、对你们成长影响最大的，不是远处那些耀眼的明星，而是你们周围最熟悉、最普通的人，可你们恣意抛撒的热情，对谁过于慷慨，对谁又过于吝啬了呢？

要知道，远方的星辰再灿烂，也没有近处的烛光温暖，更何况近处的也是一颗颗闪亮的星呢……"老师一脸的肃穆，我们低下头陷入了沉思。

是啊，给予我们最真切、最实在的恩泽的，正是近处的星光，最应该关注、最应该感恩的人，其实就在自己的身边。那不该忽略的，却常常被我们不经意地忽略，这是一个多么值得深思的问题啊。

岁月荏苒，许多事情已随风飘逝，唯有那节课还记忆犹新，而且越品越有味。道理其实再简单不过了——我们可以记不住星河中那些灿烂的名字，但我们不应该忘却身边那些普通的人们，是他们默默的、无微不至的关心、呵护和帮助，才让我们拥有了骄傲的今天和绚丽的明天……

当许多人还在把更多仰慕的目光投向舞台中央的明星时，我却愿意默默地把心中深深的感激，敬献给牵我之手、引领我迈向成功的周围那些最平常的人们，他们虽然不像明星那样光彩照人，但他们却有着更为恒久的魅力，他们是近处的星光，即使是淡淡的一抹，有时也会给我们一生的温暖。

桃花村里的丑奶奶

在他二十八岁那年,一场意外的大火,不仅烧掉了他用全部积蓄加上银行的六万元贷款买的房子,还要赔偿因火灾殃及邻居近五万元的损失。更为不幸的,是他面部重度烧伤,那难以恢复的烧焦的疤痕丑陋骇人。

深陷巨大的悲伤漩涡中,他难以自拔,几次欲结束生命,都被护理在身边的好友阿强拦住了。

他抱着阿强痛哭:"我一切都没有了,还是让我彻底地解脱吧。"

阿强陪着他落泪:"事情确实很糟糕,但不至于到你想象的那个程度。"其实,他能听出阿强善意的安慰里也透着一缕茫然。

望着抑郁的他,阿强建议他先到他乡下老家住一段时间,调整调整,再考虑今后的事情。

于是,他坐了一天一夜的火车,又坐了五个小时的汽车,来到了牡丹江源头的桃花村。那是一个民风古朴的小山村,几十户人家散落在山窝窝里。

村民们知道他的到来后,纷纷前来探望他,怜悯他的不幸,也安慰他——向丑奶奶学学,没啥过不去的坎儿。

在大家七嘴八舌的叙述中,他知道了丑奶奶的一些基本情况——丑奶奶一出生就丑陋无比,被父母遗弃到山里,是一位好心的哑巴大婶捡回来养大的。因长得丑,她终生未嫁,大家都叫她丑奶奶,久而久之,都忘了她的真实姓名。村里人一句句"丑奶奶"叫着,语气里没有丝毫的歧视成分,有的全是敬佩与赞叹。

那个午后,他走进丑奶奶宽敞的院子。年过八旬的她,正拎着一把大铁壶浇花。虽说此前对她已有些许了解,但四目相对时,他还是十分惊愕——世间竟有如此奇丑之人。

丑奶奶那足有六十多平方米的院子里,栽满了海棠、樱桃、李子等多种果树和各种鲜花。坐在她那姹紫嫣红、芳香四溢的院子里,心胸被涤荡得清清爽爽。身板硬朗的丑奶奶,热情地领着他参观了她屋后的菜园。她手脚麻利地摘了半篮子鲜嫩的黄瓜和甜润的西红柿,又从压水井里压出清凉的水,冲洗干净了,塞到他手里。

看到他吃得津津有味的样子,她很有成就感地眯着眼睛问他:"味道不错吧?"

他连连称赞她种的都是真正的绿色食品,又有些疑惑地问她种了那么多蔬菜,一个人怎么吃得完。

她笑呵呵地说:"我一个人当然吃不了了,可有人帮我吃的,很多还是城里人呢。"

原来,丑奶奶的屋后新修了一条通往旅游区的公路,常有游客在这里停车歇脚,丑奶奶的家便成了临时的驿站,她热情地向下车的游客推荐她那清凉的井水，并慷慨地赠送自己的劳动果实。

他说她其实可以因地制宜卖些钱的，她却说土里生的一些普通玩意儿，不值得去卖的，况且人家还送她不少东西呢。

他说她付出了很多辛苦，应该有所回报。她却笑了："没啥辛苦的，侍弄点儿菜呀、花呀、果呀的，活动活动筋骨，心情也舒畅，睡觉都香甜着呢……"

说话间，见有游客走下车来，丑奶奶忙起身，像熟人似的招呼游客来喝点儿清甜的井水，又去园里摘了满满一大篮子可以即食的瓜果蔬菜，一把把地塞到游客们的手里。很多游客跟她很熟悉，热情地向她问好，还送她一些来自城里超市的东西。

看着游客们跟丑奶奶亲切地打着招呼离去，看着丑奶奶那幸福的神态，他的脑子里猛然闪进那句俗语：送人玫瑰，手有余香。他开始羡慕起丑奶奶来。

和丑奶奶相处了几天，他的心情大为转变，他兴奋地对阿强说："谢谢你，让我认识了一位真正的桃花源主人。"

接下来的一段日子里，他每天都跟着丑奶奶学习养花、种菜，跟着她一起把劳动的成果赠送给那些认识和不认识的人，在劳动与馈赠中，品味着生活里的乐趣。

有一天，他问整天乐观的丑奶奶："您这一生没什么遗憾的吗？"

丑奶奶平静而从容地说道："遗憾是有的，可我没多去想。你读过许多书，应该明白'人生一世，草木一秋'的道理。世间的芸芸众生，与那些花草一样，各有各的位置，各有各的方式，没法也没必要做比较。就算是一棵不起眼的小草，也有它的乐趣它的烦恼。这样想开去，就在生活里多找些乐趣，少想些烦恼，像我现在这样，不就很好吗？"

晚上，躺在温暖的火炕上，细细地咀嚼丑奶奶那些颇有韵味的话语，他不禁茅塞顿开——是啊，真的没有什么可以阻挡心灵对美好的希望与追求，一切都可以因自己的生活态度而变得生动起来……

很快，他开始振作起来，并选择了写作，开始悉心地用文字编织一个个感动自己也感动别人的故事，并在其中浸满他对生活的挚爱真情。再后来，他成了一位深受读者喜欢的作家。最令他激动与自豪的，是他那些饱含深情与哲思的文章，帮助许多茫然的心灵走出了误区。每每接到远方读者那一份份令人欣慰的感谢，他都会情不自禁地想到桃花村的丑奶奶，想起她那芳香的花园和富庶的菜园，想起她的纯洁、善良、乐观、向上……因她的美丽的牵引，他会更加珍视生命的每一天，会把更多的美好嵌入眼前朴素而真实的生活。

爱 的 肩 膀

上帝似乎很公平，赠她美丽的同时，也赐她清贫的家境，叫她考上大学，迈上人生重要的台阶，也叫她品味到了为理想拼搏的艰难，尤其是在那座繁华的城市里，一个缺乏家庭背景的乡村柔弱女孩儿，要拥有一份心中渴慕的成功，要付出的实在太多。

于是，她想到了一条成功捷径。

她曾为自己那样不光彩的想法羞愧过，但那只是一瞬间的事情。生活里那些色彩缤纷的诱惑实在无法抵挡，更何况受了"讲究实际"的世风熏陶的她，要出人头地的决心已日渐强烈起来。

毕业分配大战的浓浓硝烟与她无关，她那灿烂的笑靥和似水的柔情，一下子就迷得高傲的辅导员方寸大失，心甘情愿地调动起他所有的社会关系，帮她顺利地留在那座城市里的一所重点中学。这时，他这个过渡桥梁的使命已完成，找一个漂亮的借口，她很快就疏远了他。

牛刀小试，她便以微乎其微的代价，跨过了一道颇为关键的门槛。自信大增的她，要充分发挥自身优势，做一次更大的赌注。

极其偶然的一次，她遇到了他，四目相对时，两人不禁一起怦然心动。在他眼里，她是如此美丽、温柔，正是他无数次在梦中与之牵手一生的那个她；而她一眼就看中的不只是他的淳朴、厚重，而是他那高干身份的父母。

从此，花前月下，两人执手相依，爱意融融。

陶醉于幸福中的他常常不自信地追问她："为什么要爱我？"

"爱就是爱，爱还需要什么理由吗？"她故作一往情深的样子，不露丝毫的破绽。

陷入爱情的男人也会变成傻瓜，他就是一个很好的例证。她那背台词一样的一句普通的情话，竟将他感动得热泪盈盈，发誓今生今世一定好好爱她，绝不让她受半点儿委屈。

"那副肩膀只是借来让我向上登攀的梯子，不能长久地依靠，该抽身离开时就要果断地抽身而去。"当一缕爱意涌上心头时，她便暗暗地提醒自己——现在的爱情只是一件道具，只能辅助一场表演。

"你会永远爱我吗？"他孩童般的认真显得那样清纯、可爱。

"你说呢？"她微笑着把球掷回给他。

"我会永远地爱你，无论以后怎样……"他掷地有声。

"我也一样。"她很快背转身去，掩饰着脸上的愧疚。

像一位天才的表演家，她亦柔亦刚，亦娇亦嗔，把女孩儿可爱的妩媚张扬得恰到好处，他则对她百依百顺。一切都是那样顺理成章，在他父母的特别关照下，她很快就如愿调入某大型进出口公司，并当上了一个重要部门的经理。

恋爱的使命已完成，该是过河拆桥的时候了，她开始有计划、有步骤地撤出爱情战场，先是一改淑女的形象，故意夸大自己的种种缺点，频频制造让他厌烦的事端，可宽厚、大度的他竟爱屋及乌，一再地容忍她，甚至笑容可掬地把那根本不属于自己的过错全都大包大揽了，让她一次次失去吵架的对手。接着，她又搬出了现代蛮横女人的手段，经常鸡蛋里挑骨头般地向他发出挑衅，好脾气的他却只回以宽容的一招——从不跟她一般计较，尽显男人的绅士风度。

他爱得太深了，她愁得一时有些手足无措了。

"你若是后悔了，就分手吧。"看到她不展的愁容，他极力隐忍着柔肠寸断的痛苦。

"不是后悔了，是我觉得我们俩做恋人可以，做夫妻不大合适。"她小心翼翼地辩解，心虚得不敢正视他那纯净的眼睛。

"我说过我永远爱你，不管今后你是否还爱我。"他如故的真诚，宛若一张洁白的纸，那样实在地摆在她面前。

"可是我并不值得你爱啊，我很自私、很虚伪……"她意识到欺骗这样一个深爱自己的善良男人，无论怎样辩解都是可鄙的。

"不，在我心目中，你永远是可爱的……"他强忍满怀的悲怆，悄然离开了她，去了另一座遥远的城市。

很奇怪，结束了一段精心预谋的恋情，她并没有如想象的那样真正地轻松起来。很多时候，尤其是一个人的时候，她总会情不自禁地想起和他在一起的点点滴滴，想起他的种种可爱之处。她怅然，想努力挥去他的影子，但却没能成功。他像一枚顽强的种子，在她的心里已生了根。

后来，她的职位越升越高，身份越来越显赫，她真的成了读大学时梦寐以求的那种成功女士，虽说身边簇拥着不少各类远比他优秀的男人，但她再没有遇到令她心动的爱情。

孤寂时，她常常不由自主地陷入往事之中，她惊愕地发现——曾经沧海难为水的故事，她正在演绎着。

圣诞节前的周末，她心事重重地走在通往别墅的甬路上，竟被一个莽撞的司机撞成了小腿粉碎性骨折，被困在了病床上。

领导和下属们放下一大堆慰问的话语和礼品，纷纷离开了，只留她一个人寂寞地躺在四壁皆白的病房里，望着输液管里那慢慢滴落的药滴，默默地品味着孤独的滋味。

朦胧中，似有人轻轻地走来。睁眼时，一束鲜艳欲滴的玫瑰正燃烧在床头的角柜上，一双深情的眼睛正关爱地望着自己。真的是他，那个她心里一直无法忘怀的他，此刻就坐在她面前。

"你怎么会回来？"毕竟是多年杳无音讯了，她仿佛在梦中一般。

"因为你不会煲鸡汤啊。"他端过香气四溢的砂锅，把汤匙举到她的嘴边。

"我要你留下来，永远给我煲鸡汤。"她紧紧地攥住他的手，生怕再被别人抢走似的。

"只要你不嫌弃就行。"他掏出手帕，轻轻拭去她满颊的泪水。

紧紧地依偎在他那温暖的胸膛，像一个撒娇的小女孩儿贴靠着自己慈爱的父亲，听着他那有力的心跳，她蓦然发觉——那副宽厚的肩膀，不仅是托举她向上登攀的一架梯子，还是为她遮风挡雨的一堵墙。

许多美好的爱情，并非纯洁得没有丝毫的功利，只是爱情一点点地冲淡了功利，只是没有让过重的功利遮住了爱的眼睛，而是让爱情一点点地冲淡了功利，从而凝聚了更多弥足珍贵的挚爱真情。

有一种玩笑叫伤害

在美女如云的师大，各方面均十分平平的她，当年可以算是一个丑小鸭了。当同寝的姐妹们快乐地拥抱爱情时，一向十分自卑的她，却紧锁柔软的心扉，生怕受到一点点小小的伤害。

那天中午，她不经意地在《美学》书里发现一张纸条，内容是约她晚饭后在操场左门那棵老榆树相见，署名是：一个对你有好感的男生。

会是哪个"白马王子"呢？她将平素有好感的几个男生猜了个遍，也没猜出是谁，但整整一个下午她都沉浸在一种无法形容的幸福之中，她第一次体会到了被爱情簇拥的感觉是那样的美好。

早早地吃了晚饭，她对着镜子认真地修饰了一番，轻轻哼着一支大家熟悉的恋歌，在好友慧子惊讶的注视里走出寝室。

约定的时间到了，操场上已经出现好几对恋人了，她属意的男生还没露头。

她装作若无其事的样子，在老榆树下徘徊着。半个小时漫长得像一个世纪似的，一分一秒地过去了，等待中的那个他连个影子也没有，她不由得焦灼起来，暗暗地恨起失约的那个不知名的他。

她在心底猜想着他迟到的原因，并认真地思考着是否原谅他。但直到暮色降临时，那个她望眼欲穿的他还没来。她生气地一跺脚，真想马上离开，但又心有不甘地留下了。

又过了一会儿，她的班上很帅气的男生杨楠从一边走过来，一脸平淡地告诉她："约你的那个男生让我告诉你，他今天有事不能来了。"

什么？他这不是有意捉弄我吗？一种被欺骗的感觉立刻涌入心底。她大声地对杨楠说："你回去告诉他，我永远恨他。"说着，她快步跑回寝室，趴到床上，任泪水肆意流淌。

第二天，她便知道了那天是愚人节，那个让她出洋相的男生就是杨楠。可她无法原谅他的恶作剧，真的像那天说的那样，将原来心目中对他的好感全都抹去了，剩下的唯有恨了。

后来，杨楠不止一次诚恳地向她道歉，说他只是想跟她开个玩笑，没想到竟伤了她的心。对此，她只是漠然说了声"算了"，实际还在耿耿于怀。

快毕业时，杨楠痛苦地问："真的不能给我一个改正的机会吗？"

"即使错了，也错到底吧。"她心痛而决绝。

这时，同寝的姐妹们都有了护花使者，唯她还在独来独往，虽说她也知道杨楠各方面都很优秀，可一想到当初自己像个榆木疙瘩似的在操场上傻等的情形，她的心里就隐隐的有一丝难过，她知道她们之间已隔着一道鸿沟了。

毕业后，杨楠曾到她工作的小县城看过她一次，彼此客套了几句，便匆匆告别了。此后，两人就音信断隔了。

如今，她和杨楠都早已各自成家了，可她还是念念不忘当年他的那个玩笑。就这样，她固执地错过了青春岁月中的那一份缘。
　　十年后的大学同窗聚会时，杨楠再次为当年自己开的玩笑致歉时，她带着悔意微笑着说："那个玩笑叫伤害。"
　　"是的，是伤害，于你于我。"杨楠轻轻地点头。
　　两个人眼里流露着同样的晶莹，那是只有他们彼此能读懂的内容。

爱情的味道

也许是因为母亲的宠爱,直到大学毕业,二十多岁的她从未自己动手做过饭菜,甚至连煮方便面这样的小事,也是在结婚前夕才偶尔做一次的。

恋爱时,一次夜里和男友看电影回来,已很晚了,大大小小的饭馆都打烊了,这时偏偏两人的肚子同时喊饿了,只得敲开一家小食杂店,拎回一口袋方便面、火腿肠之类的方便食品。

到了男友的单身宿舍,他搬出电炉子,添好水,插上电源,像往常一样,又开始忙着为她做夜宵。也许是受了刚刚看过的电影里那位贤妻良母的感染,她冲动地让男友坐在旁边,让她来为他煮一次面。

男友欣然同意了,看着她笨拙地用小刀切火腿肠,看她手忙脚乱地撕开一袋袋佐料包,用筷子搅动裹着沸汤直往外扑的面条,男友一脸灿烂的笑。

很快，香气散满了小屋里，两碗有些粘成团的面端了上来。虽说火候大了一点儿，面条有点儿煮烂了，但俩人吃得酣畅淋漓，男友还边吃边啧啧赞叹："好吃好吃，你煮的比我煮的味道还好。"

"别鼓励我了，恐怕是你今天饿坏了吧？"她嘴上谦虚着，心里却蛮有成就感。

"不是鼓励，是事实，你煮的面有一种特别的味道，真是好极了，能一辈子吃你做的饭，肯定是幸福的。"男友的赞美恰到好处。说着，他将最后一滴面汤也喝了下去，还一副意犹未尽的样子。

"看来，我还不算笨，将来还能拴住你的胃，也就不怕拴不住你的心了。"她竟有些飘飘然了。

后来，男友变成了丈夫，她竟真的喜欢上了厨房，先是跟母亲学艺，像模像样地鼓捣那些家常便饭，让很少挑剔的丈夫一坐到餐桌前，就像是享受大餐那样吃得红光满面。于是，她大受鼓舞，开始向更有难度的菜品进军。她开始留意电视上的美食节目，不时地抱着一本菜谱，照着上面介绍的配料和操作程序，像一个小学生似的，认真地学，从不厌倦，直到桌子上摆满了自己劳动的成果，她仍兴致不减地跃跃欲试。

她发现，做饭其实是一件快乐无比的事情，终于理解了母亲为什么一辈子扎在厨房里依然满怀欣喜，无怨无悔。当然，给自己心爱的丈夫做饭，是女人最大的快乐了，尤其是听到丈夫那一句"味道好极了"的夸奖，再看看他那痛快无比的吃相，看着他那日渐鼓起的肚腩，所有烟熏火燎的辛苦顷刻间便消失了，只有由衷的幸福在心底荡着涟漪。

一日，她约了几位知心朋友到家里小聚。丈夫陪着朋友在客厅里海阔天空地聊，她则欣欣然钻进厨房，打开从超市疯狂采购回来的大包小裹，舞动大勺小勺，一番煎炒烹炸，把自己颇受丈夫推崇的几样拿手菜一一做来，将美味大餐大碟小碟地摆满桌子。

朋友们先是惊讶一向喜欢时尚的她居然热爱厨艺，接着便开始对她的手艺评头品足。因为都是特别熟悉的朋友，大家开始还给一些客套的赞美，待酒过两巡，他们一个个便直言不讳地放肆起来，像一群挑剔的批评家，把她近两个小时的劳动成果批得几乎不值得动筷品尝了，若不是丈夫在旁边借着劝酒打圆场，她真要跟他们好好理论一番了。

"这一群不懂美食的家伙，这么有味道的菜，愣是品尝不出来，还自以为是地挑剔呢。也好，多给我留下一点儿，好让我尽情地享用。"送走了朋友们，丈夫安慰有点儿失落的她。

接下来的两天，丈夫津津有味地帮着她消灭了那一大堆的剩菜。

她感动地依偎着丈夫："以后我要努力，给你做味道更好的。"

"现在，我就已经品尝到了最鲜美的味道。"丈夫满脸的骄傲。

原来，很多时候，味道好极了的，是那烹制者和品味者的相通、相印的心情，跟那饭菜并无过多的关联，就像粗茶淡饭里的爱情，有时远比那山珍海味中的爱情，还要有滋有味。

因为味道鲜美的爱情，再拙劣的手艺，也能烹制出生活的芬芳。

难忘的一课

那是好多年前的事情了，我没有考上大学，工作之余便参加了夜大的学习。虽然有几位老师挺有水平的，但起初我对所学的许多内容怎么也提不起兴趣来，只是抱着混张文凭的想法去应付一下。若不是喜欢上了同班那个叫王妍的女孩儿，我可能连"三天打鱼，两天晒网"都做不到。

那天，辅导员通知大家：《政治学》老教授要在周日给选修这门课的同学，补上因他生病住院落下的一次课。

同学们一听，立刻像炸了锅似的七嘴八舌地议论纷纷——这门课程考试都结束了，大家也都考及格了，谁还有兴致去补课？再说了，少上一次课又有什么大不了的？好不容易盼到一个周末，谁不想放松放松？

周日，选修《政治学》的三十多名学生中，只有我和王妍去了教室。其实，我们俩也并非是有意去给老教授捧场的，只是那天我们忘了补课的事，到街上逛了一圈，觉得没意思了，打算到安静的教室里聊聊天的。

老教授准时走进教室，看到只有我们两个没带教材的学生，他猛地一愣，俯身问明原因后，他微笑着环视了一下空旷的教室，清清嗓子，响亮地喊了一声"上课"。

在我的一片惊讶中，老教授擦了擦眼镜，满脸的平静对着我们两个学生，像平时一样自然而然地讲述精心准备好的教学内容。他讲得非常投入，甚至有些忘情，仿佛面前坐着满满一教室的学生。不一会儿，他的额头上开始有汗珠滑落。

开始我和王妍还有些心不在焉，但看着老教授依然工整的板书、热情的手势和对每一个细节的耐心讲解，我们俩被他的那份从容和认真深深感动了，不约而同地坐直了身子，认真地聆听起来。

课间休息时，我们请求面色有些苍白的老教授赶紧回去休息。老教授擦着满脸的汗水连连摇头，说他还能坚持住。直到下课的铃声响起，他才如释重负地收拾好讲义，慢慢走出教室。

这是一位著名企业家讲的影响自己一生的故事。他说正是那一节课，让他明白了什么叫作敬业、什么叫作认真等那些曾无数次空泛地谈论过的大道理，并由此深深地影响了他此后对学习、事业及人生的态度和方式，影响了他后来的人生走向。

时光荏苒，如今虽然他已记不清老教授当年的授课内容，但老教授抱病面对两个学生时的那份认真，那份一丝不苟，那份声情并茂的投入，却深深地铭刻在了他的脑海里。

从前，是一道无解的方程

走出好远好远，依然走不出从前。

从前是一道高高的门槛，我已无法轻松地跨过。"只有回忆的时候，你才会发觉生命中，有许多的美丽都已错过。"你哲人似的跟我说起这句话，当时我还笑你故作沧桑。直到一大串日子随日升日落而去，我才恍然发觉，你那平静的眸子，有着无法抵御的魔力，令我深陷其中，挣扎一世，痛苦而幸福。无须任何提醒与暗示。

我穿过风雨的双肩，停泊在夜里，在灯光稀疏的小城一隅，默视人们忙忙碌碌地追逐着各自的生活，倏然感到有种莫大的距离，已横亘在众人之间。没有人能体味我独立窗前的那份孤独，是怎样的刻骨铭心。

这样还好，怀抱从前那些精美的片段，我可以从容地谛听青春成长的声音，可以激动地跳跃，可以懊悔地跺脚，可以用一连串的沉默，表达我深深地困惑和不甘沉落的抉择。

只是，你永远是我眼前的一簇风景，我所有忘却的努力，只是让你更加清晰地伫立在我无法抹去的记忆中。

你说，从前是一条河，彼此都无法拒绝它的流淌。在那些飘满花朵的季节、落叶缤纷的季节，我知道，值得纪念的不仅是一些生动的事件。只要时间这双手在额头轻轻一抚，便能唤出那个温暖的名字——从前。

从前，我们都恪守过真诚。

有春日的草地作证，有夏日的星空作证，有杨柳风轻拂的长堤作证，有坚冰的大河作证……曾经的细语浓声，曾经的欢歌与啜泣，曾经热烈的拥抱与平静的分手，曾经殷殷的向往与轰轰烈烈的脚步啊，都叠印在那些美丽的卡片上了。

有时，我就想：在从前这条河里静静地待一会儿，真是件惬意的事情。可是我无法沉浸其中，就像你要从我跟前走开，我必须故作矜持地拍拍受伤的心，转过头去。

你说，从前是一道门槛。可是它怎么这样高啊，我无论如何也跨不过去了。"如果再回到从前，所有一切重演……"风中传来忧伤得令人流泪的歌。可那永远只是"如果"了，我怅然地伸出的双手，握住的只有现在，现在的我和现在的你都已在风中，模糊了彼此熟悉的模样。

只有一种叮咛还在心底——从前，是一道无解的方程。

辑五 / 聊着聊着，我们就成了亲人

相爱总是简单，相处其实也并非很难。只要彼此真诚相待，相互关爱，一路风雨无阻地相依相伴，聊着聊着，我们就没了隔阂，走着走着，我们就成了至近的亲人。从来不需要客套，永远也不会真正疏远。

一粒花籽，馨香满园

初到省城那家报社做实习记者，我租住在市郊，周边居住着许多以收废品为生的外来户。我每天匆匆忙忙地采访、写稿，一日三餐，经常随便对付一下。

那天单位发奖金，我犒赏了一下缺少油水的肠胃，去那家湘菜馆点了一桌看着就赏心悦目的菜肴，独自享受了一半，打包带回家一半。

因为是周末休班，我中午喝了两瓶啤酒，头脑略微有些发晕，刚从冰箱里拿出一盒酸奶。忽然，有人按门铃，拿起对话机也没问清楚，只听到一个外地老妇人的声音，我便打开了外面的单元门，以为她可能是去楼上某一家。

几分钟后，有人轻轻地敲门。透过"猫眼"，我看到门口站着一位满脸皱纹的老妇人，手里拎着一个化肥袋子。显然，她是一位捡拾和收购废品的。我打开门告诉她："我刚刚卖过废品，家里没什么可卖的了。"

"再看看,有没有什么废书废报要卖的。"显然,她知道我是一个读书人,心有不甘地提醒我。

"哦,这里有一点儿旧报纸,你拿走吧。"我把沙发边上的一小摞旧报纸拿给她。

"我称一称,得给你钱。"她很认真地掏出一个弹簧秤。

"免了吧,就这一点点,送给你了。"我连连向她摆手,准备把门关上。

"谢谢你!小伙子,你手里的酸奶是什么牌子的?味道好吗?"她的眼睛突然盯住了我手里的酸奶。

"你问这个干什么?"我对她冒昧的打探有些好奇。

"我想给小孙女买一盒尝尝,不知道哪个牌子的好,我见这个盒花花绿绿的,挺好看的。"她的眼睛流露出赞许的目光。

"哦,是这样啊,这是一款刚上市的草莓酸奶,估计你孙女会喜欢的。你可以拿一盒回去给她尝尝。"我忽然心情很好地打开冰箱,拿了一盒递给她。

"不用,不用,我记下这个牌子就行了。"她有些羞涩地推辞。

"拿着吧,这个牌子的酸奶,只有市中心的家乐福超市有卖的。"我塞到她手中。

"好心的小伙子,你的报纸不收钱,我怎么还能……"她非要付给我钱。

"就算是我送给小妹妹的节日礼物吧,明天正好是儿童节。"我找到了一个漂亮的理由。

她一再道谢着走了。我坐在那里边喝酸奶,边想着下周的采访计划。

一周后，我在小区门口又撞见了那位老妇人，她手里还牵着一个六七岁左右的小女孩儿。

"小雪，这位就是给你酸奶的大哥哥。"老妇人显然很兴奋，告诉小女孩儿。

"谢谢大哥哥！除了奶奶，你是唯一送给我节日礼物的。我可以摸摸你的手吗？"小雪的两只眼睛里有很明显的白翳，她直直地把手伸过来。

"哦，当然可以啊。"我忙蹲下身，伸过手去。这时，我才发觉，她两眼什么都看不见。

"沾沾你手上的灵气，我也会像你一样写出文章的，这是奶奶告诉我的。"小雪很兴奋。

"聪明的小雪，将来肯定会写得比哥哥还好的。"我的心忽然一颤，感觉她真的像我梦中的一个小妹妹。

"可怜这孩子，得了先天性的白内障，什么都看不到，家里也没钱给她做手术。我在拼命地攒钱，但愿到时候能让她看见这个世界的美。"老妇人忧戚地告诉他。

"要手术，就不能拖延，要抓住最佳手术期啊。"他焦急地喊道。

"我懂，可是我们没钱。"老妇人无奈地叹口气。

"我来想办法。"一股不容推卸的使命感，催促着我立刻付诸行动。

经过一番调查，我才惊讶地得知，有那么多的白内障患者，由于经济等原因，不能及时进行复明手术，有些人最终丧失了治疗的时机，一生都只能沉浸在无尽的黑暗之中。我还惊喜地得知，由香港等地的爱心人士组织的"光明行"救助活动，每年都会为一些贫困的儿童和妇女提供免费手术支援。

于是，我将调查采访得来的信息，写成一篇篇新闻稿件，形成了一系列深度报道，在我实习的晚报上接连推出。很快，这一特殊群体便引起社会公众和有关部门的高度关注，很多爱心人士和团体纷纷伸出援助之手，帮助不少贫困患者做了康复手术，小雪就是其中的一位幸运者。

当小雪把自己画的那幅蜡笔画，放到我的手上时，我分明看到那黑亮的瞳仁里，透射出花朵一样的光亮。她的奶奶还高兴地告诉我，因为小雪眼睛复明，她那因贫穷离家出走的妈妈，也回来了，她又拥有了一个完整的家。

"真好！"我感叹着，也告诉了她一个好消息：由于我的那些系列报道，引起了很好的社会反响，报社提前与我签约，并把我聘为首席记者。刚走出校门三个月，我便在报界赢得了不少赞赏。我真的应该感谢小雪，感谢她的奶奶。

不久，我恋爱了，女友便是那家眼科医院的护士。她说，看到我像关心自己的亲人那样，不辞辛苦地关心那些素昧平生的患者，她就坚信我是一个可以托付终身的男人。

回老家过完春节，我携女友回到租住的小屋，惊讶地发现，门口被扫得干干净净，门上贴了崭新的对联，门边上那些讨厌的小广告也全被揭掉了。

"肯定都是小雪的奶奶做的。"我立刻猜到了，女友也赞同地点头。

那天，我在阳台上看书，看见小雪的奶奶拎着收废品的口袋走进小区，我过去轻轻打开单元门，把一摞旧报纸放到门外。自从那天相识以后，我的旧报纸就只送给她，从不外卖。偶尔，她也会给我捎一点儿山核桃、红小豆之类的东西。我不在家时，她就让邻居转交，邻居羡慕地说我结识了一个好亲戚，可以吃到纯绿色食品。我不置可否，心里却充满了暖意。我偶尔也送小雪奶奶一些旧衣物，每次她都说自己占便宜了，我就笑着说，根本没有，何况我们还亲如一家人呢。

我被派往外地采访的那一个月，适逢女友也去北京进修。等我再回到家后，很长一段时间没有见到小雪的奶奶。一打听，我才知道，原来，那天有两个小偷撬开我的房门，正准备大肆偷盗一番，不巧被小雪的奶奶撞上了，她拼了老命上前阻止，被打破脑袋，扭伤了胳膊，住了两个月的院。我的家却毫发未损。

我拎着东西去感谢小雪的奶奶，她竟有些不好意思地说："你帮我们那么多，我做这一点儿小事，不是很应该的吗？一想起你跟别人说我们是亲戚，我这心里就可温暖了。"

"是的，我们是亲戚，是温暖的一家人。"认识她以后，我的心情好了，做事也更顺了。

当初那不经意送出的一摞旧报纸，竟会遇到后面那么多的美好。如同春天里的一把花籽，换来的是满园的芬芳。

你也可以做喜剧的主角

那时，他和她波澜不惊的婚姻刚刚过了三年，两个人的关系便磕磕绊绊起来，常常为一点儿鸡毛蒜皮的小事，彼此互不相让地争斗，弄得两人都有些心灰意冷的，爱情华美的旗袍上爬满了虱子。

就在他们准备分手时，她惊讶地发现自己怀孕了。或许是与生俱来的母性，或许是新的希望，让她突然对他多了一份宽容，少了一份计较。而他，也似乎一下子成熟了许多，对她也少了许多挑剔。

女儿依依的降临，给他们平淡的生活增添了无数的欢喜。虽然初为人父人母，他们需要一边工作，一边照顾幼小的女儿，两个人常常会手忙脚乱，顾此失彼，他们却快乐地忙碌着，谁都没有丝毫的怨言。

依依一岁那年，忽然得了一场重病，长时间发烧不退，他们抱着依依辗转了许多家医院，也没能确诊究竟是什么病。看着女儿烧得红扑扑的脸蛋，他们心里急得像着了火。

他们借了钱，急忙赶赴北京，挂了权威专家的号，排了大半夜的队，终于忐忑地坐到了那家著名的儿童医院的专家面前。急得简直就要发疯的一番等待后，令人揪心的结果出来了——依依患的是一种十分罕见的脑膜炎，医学界尚未找到其发病的原因，许多抗生素对该病根本不起作用。

听了医生的介绍，他们的心立刻凉到了一个冰冷的刻度：依依怎么会这么不幸呢？该怎么办呢？

医生说目前只能抱着一丝希望，试一试从国外进口的一种新型抗生素，但医生一再提醒他们：这种抗生素对病毒的杀伤力很大，但价格昂贵，并且副作用比较大，即使最终能够治好依依的病，恐怕对依依大脑也会造成不小的伤害，后遗症在所难免，甚至会严重地影响到依依的智力。而如果不选用那种进口的药物，依依持续不断的高烧，也会严重地损害她的大脑，甚至危及她的生命。

没有别的选择了，他和她只能无奈地接受医生的建议：选用进口的药物，先保住依依的生命，别的以后再考虑。

一剂剂药用下去，果然收到了明显的疗效，依依发烧的问题解决了，但与此同时，他们的担心也与日俱增。因为医生介绍，此前，国外也有过一些保住了生命，但智力大受损害的病例，依依能否幸免，实在不好说。

一些亲戚和知心的朋友，见他们背负了那么多的债务，不计后果地为依依治病，便委婉地劝慰他们：与其担忧那不可想象的可怕后果，大人孩子很可能一生都在磨难中度过，不妨考虑一下放弃眼前的治疗，因为他们还年轻，完全可以再生一个更健康、更聪明的孩子。

但是，他们固执地摇头，断然拒绝了那些善意的建议。

不管怎么说，依依也是我们的女儿啊，我们有责任去救治她，只要有一分的希望，就应该尽十分的努力，坚决不能放弃。

"如果依依傻了，该怎么办？"他和她的目光一碰，两颗心都在疼痛。

"如果依依傻了，我们就努力活得长久一些，养她一辈子。"一向柔弱的她，突然变得那样坚定起来。

"对，我们就好好地活，多给她创造好一点儿的条件，不让依依受罪就是了。"他也很男子汉地安慰她。

为了更好地照顾依依，她毅然地辞掉了工作。而他，则开始更加拼命地写作赚稿费，支撑一笔一笔不小的开销。因为依依，他们甚至再没有争吵过，满心里都是依依。两颗原来还有些纠结的心，也在不知不觉间，贴得更近了。

起初的一段日子里，久居医院的依依，目光有些呆滞，不愿意与人说话，对一些常见的问题反应没其他同龄孩子那么敏捷。看到这些，他和她十分揪心，私下里，他们开始盘算依依长大后实现生活自理的一些可能的选择：他们一会儿想让她做一个花匠，在花圃里侍弄那些花草；一会儿又希望她能做一个服务员，在餐厅里端端盘子收收碗；一会儿考虑她可以去收发室帮助收送一下报刊信件；一会儿又琢磨她可以去做一个跑跑腿的球童……总之，他和她所想到的，都是一些不需要多少智力的工作。

等依依进幼儿园一段时间后，他们暗暗地欣喜起来，依依居然也能背诵一些儿歌和绕口令；等依依一年接一年地读完小学了，他们更加开心了，虽然她的成绩并不十分突出，但比他们想象的要好上十倍；等依依读了高中，并向他们描绘起将来考大学的梦想时，他们兴奋得简直都要跳起来了，因为那是他们当初不敢奢望的；等到依依大学毕业了，拥有了一份相当不错的工作，还开始像别的女孩儿一样浪漫地恋爱……仿佛彩票中了巨奖一样，他们心头抑制不住的喜悦，恨不得让世界上所有的人都知道。

尽管岁月在他们的额头过早地刻下了深深的皱纹，尽管他们一直蜗居在不足五十平方米的小屋，银行里的存款额始终没有超过五位数，但他们依然真切地感觉到：他们是世界最幸福的一对，他们的一家是世界上最幸运的。

偶然的一天，依依知道了自己二十五岁的生命历程中，曾有过那样惊心动魄的一段遭遇，曾有过那样一段被担忧、被呵护、被祈祷的人生，她的整个身心都被深深的感激充盈了：原来，不经意间，自己还成了那个美好无比的喜剧的女主角。而喜剧的演绎者——他和她，在回首那些与爱牵手的日子时，也骄傲地发现，他们也是喜剧的主角。

没错，因为一份纯净无瑕的爱，人间的不幸，也奇迹般地诞生出了美艳如花的喜剧。

送给母亲最好的生日礼物

母亲的六十岁生日到了。

一大早,大儿子一家三口先来了。大儿子拎来一个包装很精美的挺大的生日蛋糕,大儿媳在一旁不无炫耀地说花了二百多块钱呢。母亲听了就心疼得直埋怨:"花这么多的钱买它该啥?再说了,那油腻腻的奶油,我看着就眼晕,谁吃啊?"

紧跟着二儿子全家也来了,二儿媳手里拎着个大花篮,里面装着各式各样的鲜花。母亲愣了,问买它干什么。二儿子便笑着解释道:"这是给您的生日礼物,是托了朋友从县城里买来的,花了整整三百块钱呢。"

母亲一听更急了:"这东西不当吃不当用的,两天就蔫了,赶紧给退回去吧。"

"哪能退呢?现在不是时兴祝寿送鲜花吗?这花还是从香港运来的

呢,这是康乃馨,这是水仙……"二媳妇一一地指点给母亲看,可母亲依然在不停地埋怨儿子不该如此铺张。

这时,大儿子和媳妇就过来招呼二儿子和媳妇搓麻将,母亲便唠叨着把花篮和生日蛋糕放到一块儿,转身到另一个屋去了。

看到母亲不在跟前,四个人一边兴致勃勃地搓麻将,一边批评母亲还是老观念,都啥年月了,还是那么穷仔细。

这时,最小的女儿回来了,原本捎信说不回来的,因她正在县城里护理生病的婆婆。母亲见了女儿便急着问她婆婆的病情怎么样。女儿说还那样,干打针也不见好转。母亲心里就有些难过,她知道女儿这些年来可是吃了大苦了,公公一场大病欠下一大笔外债还没还上,婆婆又病倒了。俗话说"有啥别有病",可摊上了又有什么办法?

女儿见母亲替自己犯愁,就安慰她说道:"没啥,孩子的姑姑讨了个偏方说是挺好使的,今天她在那儿护理,晚上我可以陪陪您了。"

听了这话,母亲有些欣慰。要知道,女儿已经有三年没在家里住过了,每次回来都是匆匆地来又匆匆地去,看到她那越来越单薄的身子,母亲常常心疼得偷偷地抹泪。

那边,四个人的麻将搓得正热闹。女儿便要母亲歇着,她来做饭。母亲说:"你累了这么多天了,该歇歇了,还是我来吧。"母女两个争执了半天,最后一起进了厨房。

母女二人边唠嗑边忙活着,锅灶不大好用,呛得两个人都流泪水了,可推让了半天,谁也不肯进屋休息。

说着说着,就提到了儿子送来的生日蛋糕和鲜花,母亲就很生气。女儿便劝母亲:"那也是他们的一片心意。"母亲仍叹气:"他们怎么越大越不如从前了呢?"

一大桌子菜都摆好了,那边的麻将才意犹未尽地收场。一家人围拢过来，说了些祝福母亲生日快乐、长寿健康之类的话后，便开始喝酒吃菜，儿子、儿媳谈论的更多还是跟麻将有关的话题。

扔下饭碗，那边儿子、儿媳继续开战。母亲有些不满地说："就不能歇会儿，唠唠嗑？"几个人几乎一致地回答："唠啥？还是搓麻将好。"

女儿便一个人在厨房里收拾着，母亲要来帮忙，她说什么也不肯。

一大堆的碗盆洗完了，她又将灶台上上下下擦了一遍，又向水缸里压了满满一下子水。看看都收拾利索了，已经许久未能好好休息的女儿便躺在床上，陪着母亲唠家常。母亲不无怀念地感慨道："从前的日子苦是苦点儿，可过得却很有滋味。不知怎的，现在日子好多了，反倒觉得空落落的。"

女儿就说："以后让哥哥和嫂子多回来陪陪你，我也常来看看你就好了。"

母亲说："你们都有自己的事要忙，今天要不是我过生日，怕是也不能都回来的。"

女儿听了，没言语。她同意母亲的说法，要不是小姑子去替她，怕是今天都不能回来给母亲过生日了。她心里说多亏回来了，要不母亲要自己忙活一顿饭呢。

那边屋里哗啦啦的麻将声还在不断地响着。

忽然，女儿有些羞涩地对母亲说道："妈，我没给您买什么高级的生日礼物，只买了双红袜子，您快换上吧。"

母亲却高兴地说道："这礼物最好，妈喜欢，这就换上。"

女儿便过来脱下母亲那挂了补丁还不舍得扔掉的袜子，又端来一盆热水，为母亲洗脚。母亲的脚不脏，她却洗得很慢很慢，慢慢地擦拭着母亲的脚，她心里陡然涌起一股不可名状的暖流。

母亲双手抚摸着新换上的红袜子，一遍遍地念叨着："还是我的女儿最懂妈的心，送的礼物最好，最好……"

那边屋里儿子、儿媳正为谁该"坐庄"而争执不下，这边女儿依偎在母亲的胸前，说着说着，甜甜地睡了——她实在是太累了。

母亲还在望着脚上的新袜子，嘴里喃喃着："这是最好的生日礼物、最好的生日礼物……"

不老的思念

祖母的贤德，在方圆几十里的山村是出了名的，虽说她和祖父的婚姻是由父母包办的，起初两人都曾极力反对过，但这并未妨碍他们后来恩爱一生。祖父无疾而终后的日子里，祖母失落的样子谁见了都会心疼的。

若不是岁月赐予的一次偶然，祖母可能要把那个心灵的秘密一直带到天国，永不为后辈所知。

那天，一个年过八旬的原来的老邻居从城里来乡下，随口提到了宏祥，说他患了脑血栓瘫卧在床上，儿女不孝，他晚年的生活景象别提有多么凄苦了。听着听着，祖母猛地站起来，满脸焦躁地急急地追问："他怎么会得那种病呢？他年轻时体格多棒啊，他心地那么善良，怎么会有那样的儿女？"那是我第一次看到祖母在小辈面前失态，那神态像极了一个可爱的稚童。

接着，祖母开始翻箱倒柜，找出她极其有限的一点儿积蓄，委托老邻居捎给宏祥。又一点点地追忆那个不知何时得到的偏方，让我抄写下来，认真地念给她听了三遍，才放心地交给老邻居，并叮嘱了又叮嘱了人家。看她那着急的样子，像家里人得了大病似的。

于是，我辗转地知道了，祖母和宏祥曾是青梅竹马的玩伴，俩人曾私订终身，但最终祖母还是难违父母之命，痛哭着目送宏祥独自远走他乡。

谁说岁月无情？几十年的风雨沧桑，非但没有冲淡青春时光里那份短暂的甜蜜与苦涩，反倒让一份真挚的情感燃烧得更加炽烈。一时间，一向对文字表达十分自信的我，竟怎么也找不到合适的词语，来表述祖母那横亘岁月的情爱。

听到宏祥病故的消息，祖母失手打碎了一个青花碗，并把我们都撵出屋，她一个人坐在床头，久久地默默无语。她似乎并没有什么忧戚，甚至没有落泪。她就那样呆呆地望着窗外，望着屋前柳树上那两只无忧的麻雀，像当年祖父去世时那样，任心底翻涌不息的波澜，搅动她穿越时空的悠悠往事。

拾破烂的亲戚

春节回家,看到阳台上堆了好几个装废纸、空瓶子的垃圾袋,我过去拿起来要把它们都扔了。母亲拦住我,说不能扔的。我纳闷,母亲一辈子爱清洁,以往家里有一点儿垃圾,她都要赶紧扔到楼下的垃圾箱里,怎么现在突然攒起这些破烂来了?

母亲见我茫然不解,笑着说:"那是给一个亲戚留着的。"

我更糊涂了:"这破东西哪个亲戚能要啊?"

"有要的,有要的,你放在那儿吧,不用你勤快了。"母亲把我撵回屋里。

父亲见我一脸的困惑,向我做了解释——母亲认识了一个收破烂的妇女,听说日子过得挺艰难的,就告诉人家,她的破烂今后只送不卖了。打那以后,每听到有收破烂的吆喝声,母亲都要趴在阳台上看看,只要一见到是那个妇女,就招呼她,然后乐颠颠地亲自跑到楼下,把攒了好多天的破烂分文不收地送给人家。

我不以为然地说道:"拾破烂的生活可能都不大容易,你不想卖钱,随便送一个人就行了,干吗非得等那个妇女?"

母亲认真起来:"那可不一样,我认识的这个人心眼儿好,那天你父亲不在家,是她帮我把一袋面抬上楼的。"

"那你不是谢过她了,还送了她不少的破烂吗?"我从父亲那里知道母亲对那样一件很平常的小事一直耿耿于怀。

"谢是谢了,送也送了,可越送越有感情了,慢慢地我就把她当作咱乡下的一个亲戚了。她和咱们一样,都不在乎那一点儿破烂,可这里面的情分却是千金难买的。"母亲语气里透着满足。

说话间,楼下响起了收破烂的吆喝声,母亲笑呵呵地告诉我:"我听出来了,是她来了。"

看到楼下母亲和那位衣着俭朴的中年妇女站在阳光中亲切交谈的身影,我的心中滚过一个温暖的词汇——感动。真的,那一瞬间,我突然感觉母亲认识了一个非常好的"亲戚",那在简单的馈赠中,流溢的正是人与人之间不可或缺的浓浓真情啊……

爱是一勺盐

我渴望拥有一份轰轰烈烈的爱情，就像那些文学经典中的主人公一样，爱得纯洁，爱得浪漫，爱得忠贞，爱得荡气回肠，爱得淋漓尽致……然而，在我的芳华岁月里，只有过昙花一现的爱的欢欣，更多则是失落、惆怅和无边的寂寞，心中不时涌起的是爱的隐隐疼痛，我困惑：为什么那些憧憬中的美好爱情，总像美丽的水中月、镜中花，可望而不可即呢？

那天，再次失恋的我独自坐在窗前，又在暗暗慨叹自己与爱无缘。我不经意地抬头，看见白发苍苍的祖母正拿着一把水灵灵的水萝卜，坐在门前老榆树斑驳的阴影里，戴着老花镜，像在做着一件神圣无比的工作，细心地摘去水萝卜带斑点或有点儿发蔫的叶子。

我知道，她又要给祖父熬自己最拿手的萝卜骨头汤。在我的印象中，祖父祖母的日子过得实在太普通了，普通得似乎只需几句话就可以概括出来。他们一辈子辛辛苦苦地劳作，好不容易赚来的一点儿钱，大都用于供儿女们读书、成家立业了，他们的衣食常常简单到不能再简单。即便是现在儿孙们多已很有出息，生活条件已大有改善，可他们依然喜欢简单。他们说早已习惯这样了，改不了了。

我曾问过至今仍不失端庄秀惠的祖母是否后悔嫁给了祖父，祖母笑着："怎么会呢？你问你祖父后悔过吗？"

我心存疑虑地再去问祖父，他的回答竟和祖母一样，甚至连说话时的神色都一模一样，干脆而自信，似乎他们拥抱的爱情和生活都是幸福无比的。

再次走进祖母的小屋，见她又在认真地做着那被祖父多次啧啧赞叹的萝卜骨头汤，我禁不住好奇地问："祖母，您觉得自己这辈子真的拥有幸福的爱情吗？"

祖母笑着一点我的脑门："傻孩子，我不是告诉过你了吗？那还用问吗？你难道看不出来？"

"可是，我感觉您和祖父过的是波澜不惊的日子，只是一天天简单地重复着，很难找出多少值得一提的爱的动人情节啊。"我想说，有些木讷的祖父从来不会对她有"我爱你"这样亲昵的表白，更不会有情人节浪漫的送花，甚至恐怕他连她生日是哪一天都不记得，因为我从未听说他给祖母买过什么生日礼物。

祖母没有立刻反驳我，只是用勺子轻轻搅动砂锅里的萝卜，升腾的热气迎面而来，她的眉宇间写满孩童般的欢喜。

"我想，您和祖父的爱情实在是太平淡了，平淡得有些乏味了。"我忍了许久的心里话脱口而出。

祖母马上摇摇头，她拿过那个碰了一道深深裂痕的古董般的盐罐，取了一勺晶莹的食盐，举到我面前："孩子，这一勺盐，你能看得清清楚楚，可是你不能把它直接吃下去。现在，我把它撒到汤里面，一会儿就化得没了踪影,这一锅毫不起眼的菜汤很快就变得有滋有味起来。什么是爱呢?爱就是这样本身味道很浓的一勺盐,不是用来直接吃的,而是要把它适时、适量地撒到菜或汤里面,让它把每一道菜和汤都调配得咸淡适宜、美味可口……"

祖母形象的比喻不无道理,我也似有所悟。

祖母八十五岁那年冬天,不慎在雪地里跌了一跤,造成了大腿骨折。躺在病床上的祖母,像个调皮的孩子,不用我父母、叔叔、姑姑去护理,甚至不大喜欢吃他们送来的饭菜,坚持吃祖父做的饭菜。而一向笨手笨脚的祖父,竟然在祖母近乎手把手地指点下,像一个认真的小学生,在厨房里有模有样地忙碌起来。菜炒咸了,他就羞愧地搓着围裙不住地检讨,菜炒淡了,他就赶紧再去添盐。在祖父精心照料两个月后,祖母可以下地活动了。这时,平素不大爱做家务的祖父,已变成厨房里的一把好手,居然把菜炒得形、色、味俱佳,令我们这些晚辈都不禁刮目相看。

春光明媚的早晨,看到祖父和祖母相搀着从早市回来,每人手里拎着一袋新鲜的蔬菜,说说笑笑地走进小区。想起他们不知不觉间已经这样牵手走过了金婚纪念日,依然从容地走在他们很少为人们察觉的幸福之中。恍然,我想起了祖母的那句"爱是一勺盐"的比喻。

是啊,祖父和祖母的爱情和婚姻一直都是这样的平平淡淡,似乎很难成为我那些精美的爱情故事中的一个章节,但谁又能说他们没有幸福的爱情呢?真的,很多的时候,爱不是豪华、精美的大餐,爱只是一勺有着神奇魔力的盐,谁都可以用心和智慧把它撒到生活里面,让它自然地溶化在每一个平淡无奇的细节里。那样,即使是如清水白菜一样的简单生活,也会被爱经营得有滋有味,久久地芳香飘溢。

感谢曾经快乐的加塞

排队是师大校园生活的一大风景,"加塞"则为这风景增添了一点儿别致的味道。

在长长的队伍中旁若无人地"加塞",从而得到某些方便,实在是件令人快乐、惬意的事情。那种美妙的感受,非得亲自去体验一次,才能知晓。多少年以后,当他一次次在文章中讲述他那充满青春气息的师大生活时,总要情不自禁地想起那些"加塞"的日子,常常想着想着,就忍俊不禁。

那是大三,教古典文学的是特别刻板的李教授。每周两次的古典文学课,都安排在上午的三四节,偏偏老先生上课又非常守时,根本不理会"学生们已经饿了"的种种暗示,总要讲到下课铃声响起,才不慌不忙地结束其无限沉迷的讲述。可这时早餐一向对付的大学生们已十分沮丧。不用问,这会儿食堂肯定是人山人海,沸反盈天了。一想到那长蛇一般的买饭队伍，他心里就打怵。无奈，饭还得吃，只得拎上饭盒，垂头丧气地到食堂去一点点地排队。他偶尔在排队时加了几次"塞"，感觉不错，便对加塞有了兴趣。

那天贪恋床铺，快上课了，他才赶紧擦一把脸一溜烟跑进了课堂。强撑到第三节课，已是饥肠响如鼓。好不容易盼到李先生说了一声"下课"，他一个健步窜出教室，撒腿就往食堂跑，全然不顾后边女生笑话自己没了风度。

等跑到食堂，正值开饭高峰，一条条长长的队伍延伸着，叫人眼晕。若是按部就班地排下去，不把他饿昏过去才怪呢。看来，只得"加塞"了。他先四下里寻觅可加的"塞"，也就是熟人，如老乡、文友或棋友之类。那会儿，他才发觉自己在师大认识的人太少了。转了两圈，仍未找到一张熟悉的面孔。

再去排队吗？那他可不干。眼睛一转，计上心来，有了，他瞄上了一个女生较多的队伍，瞅准有四五个女生已排到了打饭口，他快步插上，抢到窗口前，冲着那个将饭盆往里递的女孩儿微微一笑，熟人似的打招呼："来了？"没等发愣的女孩儿回答，饭盒早已伸给了卖饭的师傅。偷眼看后边的几位女生，虽面有怨色，却无一人吱声，估计她们肯定都以为他和那女孩儿熟悉。

端着饭菜在人流中走过，他像一位凯旋的将军似的幸福不已。坐到饭桌前，再看那些规规矩矩排队的哥们儿，他兴奋得哼起了小曲。那顿饭他吃得特别香。待回到寝室，他又声情并茂地给大家讲述了一番自己别具特色的加塞经过。当然，没忘了强调那个女孩儿长得多么漂亮，并自作多情地说那女孩儿对他一笑别提多么意味深长了。

事情真凑巧。第二天下午，他从图书馆出来，经过校礼堂门口，又看到售票口七扭八拐的队伍足足有三四十米。上前一问，原来是晚上放映一部近期被炒得火爆的影片。他自然不想错过，目光再往前搜寻，准备加塞买票，忽见队伍后面站着昨日偶识的女孩儿，四目一对，彼此都笑了。

"怎么？又想来加塞？我可不认识你啊。"女孩儿的笑容很美。

"不可能的，我认识你啊，真的，你忘了那次诗会……"他顺口诌了两句，没等她努力地去回想起来，又问明她只想买一张票，便笑她太不珍惜时间了，然后很英雄气地道了一声："别排队了，瞧我的吧。"

他几步窜到队伍前面，冲正要往里递钱的数学系的诗友阿丰一扬手，旁若无人地朗声喊道："且慢，给我带两张票。"

拿了票，他有些得意地送给女孩儿："这回认识了我吧？"

女孩儿嫣然一笑："认识了，一位加塞勇士。"然后没等他再说什么，她便转身走了。他恋恋地看着她的背影，欲言又止。

吃完晚饭，忽然想到要跟那女孩儿坐到一起看电影，觉得实在是件快乐的事情，就买了两袋小食品，早早地进了礼堂，找到自己的座位坐下来。没几分钟，女孩儿来了。电影还要等一会儿才开演，两个人便吃着小食品聊开了。

等电影开演时，他已对女孩儿有了些许了解，知道她名叫辛虹，是数学系的宣传部长，是个很有才气、很清纯的女孩儿。她也很惊讶地告诉他，她读过他在杂志和校刊上发表的几首诗歌，只是今晚才将名字和本人对上号，她问他写诗和加塞哪个更容易。他笑着告诉她，只要有灵感，一样容易的。

那天的电影没给他留下多深的印象，辛虹的笑容却钻进了他心里。一个人的时候，眼前老是浮现她那纯然的笑脸。他发觉自己已经喜欢上了她，却没有马上去找她。他觉得那样未免有点儿唐突。再说了，那也太没诗意了。他想，他们再次的相遇，最好还是与加塞有关。

要说怎么叫有缘呢，没过两天，机会就来了。那天他又很勤快地拎着暖瓶，早早地绕远去数学系宿舍楼的水房打水。

嗨，还没开始供水呢，小小的水房就已挤满了人，但几乎清一色的女生，看来男生真的都很懒惰，喝开水时一个个水牛似的，打水时就找不到影了。可大热天的，他怎么也不好意思过去跟那些女生挤呀，要排队还不知要排到猴年马月呢，反正也不急，也用不着琢磨加塞，还是去阿丰寝室坐坐吧。刚退出水房，迎面撞上了辛虹。

"怎么，今天没加塞就走了？"辛虹笑着打趣道。

"看你说的，好像我就会加塞似的，让女士优先，咱今天这不是很自觉吗？"

"得了，别往脸上贴金了，把暖瓶给我吧，我们寝的大姐在里面排着呢。"

"这回可是你拉我的，不是我主动的啊。"他一边递给她暖瓶，一边狡辩道。

她笑着接过暖瓶递给里面的大姐，然后跟他站在走廊里很自然地聊起来。正好阿丰从外边进来，见他和辛虹谈兴正浓，便朝他做了个鬼脸，先钻进自己的寝室去了。

那天，阿丰碰到他，当胸给了他一拳："你小子行啊，到我们数学系来插足了。告诉你，追辛虹的，快超过一个班了，你小子这回还想加塞啊，怕没那么容易啦。"

"真的？那太好了，这个塞我非得加了，而且一定要加进去。"他对阿丰如是说，也是在心里对自己下了命令。

以后的情景，很多都落入了俗套，不用说，大家也能想象到几分。最重要的结果是，大学毕业后，经历了一番磨难，他和辛虹终于如愿地调到了一个中等的城市，开始更加具体的、充满温馨的生活。

结婚五周年那天，他说要写一篇回忆文章，来赞美他们幸福的初恋。辛虹便嗔怪道："行了，别提你那些丢人现眼的过去了。"

哦，她是指那些加塞的故事啊，他兴奋地问她加塞的滋味是不是好极了。她笑而不语，但一脸的幸福，却分明是毋庸置疑的。于是，他更加真切地怀恋起那些在师大加塞的美好的日子……

爱 的 天 性

细瘦得像麻秆似的身材,再配一副深度近视镜,把好友周锐外在的柔弱表现得淋漓尽致。连考两年,他仍与大学无缘,又在商海中折腾了一圈,也没赚到多少钱。后来,凭着对电脑的兴趣,他在省城一家不大的网吧,谋了一份技术主管的差事。每月不多的薪水,却让他感到很满足。

周锐的爱情之路也充满了坎坷,一晃三十出头了,还自嘲地站在"钻石王老五"的行列里。

某一日,在朋友的安排下,他约见了一个女孩儿。一见面,未曾交谈,女孩儿就在心里直埋怨介绍人真有"眼力"——他们两人往那儿一站,一胖一瘦,一高一矮,反差也太鲜明了。

"很抱歉,我苗条过分了。"周锐笑着,幽默地说。

"我也很抱歉,我不苗条过分了一点儿。"女孩儿的娃娃脸上故作成熟的神态透着难以掩饰的纯真。

女孩儿是省体育训练中心即将退役的跆拳道运动员，身体健壮，眉清目秀，举手投足间透着一股英武之气。周锐对女孩儿一见钟情，他充分施展自己的幽默天赋，很快就把女孩儿哄得笑容满面。

天黑了，女孩儿坚持要自己回去，周锐却执意要送她。争执了半天，女孩儿争不过他，就妥协道："那就乘公共汽车吧。"

"一切听从您的安排！"周锐愉快地赚得多与女孩儿相伴四十多分钟，因为他们要换三次车，才能到达女孩儿的住处。

路上，女孩儿笑周锐："就你那身材，还担心我的安全？"

周锐笑了："本人长得的确单薄了一些，可血总是热的。"

说说笑笑间，周锐完成了他的护送之旅。看着女孩儿进楼了，他才恋恋不舍地返回网吧。一路上，他眼前总是浮现女孩儿的身影——这一回，他真真切切地爱上了她。

女孩儿对周锐的印象还可以，但他还不是她想象中的"最爱"。那次见面后，她就投入了紧张的训练。周锐虽说十分渴望早点儿再见到女孩儿，可正值网吧的生意旺季，允许他约会的时间也少得可怜。

那天傍晚，周锐正焦躁地站在网吧门口张望着，忽然看见前面走着的正是自己朝思暮想的那个胖女孩儿。他大声喊着女孩儿的名字，迈开修长的双腿跑了过去。

两人站在暮色朦胧的马路旁简单地交谈了几句，女孩儿便急着要往回赶。周锐赶紧向老板请假，希望再做一次护花使者。

这一次，女孩儿坚决不同意，周锐只好怅怅地看着女孩儿上了公共汽车。

窗外华灯闪烁，车上乘客寥寥。逛了一天的商店，女孩儿有些疲惫，她无心欣赏美丽的夜景，搭上最后一趟班车，她便靠着车窗开始打盹。这时，一只贪婪的手悄悄地伸向她装钱的衣兜。

"抓小偷！"随着突然的一声大喊，小偷的一只手已被攥住，女孩儿被掏出的钱散落一地。抓小偷者是周锐，原来他已悄悄地护送了女孩儿一路。

"你小子活得不耐烦了，敢坏老子的心情？"小偷的一个同伙迎面猛地一拳，打在周锐的鼻梁上，打碎了他的眼镜，小偷和另一个同伙接着又前后夹击，打得他痛苦地蹲下身去。

这时，女孩儿已被惊醒。只见她站起身来，舒展拳脚，就像影视片中的江湖女侠，三下五除二，眨眼工夫就把三个小偷打翻在地，他们一起哼哼叽叽地跪地向她求饶。

"好功夫！"捂着还在淌血的鼻孔，周锐兴奋地喊道。

"原来是你这位见义勇为的大英雄啊，可惜功夫不到家呀。"女孩儿嗔怪了一句，掏出手帕递给他。

"英雄救美，痛苦也幸福啊！"周锐疼得直龇牙，也没舍得用那带香味的手帕。

"我都跟你说过了，今天你也看到了，我是用不着谁护送的。"女孩儿很自信地告诉周锐。

"可我心里想的是，我在送一个可爱的女孩儿，而不是一个身手不凡的跆拳道高手呀。"周锐一脸的真诚。

只这一句话，再望着他那脉脉含情的眼睛，女孩儿感动了，她撒娇地答应周锐："那好吧，以后我就接受你的护送。"

那场特别的护送，让女孩儿与周锐很快坠入了爱河。女孩儿常常在周末，乘车到周锐打工的网吧看他。而每一次约会结束，他都要护送她回住地。两人谁也不再为此而争执，仿佛那样是再理所当然不过的事了。

两人快乐地挤车、换车、然后互道再见,他再一个人原路返回,春夏秋冬,一次又一次,他们成了那座城市里的一道别致的爱情风景。

两年后,在婚礼上,我祝贺他:"终于把爱情护送到家了!"

"万里长征这才走完了第一步,一切才刚刚开始,这一辈子他都得护送我。"被幸福充盈的女孩儿抢先做了不容周锐拒绝的回答。

女孩儿的戏语成真,婚后的周锐真的还像恋爱时那样,经常护送已做了教练的妻子上下班。英武的妻子训练出来的运动员都在大赛中拿金牌了,在依然瘦弱的周锐身边,她还常常是一副小鸟依人的样子,仿佛自己丈夫那并不宽阔的胸膛,真是一堵遮风挡雨的高墙,让人觉得有点儿不可思议。

某日,读一本女性杂志上的几则爱情小故事,我才恍然大悟:原来,那就是爱的天性——再强健的女人,也需要男人温柔的呵护;再柔弱的男人,也必须要向女人张开坚强的臂膀。

远近都是爱

东北与西南间横亘着多少高山大川啊，可她用手指在地图上那么轻轻地一比画，天堑亦是通途，天涯亦是咫尺了。

就在一次西南之旅中，极其偶然地，她结识了那个不知名的小学校里唯一的老师——那个让她莫名心动的男孩儿。仿佛遇到了寻觅多年的梦中伊人，仅仅几句简短的交流，她顿觉有一种热切的召唤从心底涌起——她要义无反顾地走向他。

蜿蜒起伏的盘山路，将他挥手的背影和缕缕升腾的炊烟模糊成一体，他的笑容却仍在她眼前晃动着，越是努力地驱赶，相逢时的点点滴滴，越是无比清晰，以至面对着神往已久的美丽的九寨沟，她怎么也无法激动起来了。回到家中，她依然魂不守舍，脑海里总是萦绕着他。

她也揽镜自嘲——都近而立之年了，怎么还像一个情窦初开的十八岁小女孩儿似的，情感的潮汐一起，转瞬间便汹涌澎湃呢？

竭力自我压抑的结果是适得其反,她不由得抓起电话,但又立刻哑然——身处闭塞之乡的他,并没有给她留下一串接通情感的数字啊。于是,她开始给他写信,一任汩汩的情思泻满那久违的信笺。然后便是长长的期盼,度日如年的滋味莫过于此了。

终于,收到了他那穿山越岭的回信,无边的幸福立刻簇拥了她。以后的日子里,她关了手机,疏远了电脑,与他频频地鸿雁传书起来。遥远的时空,非但没成为阻隔情感的障碍,反成了拉近心灵的桥梁。

第二年夏天,她再次急切地踏上了向西南行进的列车,倒换了三次汽车,在凹凸不平的山道上颠簸了十几个小时后,她终于又来到了那个让她魂牵梦萦的小山村,站到了那个依旧很破烂的小学校前。

对她的突然到来,他先是愕然,继而脸上浮起一抹苦笑:"你都看到了,许多地方比我在信里向你描述的还要糟糕。"

"可是因为你,这里有了一道迷人的风景。"看着危房内暗淡的光线,和他那比初见时还要消瘦的面颊,她的心不禁猛地一沉——那是现实与梦幻不可避免的冲撞。她固执地留了下来,和他一起教书、种菜、砍柴、盖房……一年后,他和她还是分手了。可以承受山高路远的爱情,何以夭折于近切的相处之中呢?绝对不只是物质生活贫瘠这样简单的缘故,可能世间许多爱情的美丽,就在于隔着一段距离,才有了种种浪漫的情节,才有了种种引人遐思的情趣,而一旦消失了中间那不可或缺的距离,无论是时空的还是心灵的,都可能破坏那份相望相思的美好,这也正应了那条人们熟悉的美学原则——距离产生美。

没有人会怀疑她曾爱得怎样的痴迷、怎样的炽热如火,在她一次次把爱的缤纷思绪交给绿衣信使时,在她跋涉崇山峻岭赶赴心灵的约会时,那时她爱得激情澎湃如滔滔江河;在她蓦然回转身来,重新走回都市时,却是她爱得理智果决如无语的长堤之时。

爱情是一溪活泼的流水

急性子的他与慢性子的雨薇,竟会一见钟情,且很快结为夫妻。虽然自从结婚以后,夫妻俩便一直没断了争吵,有时甚至是怒目相向,几欲动手动脚,但十年间周而复始的争吵,非但没拉远两颗心,反倒深厚了夫妻感情。

像过日子总离不开柴米油盐一样,似乎他和雨薇注定就离不开争执,伴随而来的必然是常常彼此不愿轻易妥协的争论,争论到了高潮自然就是争吵,就是分贝加大的唇枪舌剑,来来往往,互不相让。有时,不过是件鸡毛蒜皮的小事,明明知道争也不会争出什么结果来,俩人偏偏跟较真的孩子似的,非争吵得彼此脸红脖子粗,直到有一方坚持不住了,选择了沉默,一场雷声大雨点小的家庭纷争才宣告结束。随后,两人很快就忘却了争吵,依然齐心协力地过日子。

刚结婚时,他们租住的小屋隔音效果极差,年轻气盛、嗓门正高的两人一争吵，立刻便会惊动四邻，唤来好心的劝解调和人。如是多次反复后，邻居们见他们吵架跟铁铲碰铁锅一样不以为然，上午还吵得势不两立呢，下午便并肩携手说说笑笑上街了。渐渐地，再遇到他们夫妻争吵，左邻右舍也不加劝阻了，有爱开玩笑的还在事后追问一句："最后谁认输了？"他和妻子自然又是不服输地笑指对方。

女儿都上小学了，他和雨薇仍禀性难移，常为一些小事争吵，只是争吵的结果，大多是他率先退让下来，倒不是他占理的时候少，而是他喜欢在一番争吵后，再以男子汉的宽宏大度，满足一下妻子争强好胜的心理。

一次，几位大学同学聚会，谈及居家日子中夫妻吵架的问题，大家不约而同地将羡慕投向了一向温文尔雅的婉君，因为她说她和丈夫结婚五六年了，几乎没有争吵过一次，夫妻两人都很谦和，即使在某些问题上存有异议，彼此也会做到视而不见，各行其是，谁都不会试图说服对方，谁都不会强求对方怎么样，两人修养好得像18世纪的英国绅士。

"那样的生活平静得像一潭波澜不惊的深水，其实是很乏味的。"当婉君如是感慨时，大家还以为她是在故意掩饰自己的幸福呢。

直到有一天，再次遇到她时，她那样平静地告诉他——她和丈夫分手了。她仍是一脸的平淡从容，看不出忧伤，也看不出喜悦，似乎在说着一件跟自己没多大关系的事情。

他惊讶她竟能如此坦然面对婚姻的离合，她哑然："分手以后，我才蓦然发觉，其实这些年来，我们彼此并没有真正地深爱对方，我们连争吵的热情都没有，说明还不是十分在乎对方，倒是你和雨薇认真的争吵那样，才是爱的真实表现。"

婉君的一语坦诚，也说出了他的真切感受——夫妻间的磕磕碰碰，吵吵闹闹，其实正是爱情磨合中非常有益的润滑剂。试想，像婉君那样与丈夫不吵不闹、彼此谦让得近乎陌生人，又怎么能将婚姻维系长久呢？

今年秋天，携妻子到大兴安岭旅游，两人相扶着，不知疲倦地追逐着一条蜿蜒向前的溪水，直至红叶尽染的丛林深处，他们才停下来，坐在一块巨大的石头上，只瞧了几眼面前平静的飘满落叶的一方潭水，他和妻子的目光一碰，两人又起身开始追随那钻入林海深处的小溪，一路欣赏着四周绚丽的风景，不知不觉地来到了旅途的终点。

原来，那一溪活泼的流水是那样的可爱，在它的身边布满了美丽的景色。爱情亦是如此啊，两个相亲相爱的人，只有满怀热情地搅动爱情的流水，不让它沉淀为一潭呆板的死水，才能品尝到爱情的苦辣酸甜，才能让幸福绵延起来。

辑六╱幸好，爱一直都在

世界那么大，我们还是遇见了，并且深深地相爱了。即使有些磕磕碰碰，有些争争吵吵，我们仍是上苍垂爱的知音。你若是愿意一直陪伴，我一定欣然与你携手，柴米油盐挨个认真琢磨，将最富有人间烟火味的日子，过出无数的诗情画意。

默然相爱，悄然欢喜

芳草青青的呼伦贝尔大草原上，他骑一匹炭红色的骏马疾驰而来。蒙古包前，一个年轻的漂亮女孩儿，手捧一束格桑花，正翘首眺望。徐徐的轻风，吹起她飘飘的长发，像一首隽永的诗。她明亮的黑眸里，闪着甜蜜的流盼。远远地，他在向她使劲地挥手，那只牧羊犬急不可耐地迎上前去。他跳下马来，一下子将她连同那束花拥到怀里，紧紧地搂住。过了一会儿，他将她抱上马，她欢喜地偎在他胸前，红马像是特别懂得他们的心思，驮着他们朝水波粼粼的草原之湖缓缓走去。悠悠白云，在蓝天上亲密着。此刻，他与她是草原上甜蜜的恋人，无限的辽阔，无限的静美，都成了他们幸福的背景。

那是我在草原旅游时偶然碰见的一幕。我后来得知，女孩儿来自江南水乡，是来草原支教的老师。而他，是来自西班牙的留学生。他是在一个义工论坛上认识她的，因他们对支教有不少相通的认识，两颗年轻的心越来越近。他决定不再回去帮着父亲经营公司,而要留在中国,和她一起,去圆草原上那些孩子的梦想,做草原上最美丽的格桑花。

离开草原好久了,我还记得那对年轻人自然而热烈的拥抱。那份纯美的爱恋,就像绿茵茵的草原上那些无名的小花,虽然很少有人知晓,但那条静静流淌的小河,一定会念念不忘那些青春岁月中炫目的记忆。

我是在北极村的一条幽静的小街上见到他的。他脸上的皱纹很深,有着浓郁的沧桑味道。那会儿,他坐在门前的阳光里,手里拿着一个现在很少有人听的老式的半导体收音机。他的面前摆着一台简易的冰淇淋加工机。顾客稀少,几近于无。他好像并不在乎生意的清淡,只管悠然地晒着太阳,听着咿咿呀呀的京剧。过了一会儿,从那扇敞开的大门里,颤颤巍巍地走出一个满头银发的老婆婆。他赶紧起身过去,搀她坐到那把藤椅上。然后,他拿来一支冰淇淋,放到阳光里,直到它变软了,快融化了,他才轻轻吮了一口,再递到她嘴边,看着她小心翼翼地舔了一下。接着,两个人你一小口,我一小口,慢慢吮吸着那支冰淇淋。

我先是惊讶,继而有些感动:守着那么多的冰淇淋,他们却要恩爱地分享一支。原来,他们不是出于节俭,而是在旁若无人地享受那甜蜜的爱,宁静而芬芳。

随后,我知道了他们动人的爱情故事:当年,他是来自上海的知青。在那个奇寒的冬天,他上山伐木。回来的路上,疲惫不堪的他依在一棵红松旁,想休息片刻再赶路,却不料一下子睡着了。醒过来时,他的两条腿已冻得迈不动了,他使劲地呼救,四周却只有寂静的山林和厚厚的积雪。

就在他绝望时,她找寻而来。谁也不曾想到,那么瘦小的她,竟连背带拖带拉,硬是将他救回了家中。稍稍喘口气,她马上用雪为他搓红了全身,又熬了一大锅姜糖水。两天后,他才完全恢复过来。

他感谢她的救命之恩,她的脸一片绯红,像一朵好看的云。再后来,他向她求婚。开始,她竭力拒绝,不是不爱,是因为她家成分不好,还大他八岁,最重要的是,此时正值知青返城的高峰,各方面条件都相当不错的他,是很容易重回繁华的大上海的。他却执意留了下来,他反反复复的一句话"我会陪你一辈子的",让他们有了此后近四十年不离不弃的守候。

没想到,在两位老人看似平淡无奇的生活背后,竟藏有那样鲜为人知的挚爱真情。望着那对老人阳光里相濡以沫的情景,我不禁心生羡慕:多好啊,守着生命里的真爱,平凡的日子,也可以如此云淡风轻,又如此动人心魄。

那个寂静的午夜,我品读世人广泛传抄的六世达赖仓央嘉措的仿佛天籁般纯净的情诗,不禁想到了在路上不期然遇见的上面几位,和他们那散在生活里的熠熠闪光的爱的碎片,美丽而生动。一时间,我的心里暖暖的,满是幸福的感动,为他们波澜壮阔的爱,为他们风平浪静的爱,为他们演绎的那些真、那些善和那些无法形容的美。

只想与你暖暖地在一起

一

漫天飞舞的雪花，都是献给北方冬天美丽的礼物。走进林海雪原上的威虎山影视城，她的欢喜，刚刚持续了不到一天，便被来自西伯利亚的一股更为强烈的寒流，袭扰得涕泪横流，几欲倒下。然而，她现在无论如何都不能倒下，因为她好不容易获得这样的一个只有五分钟戏份的角色，说什么也要挺住了。

仿佛一场精心设计的剧情，他迎面朝她走来，在瑟瑟的冬日，惊喜地站到她的面前。

两人紧紧地相拥着，她仍有点儿不敢相信，以为自己是在幻觉中，是高烧导致的幻觉。

他被冻得有些冰凉的手，抚过她滚烫的额头，满怀的心疼："丫头，这么厉害的感冒，怎么还硬挺着？"

"谁叫你不早点儿来呢？"他的那一声"丫头"，叫得她心里亲亲的，就像小时候两个人拉着手走长长的夜路，她一点儿都没感到害怕。

"其实，一听说你要随剧组来到冰天雪地的黑龙江，我就担心你适应不了这里的气候。"他一脸的关切。

"我又不是什么大小姐，哪里有那么娇贵？"她虽说自幼生长在江南水乡，但作为一名最普通的"京漂一族"，为了能进一个剧组，哪怕只当一个"路人甲"那样的群众演员，她都愿意付出别人难以想象的艰辛。这两年来，她吃的苦、受的难，简直难以计数了，北方的寒冷又算得了什么？

"可是，看着你生病的这个样子，我心疼。"他为她削了一个苹果。

"这话我爱听。"她执意要把苹果切开，每人一半，因为分苹果就是分平安。

听她说出那么美好的寓意，他便与她一起，对坐在那张木板床上，美美地吃了起来。

"要不然，等这部电视剧拍摄完了，你还是跟我回杭州，一起经营那个婚纱影楼吧。我姑姑说还要给我投资，要把它打造成杭州城知名的影楼。"他再次向她提议。

"不，我还是喜欢当演员，这是我一生要追逐的梦想。"在最艰难的日子里，她也曾动摇过，但熬过来了，她现在似乎看到了一些成功的希望。

"真是一个倔强的小丫头！"他柔情满怀地嗔怪了一句。

她的心里暖暖的，欲言又止。这么多年来，他一直顺从她，甚至一度放弃经营姑姑专门为他投资的影楼，跑到北京，陪着她寻梦。若不是母亲泣泪的哀求，他还不肯离开京城。

二

没想到，昨天还虚弱得几乎走不动路的她，第二天就又像往常一样谈笑风生了。

他兴奋地说："我熬的鸡汤，比什么感冒药都管用啊！"

"那是啊，那不是普通的鸡汤，而是美妙、神奇的心灵鸡汤！"她红润的脸颊上，漾着一览无余的幸福。

"那我就不走了，天天给你熬鸡汤。"他被她的开心感染。

"有你陪在身边，没有鸡汤，感冒也会吓跑的。"她拿出闲暇时为他搜罗的各种奇形怪状的石头。

"这个最漂亮！"他抚摸着那个心形的鹅卵石。

"之前去查干湖拍外景的路上，车突然抛锚了，我下车后，一个人在附近转悠，就遇见了它。"她一脸的得意。

"说说你拍片过程中那些好玩的事情吧。"

这个话题，一下子就打开了她的思绪。她还记得，第一次，跟着老乡在北京租住在一个阴冷的地下室，苦苦地等了三个月，兜里只剩下不到一百块钱了，她终于等到了做一个没有一句台词的群众演员的机会，每天的报酬是三十元，外加一顿盒饭。去剧组报到时，她还兴奋得心怦怦地跳，好像自己一下子当上了主角。她拍戏很投入，自作主张加的两个动作，居然受到了执行导演的夸赞，让摄影师特意给了她一个长镜头。

还有一次，她遇到了一个草台班子，辛苦地拍了十多天，却没能拿到一分钱的报酬。同去的群众演员都愤愤地咒骂那个剧务是大骗子，她却释然地在心里安慰自己：林子大了，什么鸟都有。就当是多彩排了几回，犯不着生那么大的气。

当然，在没有戏可拍的日子里，她也没有荒废了时光，找了许多表演方面的书籍，很认真地读了起来。她始终坚信，只要自己肯用心，能耐心地等待，机会总会有的。

最让她开心的是，她顶替那个家里突发变故的配角，在那部古装剧里，第一次拍了有二十多句台词的戏，让她体会到了一种当明星的感觉。尽管那部戏至今尚未播出。

三

他真的留下来了，他说要第一时间欣赏她扮演的抗联女战士。

一月的林海雪原，天寒地冻。尽管穿了厚厚的棉衣，在风雪中待上一会儿，还是会冷得浑身发抖。常常是几个镜头拍下来，他赶紧跑上去，给她披上新买的加长羽绒服。

有演员逗她："你很厉害啊，现在就有跟班的啦。"

她有些不好意思："他是我哥，他就是想看我拍电视剧。"

"别解释了，瞧你俩那眼神，多幸福的一对啊！"

她就不再解释了，任他们打趣，心里满是欢喜。

踩着厚厚的积雪回驻地，两个人故意走在最后面。她拉着他的手，撒娇道："真好，有你陪着拍戏，寒冷的冬天也变成温暖的春天了。"

"我还想陪着你走一生呢。"他轻轻地拂去她肩头的雪花。

"我也愿意！"从小就在一起玩耍，她当然懂得他。

"要是我不陪你拍戏，你会想我吗？"他轻轻地捏了一下她的手。

"不会，我只会想那个给我温暖的男人。"她故意调皮地装作严肃认真。

"坏丫头,我叫你想别人。"他猛地将她揽到怀里,紧紧地抱住她,用带着胡子的下巴使劲地蹭她的脖颈,直到她大喊着求饶。

其实,在他回杭州的那段日子里,她一直有一种沉沉的失落感,她不止一次地问自己:是不是自己只顾个人的选择,有些太任性了?如果演戏和嫁给他,两者最终不能兼得,自己究竟该怎样抉择?思来想去,最后的答案居然是,她一定努力,好好地演戏,让他这一辈子都不忍离开自己。

四

一个月紧张的拍摄结束了。

剧组要解散了,一缕伤感涌上她的心头,他变戏法似的,拿出两张机票:"走啊,我们回家省亲去。"

她被逗乐了:"啥时候订的机票啊?你怎么记得我的身份证号码?"

"你不说要和我暖暖地在一起吗?我要经常给你温暖啊。"要回家了,他好激动。

在飞机上,她忽然不无担忧地问他,若是他的父母,依然不同意她这个在外面风风火火地等着拍戏,至今还没有拍出什么名堂的女友,该怎么办?

他说他们会喜欢上她的,只是可能需要一段时间。他这样说着,但明显地底气不足。

没错,她所言的确是他们必须直面的一个棘手的问题。自从她做了"京漂一族",他的父母对她的好感就一落千丈。他们眼里熟悉的乖乖女，怎么忽然间变得令人难以接受？其实，连她的父母，也一直不能理解女儿，为何辞掉那份还不错的工作，自讨苦吃地去当什么朝不保夕的演员？

然而，任是谁来劝导也没用，她是铁了心，非要在自己认准的演艺的道路上走下去，不管前面有多少荆棘，有多少陷阱。

这两年春节回家，她能够明显地感到父母的苍老。她知道，那是因为他们心里牵挂她，担忧她一个女孩儿闯荡，却又无可奈何。

而当他小心翼翼地向父母提及她时，父母直截了当地回答他，咱们家要娶一个安稳地过日子的贤惠媳妇，不能娶一个在外面折腾的演员。

他解释说，那是她的理想。父母坚定地告诉他：没有人拦着她追求理想，好女孩儿有的是，我们家也有我们家的理想呢。父母说的有一定的道理，他一时无法做出有力的反驳。

五

见到她越发瘦削的面颊，母亲心疼得要落泪，父亲叹口气，什么也没有说。

望着父母那日渐斑白的头发，她真切地感受到时光的无情，她便只挑那些有趣的事情，一一讲给父母听，就像她平素在电话里，始终坚持只报喜不报忧。

看到父母那似信犹疑的样子，她的心里便多了一份难言的苦涩。毕竟，儿行千里母担忧，无论她一个人在外面多么洒脱，父母都无法释然。更何况，她至今尚未取得令父母欣慰和自豪的成就。

补偿似的，她抢着干各种家务活，拼命地找快乐的话题，逗两位老人开心。朋友约她出去聚会，她能推就推了，她只想着做一个乖乖女，在家里一天，就多陪陪父母，哪怕仅仅是陪着他们闲聊。

怀着十二分的忐忑，她怯怯地去拜见他的父母。

两位老人对她不冷不热，礼节上把握得很有分寸，让她挑不出什么不妥。但敏感的她，很容易就察觉到，他们在无可挑剔的客气中，已明确地表达了对她的疏远。

尽管他一再安慰她，可她分明意识到，她和他回不到从前了，自己再也不会是他父母当年喜爱的那个聪明懂事的小姑娘了。

他每天都要忙碌着经营影楼，他去陪她拍戏的那一个多月，影楼的生意很是受了一些影响，女强人姑姑狠狠地训斥了他一顿，说他是一个男人，应该首先考虑自己的事业，而不是感情问题。

他唯唯诺诺地点头，明白姑姑的一番好意。

两个人住得不远，却很少有时间见面，大多是通过短信或QQ，就像她仍在外面飘着。

尽管她能明显地感觉到他的爱，她也在爱着他，可是，总有一缕缕的苦涩，不时地涌至心头，让她想起一句爱情箴言——最深的爱，注定有太多的忧伤。

六

离正月十五还有三天呢，突然接到在北京合租的好友的短信，她立刻收拾东西，她要马上赶到横店影视城，因为好友推荐了她，一位副导演急着要她过去试镜。虽说，依然是一个很小的角色，但机会难得，她不能错过。

非要走吗？都走到车站了，他的眼神里，还流露着柔柔的不舍。

必须要走的，父母留不住她，他也留不住她，没有谁能挽留住她。

她像中了迷人的蛊，只要有拍戏的机会，她都会欣然前往。

这一走，也许她的人生会是另一番景象，包括她与他的情感。没有买到卧铺，她在拥挤的硬座车厢里，看着形形色色的旅客，想着自己这些年来的苦辣酸甜，蓦地，眼角一阵灼热。

但愿下一站，自己能够遇到更多的幸福。她擦了擦湿润的眼睛，在心中暗暗地安慰自己：挺住，面包会有的，一切都会有的。

只是，这一回她遇见的，又是不陌生的一幕：一见面，那个色眯眯的副导演，便肆无忌惮地将"咸猪手"朝她胸前摸过来。急切之中，她挥手打他一耳光，也打掉了期盼的一次机会。

她明白，在演艺圈里面，有许许多多的潜规则，最简单的一个原则似乎就是，要想早日"有位"，就必须得先"出位"。然而，她偏偏不信邪，偏偏要洁身自好，不向任何潜规则低头。

见到她黯然地回来，同屋的好友说那个家伙虽然好色，但还是很有才华的，人也很仗义。

她就像第一次遭遇巨大侮辱一样，朝好心的室友大声喊道："看到他那个样子，我就恶心，宁肯接不到戏，我也不会做那种事。"

室友似乎感觉她有些不可理喻，张张嘴，最后还是什么也没有说。

室友一次获得了两个配角的机会，因为她明白了游戏规则：要想有收获，就得先付出。

七

那一个多月无戏可拍的日子，是那样的漫长难耐。

每天，她都要花费大量的时间，四处寻觅可能的机遇，然后就是焦虑的等待。就在她几乎要崩溃的时候，他又突如其来地站到他面前。

"不在家里好好地经营影楼,来这里干什么?"她的眼泪不争气地落下来。

"来陪陪你啊,你不是说最喜欢和我暖暖地在一起吗?我这回来,就不打算回去了,你到哪里,我就跟到哪里,不离不弃。"他轻轻地抚着她的秀发。

"真的?我现在特别失败,不值得你牺牲那么多的。"她感动,又有一点儿愧疚。

"真的,我已经跟姑姑说好了,影楼让我的表弟去管理;我跟父母也说了,不管他们如何反对,我今生就跟定你了,苦着你的苦,乐着你的乐,只要能够跟你在一起,就值得。"他十分认真地说。

"你这个小傻瓜!"她破涕为笑。

"我傻,你以后就不要欺负我了,要多多心疼我。"见她心情好了,他很开心。

"遵命。我绝不让你这温暖生命的小傻瓜,从我的身边走开。"这一刻,她感觉自己是世界上最幸福的人了,那么多的不愉快,都已随风飘散。

他在她的住处附近,找了一份比较辛苦但收入不多的工作。他笑着说,他挺满意的,能经常看到她,能陪着她一起寻梦、圆梦,就不再奢求别的了。

接下来的日子里,她忙着到处找拍戏的机会,结果却总是失败多于成功,偶尔才能接到一些不起眼的小角色。每当她沮丧的时候,他总会鼓励她,跟她讲某某明星的更坎坷的成功之路。说他相信她,说她总会有一天梦想成真的。他用自己赚来的钱,为她买了衣服,请她吃西餐,陪着她看国外大片。那天,陪着她去美容院里,做廉价的皮肤护理,他愧疚地说自己将来要赚更多的钱,让她留住最美的青春容颜……

又是一年将逝。她仍是那个茫茫人海无人知晓的群众演员，但戏里戏外的各种人生，却观察到了，体验到了，思考过了，她蓦然发觉——在自己苦苦地寻觅和执着地追求中，她最大的收获，就是来自他的那份纯纯的真爱。

那个飘雪的早晨，她为他围上亲手织的红围巾，牵着他的手，满含深情地说："我决定了，这回我要倒过来，选择跟着你走，你去哪里，我就去哪里，一生一世……"

"为什么？难道我做错了什么？"他惊愕她突如其来的改变。

"因为爱，因为我想和你暖暖地在一起，不想让我们继续在别人的城市里漂泊……"她紧紧地拥在他的怀里，感受着他那强有力的心跳。

"好！我和乖丫头一起回家，一起去演绎我们的爱情喜剧。"他幸福地亲吻着她。

纷纷扬扬的雪花，飘落在他们的肩头。他和她紧紧地相拥在北京的街头，任滚滚车流人流在身旁经过，他们的眼睛里和心里，满满的，都是绵绵的温暖……

幸好，爱一直都在

他和她是大学校友，她小他一岁，但在她的眼里，他似乎永远是一个需要呵护的小弟弟。起初，他很感动，渐渐地便习惯了她的姐姐般的疼爱。

他天生浪漫，就像他写的那些风花雪月的诗文。她很喜欢他身上散发的诗人气质，读大学时便常常帮他买书、收发邮件。婚后，当他晚上写作时，她在勤快地添茶倒水之余，总会捧一本书静静地坐在旁边，任幸福的感觉在柔柔的灯光下漫溢。

也许是爱的滋润，他的写作才华得以淋漓地挥洒，各类作品频频见诸报端。踌躇满志的他便让她辞去那份很多人羡慕的工作，待在家中一门心思地做全职太太。

而她对他的建议，似乎没有一点儿的犹豫，就像当初毅然地回绝那些各方面都远比他优秀的追求者，义无反顾地随他来到那个偏远的小县城，欣然地站在了他的背后，为了他能成功在背后默默支持他。为此，几位熟知她的闺中密友都不解地一致慨叹——她肯定是被爱情冲昏了头脑，才牺牲了自己的事业，去缩小两人间的距离。

很快，年轻英俊的他成了某大学深受学生崇拜的老师，成了省作协签约的知名作家。而她，在多年的相夫教子的辛勤操持中，眼角已经出现了许多明显的鱼尾纹，一双弹琴的纤纤玉手也粗糙生硬得让人见了总不免要唏嘘不已。

再纯美的爱情也难免沾染世俗的尘埃，尽管她一切都做得那样无可挑剔，但随着两人在社会生活中身份、地位的变化，一道无形的裂痕还是悄然伸到了他们中间。而当那个年轻漂亮的女研究生突然出现在他的生活中时，那裂痕便无可避免地一天天地扩大了。

结婚十周年的那个情人节，他与情人在外面欢笑了整整一天。晚上才捧着一束已有点儿发蔫的玫瑰，很有些敷衍了事地插上案头。望一眼她那透着憔悴的面颊，他的心头也不禁涌过一丝羞愧，暗自责问：当年浓浓的爱情，何时已被时光之水稀释？那些要"爱她一辈子"的海誓山盟真的要轻飘飘地走远吗？

坐在客厅里，张爱玲的"红玫瑰"与"白玫瑰"的爱情妙喻搅得他心海澎湃，年轻漂亮的情人和柔情似水的她，都是他爱着的"玫瑰"啊，他都不忍割舍，却终要割舍其中的一个啊。深陷进退两难之地，平素不吸烟的他，一夜间，弄了满满一杯子的烟蒂。

其实，慧心的她已经敏锐地感知到他的感情越位了，只是她默不作声地继续做着一个好妻子、好母亲，似乎什么都没有发生过一样，她只是希望他遭遇的不过是一段转瞬即逝的浪漫而已。

然而，当看到这段日子里他的踯躅、他的焦躁、他的坐立不安时，她才恍然意识到——他不单单是对自己还抱着爱，对那个她并知晓的竟争对手，他也是深深爱着的，否则，他不会为取舍而如此痛苦的。

终于在那个周末，坐在酒吧里，他写好了给她很多物质补偿的离婚协议书，满怀着愧疚饮了一杯又一杯的烈酒。回到家中，屋里静悄悄的，她没有像往日眉宇含笑地站在门口迎接他。桌上的汤锅里煲着他喜欢的银耳莲子粥，依然热乎乎的。桌上有一张写给他的纸条，那是她写给他的告别信："就像当年你爱我一样，你今天的爱也没有错，我真心为你祝福，祝你们爱得幸福、长久。别担心，我会好好地爱自己的，相信我还不会太笨，还可以打拼出一份新的生活……"

"你为他付出了那么多，怎么就那样傻傻地把自己辛辛苦苦培养好的男人，拱手让给了横刀夺爱之人呢？"在南方都市租住的简陋至极的小屋里，好友愤愤不平地要替她去讨一份公道。

"因为不忍看着他痛苦，因为心疼他，才选择了放手……"她一语轻柔，让好友无言地与她相拥着泪雨纷飞。

原来，爱不一定非要生生世世地厮守一起。因为爱得太真，爱得太深，才不忍心看着心爱的人痛苦，才会自己心疼地离开，因为爱，所有的付出都心甘情愿，因为爱，才无怨无悔地放手……

数年流汗流泪的艰苦打拼后，她已是南方都市里成功的白领女士，但她依然子身一人，面对蜂拥而至的关切，她只回一句平静而坚定话语：曾经沧海难为水。

那个寒冬，他因一场突如其来的官司失去了工作和婚姻，一时万念俱灰的他，怀揣着她的照片，打开了家中的煤气罐……幸亏被邻居发觉，才避免了更大的悲剧。

"你怎么那么傻呢？不是说好了我们都好好地活着吗？"望着病榻上他那苍白的面颊，她的泪珠急雨般地簌簌而下。恍如梦中的他，紧紧地握住她的手："真想再喝到你熬的银耳莲子粥啊！"

"只要你喜欢,我会给你熬一辈子的。"她把银质的小勺举到他的唇边。他的眼泪再次滑落下来,透过两人中间那氤氲升腾的淡淡的热气,他真切地懂得了:那荡漾着浓浓人间烟火味的爱啊,是要用一生的认真来悉心呵护和经营的……

爱着就幸福

二十年前的一场车祸，让他彻底地瘫在了床上。那时，他刚过而立之年，女儿才满两岁，他的事业正蒸蒸日上，锦绣前程正向他招手。

当他被送上手术台时，他那娇小的妻子紧紧地握住他的手："一定要挺过去，我还等着你给我梳头呢。"

"没事的，就当是一次疼痛体验了。"他当时虽然已意识到伤情的严重性，但仍故作镇定地安慰妻子。他知道，在一向小鸟依人的妻子的心目中，他是一个顶天立地的男子汉，没有什么可以打倒他。

几次手术后，他的两条腿都没能够保住，原来一米八的大个子，被生生地被截成了一米五的小矮人。

"也好，以后再吻你，就不用使劲地踮脚了。"同车的另外四个人全都在那场车祸中遇难，他是唯一的幸存者，这样不幸中的万幸，已让妻子心存感激了。

"可是，我失去了那份好工作，女儿还这么小……"想到以后的日子，他自然有些忧戚。

"有这样一个完完整整的家，就不怕过日子的艰难。"没想到一向被他娇宠的妻子，面对突如其来的巨大灾难，竟出奇地冷静和坚强。

当第一眼看到他膝盖以下只剩下了空洞洞的裤管时，妻子的心也被狠狠地撕扯了一下，可她清楚：自己必须要站直了，那样，他才不会倒下。

一年后，他安装上了假肢，拄着拐杖在小区的人行道上艰难地练习走路，很慢，很慢，他似乎每迈一步都那么艰难。妻子紧紧地贴在他身旁，不时地搀他一把，不时地鼓励他两句。阳光无遮拦地落在他们身上，把两个亲密的身影投射到地上。

妻子的单位一直不大景气，没出车祸前，他曾打算让她辞了那份辛苦又不赚钱的工作，回家做全职太太，全力支持他在外面打拼。可现在，她那微薄的收入，竟成了家中唯一的经济来源。

他坐不住了。几经周折，他的一个小报摊在小区前的街角支起来。虽然第一天，他只赚了两块三毛钱，可心里还是充满了快乐，因为他看到了希望。

晚饭后，他又像往常一样拿起木梳，开始给妻子梳头。缓缓地，手指温柔地滑过那一头他喜爱的秀发，他的心猛地一紧——两根白发那样刺眼地藏在黑发中间，无声地讲述着生活的磨难与艰辛。他轻轻地拈出白发，刚想拔掉，随即又改变了主意，疼爱地将妻子揽在怀里，面颊深深地贴在她耳际。

没过多久，妻子也下岗了。那天晚上，她生平第一次主动买了白酒，要与他醉一次。她炒了几个简单的小菜，夫妻对坐，一大口酒下去，平素从不沾酒的妻子眼泪立刻被呛了出来，她却畅快地说："好，这才是生活的真滋味。"

"心里难受，就倾吐倾吐吧。"他的报摊始终顾客寥寥，收入聊胜于无。

"没啥难受的，倒是应该庆祝我们新的生活开始了。"她被酒弄得红扑扑的脸上透着笑意。

"对，应该庆祝，庆祝我们又要选择新的生活道路。"他这两天也一直在琢磨如何创收。

两个人放下酒杯，头对着头，热烈地讨论起接下来该做什么。女儿撑不住了，抱着书睡着了，他们还在探讨着，当时针滑过午夜时，两个人兴奋地拿定了主意——他继续经营报摊，并借助所掌握的信息资源，兼做报刊荐稿人，她则先到朋友开的一个公司去做产品推销员。

他们做得很努力，日子却依然过得很拮据，可那又怎样呢？他们一家三口灿烂的笑容，始终是小区里的一道不寻常的风景。

他用赚来的第一笔荐稿费给妻子买了一串廉价的珍珠项链，给女儿买来《安徒生童话全集》；她拿到第一个月的工资，给他买了一件纯棉的T恤衫，给女儿买了漂亮的发卡，她还买了一兜子菜，在家里涮了一次火锅。

在卖报、读报、荐稿之余，他还动手写起了文章，居然在本市的晚报上发表了，收到二十五块钱稿费，一家人高兴得像中了大奖一样。

那天，他去幼儿园接女儿，女儿自豪地向阿姨介绍"爸爸是作家，文章上了报纸"，他乐呵呵地牵着女儿的手，鼓励她也做一个小作家。

他是我熟悉的朋友中经济状况最差的一个，却绝对是最幸福的一个。当我这样感慨时，他自信地点点头："其实，过幸福的日子是挺简单的，爱着就幸福，无论是对工作还是对家庭，只要爱着，就总会感受到无比的幸福。"

爱着就幸福，最朴素的话语，讲出了生活的真谛，道出了人生的精髓。

本次航班抵达爱情

　　那是她生平第一次坐飞机，不是去求学、求职，也不是探亲、旅游，更不是因为工作，只因突然萌发的体验一下在高空中俯视尘世的念头，她在二十五岁生日这一天，选中了这趟飞往南方的航班。

　　连最简单的行囊也没有，她只带了身份证和少许的钱，面色沉郁地登上飞机，找到靠舷窗的座位。飞机顺利地升空，前后左右很快便被一片片洁白如絮的云朵簇拥了。那样静美的飞翔，真的像一首明快的乐曲，她不由得想起了一部外国小说中这样精彩的描写。

　　透过舷窗，她的目光直视海拔万米之下的苍茫大地。她看到了如墨的群山，看到了大块平整的田野，看到了弯曲如带的河流和高速公路，看到了那些由密集建筑围成的城市。飞机下面的一切都渺小起来，看不清一个独立的人影，也看不清一座孤独的房屋，只有若隐若现的模糊一片。一路追随的白云似乎触手可及，她感觉自己像是飘在云朵中间，轻盈如一片羽毛。

邻座的小伙子显然很会冲淡长途飞行的单调、乏味，飞机一平稳，他便拿出一本书翻阅起来，倦了便闭目养神。

她把俯视的目光收回，坐在那里，思绪纷纷攘攘：她想起了离异再嫁的母亲，想起了母亲的那些眼泪和低矮得近乎卑微的愿望；想起了一生放荡不羁的父亲，想起了父亲那被酒精涨红的脸颊和他那乱七八糟的情感生活；想起了童年时一家人其乐融融的景象，读小学时同学嘲笑的眼神，读中学时被街头无赖调戏却只能一个人偷着哭的夜晚，还有接到大学通知书时如释重负的解脱，还有靠勤工俭学仍学业优异的骄傲，以及求职路上那些辛苦和意外收获……那些散乱的琐碎，此刻都涌来了，扰得她的心乱哄哄的。

当然，她很快便想到了大卫——那个曾让她心暖、心凉到心碎的他，从大学图书馆里的初相识，到校园内恋爱的浪漫，再到毕业后的波折，她本以为这一生跟定了他。却不曾想到，他的那些甜言蜜语和海誓山盟，都不过是在编织一个爱的骗局，而她已深陷其中，难以自拔。

那天，躺在冰冷的手术台上，她麻木地望着医生那见惯不惊的淡漠的脸，听凭那些钢质器械一次次探进身体，将那团由爱的激情孕育的模糊血肉取出，连同那些自己无数次美化的爱。那一刻，她感到了一种降至冰点的冷，从头到脚，从外到内。也是那一刻，她对爱有了彻头彻尾的绝望。

大卫又在多情地恋爱，他刚刚离开一个学艺术的女孩儿，又幸福地揽着那个家境殷实、长得也漂亮的女孩儿的腰，招摇地走在街上。而她上前好心地提醒，只换来女孩儿一句"神经病"的指斥和不屑的白眼。

既然爱可以被玷污，是非可以被颠倒，那么，退到绝望的谷底，便也是很正常的了。那个可怕的念头一下子就攫住了她的心，并一点点清晰起来，被她一步步地落到了实处——她写好了辞职信、遗书，还清了所有的欠款，给母亲买了一件最贵的衣服，并在父亲的坟头坐了一会儿。接着，她登上了这次航班，去那个有很多木棉树的城市，最后看一眼曾给她写过很多诗的一位高中同学。然后，她准备在那个叫天涯海角的地方，和那片辽阔无边的蔚蓝永远地融在一起。

"哎，美女，不舒服吗？"邻座的他醒了，看到她脸上无声滑落的泪珠。

"心里有一点儿难受，一会儿就好了。"她掩饰着。

"吃一块水果糖吧，朋友告诉我，乘机心里难受时，吃水果糖可以缓解，可我从没试过，你试试吧。"他递给她一块很高级的水果糖。

"谢谢！我心里的痛，忍不了多久了，就要彻底地不痛了。"她不知自己为什么要向陌生的他透露这个心中的秘密。

"哦，美女，你可不要自己折磨自己啊！"他立刻紧张起来。

"我现在这个样子，还像个美女？"她苦笑道。

"怎么不像？就是有点儿忧伤，是典型的抑郁美。"

"抑郁也是美？"她认真地看着那张纯净的娃娃脸。

"当然了，抑郁美的极致，便是从绝望中发现希望。这是我经历了一场生命危机后，得出最深切的感悟，好几个哲学家也都有过类似的论述，可惜我都记不住原话了。"他一本正经地说道。

"你也经历过生命危机？"她的好奇心被激发了起来。

"当然了，那一次，我都站在死亡的边缘了。"他开始绘声绘色地向她描述自己那一连串的不幸遭遇：父母在一次车祸中双亡；热恋多年、已谈婚论嫁的女友突然投向了别人的怀抱；他被公司列入了第一批裁员的名单；医生诊断他的肝部有一个需要手术的血管瘤……反正都是一些很大的不幸，随便的一个都足以击倒他，那么多不幸同时砸来，任是怎样坚强的人都撑不住的。

"于是，你就想到了自杀？"她唏嘘着他成串的倒霉。

"是的，我准备魂归大海。可是，在去海边的高速公路上看到的一幕，改变了我的计划。"讲到关键处，他停顿了一下。

"你看到了什么？"她急切地想知道下文。

"我看到了爬过海滩，横穿公路，要到对面的红杉丛中孕育爱情结晶的红巨蟹。它们当中的许多葬身在了急速驶过的车轮下，那一段路被它们的尸体染得通红，令人震撼不已。那位老司机告诉我，每年都有成千上万的红巨蟹，死在通往爱情的路上，被车轮碾压，被岩石磨死，被天敌捕食……能活下来恐怕不到百分之十。然而，不死的红巨蟹每年都要重演这样惊心动魄的一幕，它们知道，爱情是不死的。"他深情的讲述，很有画面感。"爱情是不死的。"她轻轻地重复了一遍，心猛地一动。

"是那些向死而生的红巨蟹，深深地震撼了我。突然间，我意识到自己原来的想法那么没出息，我没有权利选择某些命运，但我有权利选择对抗命运的方式，而向命运束手投降，是最软弱的一种。"像一个优秀的演说者，他挥动的手臂，有些激动的感慨，极富感染力。

听了他的故事，她一度昏暗的心田，陡然涌入一缕和煦的阳光。

"我陪你去海南看看那些热带植物吧，我有一个开公司的女同学，有钱，又特豪爽，她曾认真地说过，若是我有一天带女朋友来海南观光，一切花销她全包。咱给她一个机会怎么样？"他突然热情地向她邀请道。

"可我不是你的女朋友啊！"她的心还是被温暖了一下。

"先冒充一下呗，要不付你费用，租你做我几天临时女友。"他调皮地笑着。

"我怕被你骗了，看你道貌岸然的，没准藏着什么鬼心眼儿呢。"

她故作紧张。

"美女,好眼力,我就是想把你发展成我的真正女友啊,谁叫我们这么有缘呢。"他一脸的真诚。

"等我下飞机后,再作决定吧。"她缓了一步。

"好,其实,我更喜欢你现在这样阳光灿烂的美。"他在她耳畔轻语。

"贫嘴,真像一个蹩脚的情场新手。"她轻轻地擂了他一拳。

"哦,打疼了我的心,你要负责的。"他夸张的痛苦状,掩不住幸福,把她逗得笑出了声。

她取消了去看高中同学的行程,随他去了海南,去了亚龙湾、五指山、天涯海角,一路上,听他介绍了那么多有趣的故事、好看的风景、好吃的美食……她积蓄于心的那些烦恼被一扫而光。

当她向他讲了自己的遭遇后,他紧紧地拉着她的手:"幸好遇见了我,要不然,这世上就又少了一个美女,少了不少美丽的故事。"

"你也得谢谢我,要不然,你现在还得孤孤单单一个人在外面漂着。"她的柔情似水让两颗心贴得更紧了。

回到那座城市,她撕掉了辞职书和遗书,又蹦蹦跳跳地上班去了,因为她心里又有了新的牵挂和憧憬。只是她现在还不知道,他那天在飞机上向她讲述的那些不幸都是真的,但没发生在他的身上。他把朋友的故事移到了自己身上,只因她当时那样令人疼惜,只为了让她尽快走出伤感的阴影。他怎么也没想到,一念善意,他竟像小说里描述的那样,一头撞上了爱情。他要把这个秘密,以后慢慢地讲给她,再给她一个新的惊喜。

在那张她要珍藏起来的机票上,她认真地写下:本次航班抵达幸福。

我在你身后伫立已久

轻轻地撕，一下，一下……

一会儿，来自芸的薄薄的一纸短笺便成了碎屑，如蝶，纷纷地散落于地。任我怎样地强忍，泪水还是恣意地漫出双眸，打湿衣衫。

哦，我玫瑰色的初恋，随着大学毕业分配后的天各一方，很快地便弹出了一串哀伤的休止符——芸不肯舍弃省城优越、舒适的一切，不肯去偏远的山村，跟我品味那些注定要有些苦涩的爱情了，而作为委托生的我自然也无法留在繁华的都市，与她一道拥抱令人羡慕的温馨。

虽说我也曾预料到这样的结局，只是没有想到那份伤痛竟是如此地刻骨铭心。好几天里，我心神恍惚，像害了一场大病似的，常常一个人长时间地望着窗外发呆。

惠子就是在这个时候到来的。

那天，我正一封封地撕着那些情思绵绵的情书，轻轻地叩门声响起。待过去打开门,我愣住了:竟是芸最好的朋友惠子,听说她已分到外省工作了。

"没想到吧?"飘然而至的惠子,坐到我的对面。

"一切都过去了。"我悲伤地叹口气,又继续撕芸写的内容我几乎都能背下来的信。

"可是,过去是撕不掉的。"惠子按住了我的手,拿过一封叠得很精致的信笺,直直地注视着我,"也许留着更好些,谁都无法割断往事。"

"也许是吧。"我将剩下的几封信又投入了箱底。

"说说,你怎么会来这里?"我很笨拙地点燃一支烟。

"我怎么不可以来这里?"惠子板起面孔,反问道。

"我是说,现在我是一个被人遗忘的家伙,大家都在繁华的城市活得很潇洒,而我却窝囊透顶了。"我沮丧地朝天花板吐了口烟。

"你真是这么想的?"惠子紧紧地盯着我的眼睛。

"还能怎么想?"我深为自己当初一时的冲动,轻率地对待了毕业分配,才酿成如今这样糟糕的局面懊悔不已。

"若真的是这样,我要为我的此行后悔了。"惠子站起身来,毫不客气地对我训斥道,"没想到,昔日中文系傲气冲天的才子,居然也变得如此英雄气短,难怪芸要与你分手,就你现在这个熊样,我看大家把你忘却算是对了,回头我还要告诉朋友们,你已不是那个曾经满怀自信地行走在校园里的阿健了。"

"随便你怎么说,反正我什么都没了,事业、爱情……"我心灰意冷,不想跟她争辩。

"胡说,你来这儿是干什么的?当初人家敲锣打鼓地把你接来,就是想听你这些没出息的话?难道仅仅一次失恋,就能看破爱情吗?

难道你只为一个女孩儿活吗？我来这里不是为听你这些没出息的表白的……"没想到一向温文尔雅的惠子发起火来，如此声色俱厉。我一时呆愣无语。

"我跟你说，要么你就这么糟蹋自己，把当初的理想都当成一张废纸；要么你就给我站直喽，活出点儿男子气来。两条路，随你的便，你是聪明的，知道该怎么选择。"惠子冷冷地扔下这几句话，就要走。

我拦住她，恳切地请求道："简单地吃点儿东西再走吧。"

坐在小镇那个极冷清的小吃店里，好一会儿我和惠子都没有言语。后来还是惠子打破了沉寂，说："刚才我的话可能说重了点儿。"

"不，不，谢谢你的坦诚，真的是振聋发聩啊。"我由衷地说道。

"你真的觉得是这样，我十分地高兴，但愿我再看到的是比当年在大学校园里还要神采飞扬的诗人阿健。"惠子期待的目光里溢满真诚。

"我不会让你失望的。"我坐直身子，冲着惠子攥攥拳头，这是我表达信念坚定的习惯性动作。我看到惠子开心地笑了。

"还记得你写的那首诗《我在你身后伫立已久》吗？我能够一字不差地背诵下来。"惠子柔声道。

哦，《我在你身后伫立已久》？我想起了那首我为一次"青春诗会"写的抒情长诗，但很多诗句都已忘却了。面对惠子，我恍然发觉：这么多年来，有一个美丽、纯洁的女孩儿就在我身后，一直在关注着我。

抬起头来，迎着惠子那充满深情的目光，我真切地说道："请时间作证，我会珍惜属于自己的每一份美好……"

窗外，不知何时飘起了细细的雨丝，我的心中倏然涌起一股春意，我又清晰地听到了那来自心灵的热烈的召唤，是如此不可拒绝……

辑七 / 谢谢你曾来过我的世界

特别感谢你曾经来过我的世界,与我一起看花开花落,一起品味生活的苦辣酸甜。那一程因为有你陪伴,我的人生才少了许多遗憾。虽然彼此已经转过身去,但你的背影,依然是我念念不忘的美,你的故事仍在我心头清晰如昨。

缘尽时，请把爱留下

还是那个临街的咖啡屋，还是那个常坐的位置，他和她相对而坐，轻柔的音乐在耳畔响着。

他和她相恋于大学四年级，一毕业便结婚了。起初的日子，还是有滋有味的，但渐渐地彼此身上的缺陷便全都暴露出来。于是，两个人开始不可避免地争吵，甚至有了短暂的家庭冷战，两人也曾冷静地坐下来，探讨如何弥补那愈来愈深的感情裂痕。

但终于有一天，他和她还是感到不能再维持两人的世界了，两人友好地协商了一番，互相礼让地分割了财产。然后，他们在一个飘着细细雨丝的午后，来到装饰得很有情调的"情缘咖啡屋"。

搅动手中的咖啡，他和她的心头掠过相识相爱几年来的风风雨雨，长长的沉默中，似乎所有的恩恩怨怨都融入了那飘着馨香的咖啡中。

她开口了——叮嘱他晚上写作不要熬得太晚，在电脑前不要一坐就是几个小时，还说他的肝脏不大好，注意饮食，别对付，还要经常到室外锻炼锻炼，说他不爱运动的坏习惯真得改一改了。

平素他总嫌她唠叨，可这会儿他却微笑着一一答应了。

接着，他开始提醒她：一个年轻而美丽的女人，驰骋在风云变幻的商场上，需要智慧，需要多加小心，要警惕那些花心的男人。

以往他没少说这类话，她总认为那是他书生气十足的偏激之词，从未往心里去，此刻她却感受到了一缕真切的关怀，感激地点点头。

一支熟稔的老歌响起来，她提议他朗诵一首诗吧，因为在大学念书时，他的诗写得很棒，她是因崇拜而跟他走到一起的。

他说这年头已经很少有人喜欢诗歌了，但诗意的生活相信很多人都非常向往。于是，他开始很有感情地朗诵起他那首被广为传抄的代表作《想起朋友》。

《想起朋友》朗诵完了，他和她从此也就变成朋友了。

走出咖啡屋，淅淅沥沥的雨迎面扑来，他的一句"还是送送你吧"，让她像初恋时一样，同他并肩在雨中徐徐而行。

到了她的父母家的楼前，两个人握手，互道一声"珍重"，彼此转过身去。但走了很远很远，他蓦然回首，她还站在那里望着他。

再后来，他和她各自又组成了新的家庭，据说过得都不错。

看多了昔日的恩爱夫妻，分手时总是或争，或吵，或打，或缠，一副生死对头、不共戴天的冤家模样，直慨叹他们既然能夫妻一场，怎么就不能在分手时彼此少一份伤害、多一份关爱呢？

而今，再看他和她近乎浪漫的分手，不由得怦然心动——既然相识相知相爱皆是缘，那么，缘尽时，最好别忘了把爱留下。留下爱，就会留下对往昔美好的珍视，就会留下对明天簇新的憧憬，就会让今天多一缕真情、多一缕温馨……

流泪的爱情童话

大学毕业时，其实他有不少机会留在省城或去外市县找一个不错的单位，可他还是毅然地打起背包，去了那个偏远的林区小镇，因为那里有一个与他心心相印的女孩儿——嘉慧。

和嘉慧相识是在大三那年冬天，省内一家杂志社搞了一个"诗歌沙龙"，邀请了一批创作上有成绩的作者，来省城哈尔滨聚一聚。因为他和杂志社的编辑们都很熟悉，便帮着做做接待工作。没想到，他接待的第一个作者就是来自林区小镇的嘉慧，更没想到的是，长得清纯的嘉慧，诗歌也写得很清纯，很难想象她有着令人惊讶的坎坷经历。

互通姓名后，她立刻就背出了他写的一首小诗，两人间的距离一下子拉近了许多。为了帮她省钱，他将她领到师大一位女同学宿舍住下来。于是，他们每天一起进进出出校园，参加杂志社举办的为期一周的活动。活动结束时，他们已是无话不谈的知音了。

此后，他们便书信频递，谈诗论文。也许，从相识的那一刻起，爱情的种子便已种下，后来的交往不过是认真而精心的浇灌。很快地，嘉慧走进了他一尘不染的诗歌，走进了他爱的梦境。大学毕业时，他没有任何犹豫，便毅然决定挥别都市繁华的诱惑，走向那个朋友们谈之色变的、至今依然贫穷的林区小镇。

当然，他的决定遭到了空前的反对——家人反对，师长反对，朋友反对，几乎所有关心他的人，都搬出了种种理由，劝他再好好想想，究竟哪里更适合他的发展。可他说不用考虑了，因为嘉慧在那里，就是他决定的最充分的理由。

挚友阿瑞说他走进了自己编织的童话里，但愿他能拥有不流泪的美丽。

那个小镇的破败，远在他的想象之外，但那又何妨呢？和嘉慧幸福地相拥在那个末等的小站，那一刻，他一下子想到了早年看过的一部影片——《两个人的车站》。是啊，他和嘉慧的爱情多么像是电影中的情节啊，那份经常在书卷中出现的浪漫，正真实地簇拥在他们身边。

当然，他必须要面对的是这样真实的一切：贫穷、落后、交通、信息闭塞，文化生活几近于无，他教书的那个镇中学条件极差，费尽心思也难有多大的作为。一个月可怜得只有百余元的工资，让他囊中羞涩，自顾不暇，更不要说帮助家里了。父母来过一次，担忧地说了句"照顾好你自己就行了"让他想起来就心痛的话，便叹息着走了。

不夸张地说，如果没有嘉慧，他一天也无法在那个闭塞的小镇待下去。

他就是怀抱着玻璃瓶一样漂亮的爱情，行走在那个小镇上的。聪颖、温柔的嘉慧，驱散了他所有的不快，让他丝毫不后悔自己当初的抉择。他们彼此鼓励着，他们有爱情和诗歌，这就足够了。

然而，就在他准备与嘉慧牵手走过幸福的红地毯时，他的心却被重重地一击，几乎不能站起——那天，她泪流满面地告诉他，她不能跟他一起呵护那份童话般的爱情了，她要嫁给那个愿意掏出几十万元钱，给她患了肾癌的母亲治病的有钱人。虽然他已经五十多岁了，她一点儿也不爱他……

闻此言，他心如刀绞，紧紧地盯着嘉慧的眼睛："难道真的不能改变了？"

嘉慧任凭眼泪扑簌簌地流下来，沉默无语。他知道她做出那样的抉择，心里肯定比他还要痛苦十倍。

嘉慧一遍遍地请求他原谅她，说她多么希望和他相伴一生啊，可命运……

面对这不幸被朋友言中的结局，万念俱灰的他除了以泪洗面，还能说些什么？

嘉慧说，她在心死之前，请求与他悄悄地过一夜她梦中憧憬的生活。他摇摇头，告诉她，既然他们编织了一个爱情童话，那么，就让它从头至尾都纯洁透明……

轻轻地折叠起青春岁月中那些感动过自己的诗篇，他悲伤地背起简单的行囊，在嘉慧出嫁的唢呐声中，伤心欲绝地一步一回首地走出那个撕裂了他至真至纯爱情的小镇，但他知道自己永远也走不出那个刻骨铭心的爱情童话了。

多少年后，当朋友问他是否后悔自己当初的抉择时，他坦率地说，他不后悔，尽管他拥有的只是一个流泪的童话，但它拥有无可比拟的美丽，足以让他一生深情地回忆。

你是从妈妈心里生出来的

丁丁一生下来便被父母遗弃了。

但丁丁又是幸运的,她被一个心地善良的女人带回了家中,并从此享受到了妈妈无微不至的呵护。在她两岁那年,她又有了一个疼爱她的爸爸。

沐浴爱的阳光一天天长大的丁丁,并不知道自己的身世,不知道妈妈为她那先天性心脏病,曾怎样心焦如焚,怎样绞尽脑汁地筹钱,怎样不辞辛苦地四处奔波求医,最后终于感动了上帝,治好了令她亲生父母深深绝望的疾病,让她像别的小朋友一样健健康康地长大。

丁丁八岁那年,爸爸妈妈相继下岗了,家里的生活骤然困窘起来。那天,丁丁想要买一套许多同学都有的名牌运动服,妈妈让她等一等,等爸爸找到一份稳定的工作再说。也许是从妈妈那里获得过太多的爱的缘故,突然遭到拒绝的丁丁,心里便感到有些委屈,她早饭也不吃了,赌气地早早上学去了。

巧合得很，就在那天早上，丁丁从两位学生家长不经意的交谈中，得知自己竟不是现在的妈妈生的。

我不是现在那么疼爱我的妈妈生的？那她和爸爸怎么对我那么好呢？整整一节课，丁丁都没心思听老师讲课，因为她脑子里挤满了妈妈关爱她的种种细节。

下课时，丁丁看到妈妈捧着饭盒，正焦急地站在教室的门口。她跑过去，哭着问道："妈妈，我真的不是你生的吗？"

妈妈先是一愣，接着猛地将她紧紧地搂在怀里，生怕被谁抢走似的，贴着她的面颊，亲切而坚定地告诉她："孩子，不管别人说什么，你都要记住——我永远是你的妈妈，因为你是从妈妈心里生出来的！"

"我是妈妈从心里生出来的？"从妈妈慈爱的眼神中，从那加重了语气的"心里"一词里面，丁丁似乎一下子读懂了许多东西，她大口大口地吃着妈妈送来的她最爱吃的饭。

妈妈轻轻地抚摸着她的头，关切地问道："还生妈妈的气吗？"

"不，妈妈，是我错了，我以后再不乱要东西了。"丁丁有点儿不好意思地低下头。

"好孩子，爸爸妈妈一定会努力的，一定会挣很多很多的钱，让你过得比别的小朋友还要幸福。"妈妈的大手把丁丁的小手握住了，母女二人的心里霎时都涌进了灿烂的阳光。

不是一般的笨呀

他和她是青梅竹马，从小学到中学一直是同学，成长的岁月里留下了许多共同的秘密。中学毕业，他和她都回到了那个农场。

她开了一个食杂店。其实，她即使什么都不做，也可以一辈子衣食无忧。因为她母亲是远近闻名的千万富翁，她是母亲唯一的女儿，是母亲心头的宝贝。

他清贫的家境，自然无法与她优越的家庭相比，这让成年后的他，在她面前多了不少的自卑。尽管她看他的目光，仍一如从前那样盈盈的，像清澈的湖水。

他爱上了她，可是他不敢表白，生怕外人说他爱上了她的家庭，尤其是听说和他条件差不多的春山，那天大胆地向她求爱，被她当场拒绝了。他担心自己说出心里的喜欢，她也会不接受的。

他竭力压抑着心中一天天生长的爱，再见到她时，他便不自觉地脸红了,甚至不敢与她对视,她就笑着说他变得比大姑娘还腼腆了。

终于,在决定外出打工的前一天,他找到了她,鼓了半天的勇气,他向她说了一大堆废话,还没把那三个简单的字说出来。

她有些失望地对他说:"你真笨!"

"是的,我这个人特别笨!"他也觉得自己很不男子汉。

她面带微笑地说:"到外面闯荡,要是觉得不如意,就早点儿回来。"

他摇摇头:"再难,我咬牙也要挺住,因为我要挣很多的钱。"

"挣那么多的钱干什么?"

"回来娶你啊!"他被她引出了心里话。

"你敢肯定你一定能挣到很多钱吗?还有,你会争得我母亲的同意吗?"她有些调皮地望着他。

他有些心虚地说:"我不敢肯定,因为我挺笨的。"

临走前,他去见了她的母亲,那个丈夫去世多年后,靠着敏锐的眼光和果敢的魄力,成了许多男人都敬佩不已的女强人,听他弱弱地请她把女儿嫁给他,呵呵地笑道:"我的女儿,可不是随便嫁的。"

他什么也没说,转头就走。上了火车,他还一再暗暗地告诉自己:一定要在外面打出一片天地,成功后来见她和她的母亲。

他在大上海立住了脚,并幸运地掘到了人生的第一桶金。接下来,急于获得成功的他,又不顾风险地将手里的钱全买了股票。老天对他似乎格外偏爱,看不懂那些红线蓝线,也弄不懂那些上证指数之类术语的他,居然让手里的钱转瞬间便翻了两倍。他一听到股市要跌的小道消息,便赶紧撤出。结果,他又成功地躲过了后来持续的熊市。后来,他投资房地产,又狠赚了一笔。

谁也不会想到,在爱情上自卑、胆小的他,在投资方面却出奇的大胆。四年后，他已变成了一个富商。

刚一回到家中，他便听说她刚刚结婚一周，她嫁的那个人，竟然是当初被她拒绝的春山。

他去见她，见她正红妆艳艳地在院子里嗑瓜子，看到他一身的名牌，她没有丝毫的惊讶。

"为什么要嫁给他？"他不解地问她。

"为什么不能嫁给他？这些年你都干什么去了？"她的语气里含着一丝幽怨。

"我只想着挣足够多的钱，再回来娶你。"

"你以为有钱了就能娶我吗？我缺少的是钱吗？你还是那么笨呀，你根本就不知道我最想要的是什么。"她的眼里有泪花闪烁。

"是啊，你根本就不缺钱啊，我怎么就没有想到呢？"他有些沮丧地摇头。

"还有，当初你只要稍稍坚持一下，我就会说服母亲，让她同意我嫁给你，我是她的掌上明珠，她什么都会依我的，何况她看着我们俩一起长大，她对你的印象也不坏，那天她也没说不同意啊。"她叹了口气，背转过身去。

原来如此！他失魂落魄地沿着小路往前走着，远远地看到春山正在稻田里忙碌着。他恍然明白了：与其说是笨笨的春山用真诚、勇敢和执着，最终打动了她，不如说是一时聪明的自己用自卑、怯懦和误解，伤了那颗爱的心。

"我不是一般的笨呀！"一向自以为很聪明的他，发现自己在爱情上，真的像她说的那样，实在是笨得要命。

只是路过你

草长莺飞的五月,上海的一次图书签售活动中,他没有过去让那位很著名的作家签名,虽然手里拿了他的书。

他躲过那边攒动的人头,走到摆放着传统文学作品的相对静谧的区域,在一排排书架中慢慢地穿梭,寻觅着自己心动的书籍。忽然,他的心怦然一动,面前亭亭玉立的她,手里正翻着自己也十分喜欢的诗集《李琦近作选》。

彼此微微地一笑,他抢先问候:"你好,你也喜欢李琦的诗歌?"

"是的,我以前买过她的两本诗集,同事听说她刚刚获得鲁迅文学奖,求我帮忙购买。没想到第一次出差到上海,居然就碰到了。"她脸上洋溢着突然遇见的惊喜。

"是的,这年头诗集很不好卖,你看,偌大的书店,只有这么寥寥的几十种,能买到自己喜欢的诗人的作品集,真的很幸运。"他深有同感。

"你也喜欢诗歌?"她突然有了一种他乡遇知音的感觉。

"喜欢,我还曾是小有名气的校园诗人呢。"他的眼睛里闪着自豪的光亮,仿佛又回到了朝气蓬勃的大学时光。

"哦,能告诉我您的名字吗?"她没有想到面前这位帅气的男人,还是一位诗人。

当他报出自己的名字时,她立刻惊讶地望着他:"哦,你就是《谁知道爱情曾经来过》那本书的作者?"

"是的,那是我的系列情爱美文集的一部。"他轻描淡写道。

"告诉你一个好消息,一定别骄傲啊。我公司里,有好几个你的粉丝呢,他们都特别喜欢你的文章,都很好奇你怎么会写出那么多令人感动的爱情故事呢?你真的拥有那么多姿多彩的生活吗?"

"你知道,那些都是文学作品,文学不是给生活照相。说出来你可能不大相信,我的生活经历简单至极,从学生到老师,一直没离开过校园。"他知道,有许多读者曾惊讶自己怎么能写出那么多细腻的爱情故事。

"哦,我猜到了,你能够写出那些情感充沛、想象丰富的作品,一定与你的诗人情结有关。"她聪慧地轻轻地摇着食指,面带微笑地望着他。

"或许是吧?不过,有些文章还很单薄。"他谦逊道。

"我倒是觉得那是一种干净的单纯。"

"谢谢你的夸奖!"他第一次听到这样的评价,心情很愉悦。

无疑,与他在书店的不期而遇,她感觉十分惬意。回哈尔滨的列车上,她的脑海里一再浮现出他们一见如故的那些生动的情节,心不禁怦怦跳。

尽管一直在竞争激烈的职场打拼，但她诗意的情怀始终不曾更改，就像好友所说的，她心中渴望的浪漫，与她每天手头要处理的那些琐屑的事情，实在是相距太远了，她却总是无法割舍。所以，注定她向往的幸福爱情，依然在梦中。

但是，她柔柔的心弦还是被拨动了，尤其是在那些夜深人静的时刻，打开他的博客，阅读他的那些能够赚下人眼泪的爱情故事，她不由得浮想联翩，情不自禁地想象一脸阳光的他，该是怀着怎样心情，一次次地端坐桌前，将绵密的情思，化作了笔下轻盈的文字。

很少点评别人博文的她，忍不住给他的每一篇博文都写了评语。很奇怪，似乎他的文章，她都读懂了，每一次阅读，都会产生不吐不快的冲动。

开始是匿名的点评，但不久便被他敏锐地发觉了。于是，他们有了少许的电子邮件交流，他不喜欢网上聊天，甚至没有QQ号，她也一样，更喜欢手执一本喜欢的书籍，静静的阅读，他们都严格地限定了自己上网的时间。

北方第一场雪刚下过，他便说这个冬天要来北方旅游，还请她教他滑雪。她爽快地答应了，滑雪是她的拿手技能，但她还是认真准备了，周末抽了时间，一次次去滑雪场练习，希望他来时能够看见自己在雪上轻盈飞过的倩影。

然而，直到春天来临，他依然没来，也没有解释为什么。她发短信问他，他的回答是寥寥的几个字：最近一直很忙。

他的博客也好长时间没更新了，在网上搜索一下，他近期发表的文章也明显地少了。那么，他近期在忙些什么呢？他不肯说，她也不便问，只是隐隐感觉他那里好像出了什么事情。莫名的疑惑和担忧，竟让她有些寝食难安了。

偶尔，她也对镜自嘲——自己是不是有一点儿自作多情了？或许他根本不需要自己的牵挂呢。然而，心的涟漪已然荡起，终是一时难以平息。

六月的北方已是烈日炎炎，看天气预报，南方更是酷热连连。当她所在的部门有一个短暂的去南方出差的机会时，几乎所有的人都找了借口退让，唯有她主动请缨，愿意冒着酷暑前往，因为她心里有一个私密的想法——返程路过上海时，可以再去看看他。

在南京，她患了热伤风，吃了些药，也没有多大的缓解。好在公司交给的任务完成得很顺利，客户单位主动提出为她买回程机票。但她谢绝了，找了一个借口，绕道去上海。在她刚刚走上动车，公司领导催她赶紧回来参加一个重要会议的电话便打了过来。

她算了一下，自己在上海站只能有三个小时的停留，然后赶紧从上海飞回哈尔滨。

还好，她在火车上如愿地定到了机票。

在列车上的盥洗室，她认真地整理了仪容，然后有些疲惫地靠在座位上，微微闭上眼睛，希望好好休息一下，别让他见到自己一脸的倦态。

走出站台，她并没有见到他的身影，前一天便说好了，他要去车站接她的。或许是他临时有事耽搁了。她焦虑地在出站口徘徊着，终于忍不住给他拨了电话，竟然是关机。她的心立刻凉下来——难道是他不想见自己？

过了十分钟，再拨，依然是关机。霎时，一片阴云遮蔽了她原本晴朗的心。

半个小时后，他的电话终于打过来了，他还要再等一段时间才能赶到。

阳光炙烤着大地，她连着吃了三个冰淇淋，依然抵不住热浪的围攻。那焦躁的等待，漫长得似乎要让人发疯。距赶往机场的最迟时间还有不到一个小时了，他才匆匆赶到。

不过是一年的时间，他却仿佛苍老了许多，衬衫的领子浸着明显的汗渍。他连连向她道歉，眼神却分明有些游离了，全然没有初相见时那洋溢的神采了。她的心莫名地疼痛起来，为他，也为自己。

好不容易在附近的一个人声鼎沸的肯德基店里找到两张空位坐下来，他又排了好一阵队，买了两杯饮料。

在他有些零乱的叙述中，她知道了他去年冬天被一场作品维权官司缠住了；上个月他刚送走患了癌症的父亲，七年之痒的婚姻又走到了解体的边缘……他今天之所以迟到，是因为事先约好的律师，临时决定出差，必须在走之前见他一面，他一出门，才发现手机没电了。

"哦，真是一个多事之秋，这么多的不幸都赶到一起了。"她看到了他鬓角斑斑点点的白发。

"是啊，有好几次，我真切地感觉到，活着真是一件受罪的事情，特别地理解那些自杀者的选择。"无遮拦的沮丧，让他的语气里都透着挥不去的悲伤。

"这可不是你的风格啊！你的文章写得多阳光啊！"她多么希望见到的是洒脱地行走在文字中的那个他。

"那是从前的我，经历了这一年里的一系列的变故，我的人生观或许都要发生很大的变化，我不会像过去那样乐观地生活了。"他叹了一口气。

"那也不能变成一个悲观者呀！"她怎么也不会想到他竟如此脆弱。

"有些事情经历了，才能深刻地体会到。"

"但你以前写的那些文章,并非你亲历的,认识也同样深刻啊。"

"不,那大都是一种肤浅的感觉,以后恐怕再不会有兴趣写那样的文章了。"

"你以为自己现在就是深刻吗?你是消沉,是自我否定。"她有些气愤了,为他的消极。

在他不置可否地叹气中,他们短暂的相见结束了,她要马上打车赶往浦东机场。

说什么也没有想到,期盼已久的会面,竟是那样的令人失望。一路上,她不停地懊悔自己当初的决定——若知道是这样的,她宁愿不去会面。

此后,再去看他的博客,她竟有了一种生疏的感觉,似乎有一种无形的隔膜,覆在那文字上面,让她的眼睛和心灵都有些模糊起来。

再后来,她又读到了他的一些文章,却难以产生曾经那样的难以遏制的感动。

直到有一天,她无意间看到作家安宁的一本书《只是路过你》,瞬间,她便释然了——没错,自己也只是路过他,像茫茫人海中擦肩而过的千千万万的人,像骤然绽放的烟花,在她年轻的心扉上,他只那么灿然的一闪,便融入了一片清凉的孤寂。

只是,偶尔她还会忆起,那些美好的点点滴滴,连同那些莫名的忧伤。毕竟,那些生命中的真和善,曾如此真实地来过,又在不经意的转身时,渐渐地走远了。

默默地喜欢他，一去经年

她一直是他最忠实的粉丝。每每向人提起他，她心里都会软软的。一支老歌，就是一盆久烘着岁月的炭火。这世界上不会再有谁能够像他那样，在流转的时光中，沉在她心湖里那最初的一抹纯净的笑容，从未模糊过。

每次听他演唱《童年》《光阴的故事》《恋曲1980》，一曲又一曲，她都会不由自主地陶醉于那些美妙的词句和旋律中，都能够清晰地听到时间的脚步，能真切地看到岁月行走的身影。他是音乐大师，更是听得懂天籁的人，他的真挚与深情，是枝头的花朵，是淙淙奔淌的流水，有着浑然去雕饰的纯正本色。

记得那是20世纪80年代初，刚读大学一年级的她，第一次听到他磁性的声音，便被深深地吸引了。于是，她一发不可收拾地喜欢上了这个大师级的明星，他的名字叫罗大佑。

因为喜欢，家境贫寒的她更得节衣缩食了，好容易攒一点点的钱，她便买来他的专辑磁带，放在寝室同学的卡式录音机里，将声音大开，一遍遍毫无倦意地倾听他的歌唱。她那样痴痴地望着录音机内轻轻转动的磁带，仿佛看到他正站在面前，她眼睛里热烈的喜欢那样真真切切。时间一久，满寝室的女孩儿，都被她影响得喜欢上了他的音乐。而只有她清楚，她与她们的喜欢，肯定不是一个层次的。

要毕业的那年秋天，得知他要和几位歌星一同来她读书所在的哈尔滨市演出，她兴奋异常，虽然知道他最多不过演唱两首歌，但她还是毫不犹豫地决定去买票，去看看自己心中最伟大的歌者。

然而，到预售票站一问票价，她便黯然了：最便宜的一张演出票，于她而言，也是相当不菲的，她若是买了票，一个月的生活费就没了着落。可是，她实在太想看他的演出了，她绞尽脑汁地想了好几天，终于想出一个快速弄到票钱的办法——去做一份家教。她提出的报酬明显低于其他同学的要求，但有一个前提条件，雇主必须先支付她一个月的报酬。看到她一脸的诚恳，加上她那低廉的报酬要求，雇主同意了。

拿到钱，她立刻买了一张价位最低的门票。握着票，她整个人似乎都要飞起来了。

演出那天，她早早地挤公交车来到演出广场。然而，当她兴奋地把手伸进衣兜里掏票时，她的额头立刻冒出冷汗，出门前看了又看，在车上还摸到的那张门票，居然不翼而飞了。她惶恐地翻遍了所有的衣兜，也没有找到票。说不清的感觉让眼前瞬间一片漆黑，她不由自主地蹲下来，旁若无人地号啕大哭起来。从她身边经过的观众，好奇地看着她，但没有一个人帮她。毕竟那门票很贵，又很难买。

演出已经开始了，她在广场外只能隐约地听到里面传来的歌声，她在门口啜泣着始终不肯离去。直到快散场了，有一个迟到的男子飞跑而来，见她正在入口处梨花带雨，猜想她一定是没买到票，便告诉她正好自己多一张票，因为他的朋友临时有事无法赶来。她感激得简直要给他磕头了。两个人飞跑进去，恰好是演唱到他最后一首歌的最后一段。远远地，她看到了海报上熟悉的他，正深情地演唱着《光阴的故事》。她轻轻地跟着他唱，唱得热血翻涌。

毕业后，她去一个林区小镇的中学工作。她在宿舍墙上贴满了从各种报刊上剪下的他的演出照，抽屉里是能搜集的所有磁带和CD。虽然她也听其他歌手的歌，但唯有他的歌百听不厌。

再后来，她去了省城哈尔滨工作，买了电脑，买了更多录制了他的歌曲的碟片，听他的歌更方便了。每次与朋友去歌厅，她也只选他的歌，她唱他的歌唱得最好，不仅在用嗓子唱，还在用心唱。那样痴痴地喜欢着他，喜欢着他的歌，一去经年，她的女儿都上大学了，他依然是她心中最爱的歌者。

去年，他与另外三位著名歌手组成的"纵贯线"组合，来到了哈尔滨做专场演出，她买了甲等票，早早地走进那阔大的演出广场。演出刚刚开始，天空便开始飘雨，很快雨就越下越大，随即变成了瓢泼大雨。而他和他的朋友，也一直在冒雨演唱，当看到在大雨中仍坚持着不肯退场的观众们，他干脆扔掉了雨伞，站在漫天大雨中激情地唱了一首又一首。她依然像一个疯狂的年轻歌迷，忘我地为他鼓掌、欢呼、唱和，全然忘却了周身上下早已湿透。

那是"纵贯线"组合最难忘的一场演出，那也是她生命中最难忘的一次音乐盛会。她说，他苍老了，但他的歌仍然年轻。她相信无论人生如何沧桑，她都会默默地喜欢他，一去经年，痴情不改。

正是那这份纯净的喜欢，让她始终热爱生活，始终在吟咏生命的骊歌。

曾经那样深深地爱过

曾经那样深深地爱过：她爱得柔肠寸寸，百转千回，他却是浑然不觉。

在秋叶金黄的十月，在那场大型歌会的人海中，她惊鸿般的一回眸，他青春灼灼的容颜，那样惊雷般地撞入少女的心，她慌乱地低头，羞走，却忍不住佯装无事地回首，把红晕拂面的心事悄悄泄露。

那夜，有多少位歌星登场，又唱了多少首好歌，她全然没了印象，满脑子里摇晃的都是少年翩翩的身影，他红色如火的T恤衫，他激情晃动的荧光棒，在她的心海里摇出一片醉人的迷离。

就那样喜欢了，她不敢用那个珍贵的字眼，那个字是她眼睛里的瞳仁，是花朵上一触即碎的露珠，她怎么能轻易地说出呢？于是，她站在那个距离上，像呵护一个谁都不能告诉的秘密，呵护内心深处的潮起潮落。

仿佛上苍有意地眷顾，让他与她就读于同一所拥有近五千人的重点中学，只是他已读高三，是理科班转来的借读生，她则是高二文科班的。如此，他们的遇见迟了许多，也就丝毫不必奇怪了。好在他们的住所相距不远，他租住在前街，与她仅隔了一条不足三百米的马路。

很快，她知道了他的名字，知道了他是计算机高手，知道了他的梦想……甚至知道了他与同学争论时的习惯动作和他说话时常用的口头语。是的，他的一举一动，一言一行，她都会尽力地去捕捉，都愿意去猜测，比如为什么他走路总是那么快？为什么他眼睛里看不到一丝的忧郁和烦恼？他的洒脱来自于怎样的人生在握？她不敢与他对视，甚至不敢与他对话，她更习惯于漫不经心地打量他。当然，她心里盛满了渴望，渴望他们能够在一起无拘无束地畅谈，像花开花落那样自然。只是，那样热切的渴望，被她用外表隐忍的平静掩盖了。她觉得自己是一个灰姑娘，而他从始至终都是被羡慕和热爱包围的白马王子。似乎能够在那样一个距离上关注着他，暗暗地听着他不时响起的脚步声和说话声，她便已得到了老天的某种恩赐。她不敢奢望走近他，仿佛一走近，他就会立刻从自己眼前消失，再无影踪。

她的喜怒哀乐开始与他有关：他的模拟考试成绩优异，她欢欣得像自己中了大奖似的；他体育课上碰伤了腿，那丝丝的疼仿佛是从自己的骨髓里渗出来的；甚至从他哼唱的歌曲变化里，她也能感知他的激动、开心、牵挂和忧伤。他的眉宇之间，刻着她情绪的风雨表。一天又一天，简单而枯燥的学习生活，因为他，多了那么多的明媚。

知道他会回到他原来的学校参加高考的，只是没有想到，他走得那样匆匆，匆匆得令她猝不及防，她甚至没有来得及跟他打一个招呼，他就在那个早晨不辞而别了。那整整一天的落寞，是李清照的几十首词也无法形容的。

草长莺飞的五月，独自站在高高的阳台上，风撩起她有些纷乱的黑发，那首《致爱丽斯》的钢琴曲在心底低低地响起，她的眼睛里满是闪烁的晶莹。面对城市里万家灯火，她感到了一股莫名的冷，直入肺腑。

她曾花了很多时间，想方设法地打探他回到了哪里，想知道他升入了哪一所大学，可是，她最终只是得到一个有点儿含糊的信息——他好像是考到了南方的一所大学。

"好像是"，多么有意味的一个短语啊，宛若她对他的那份情，那份无疾而终的喜欢。她轻轻地呢喃，无法说出的疼，啃噬着她柔软的心。

很快，她就升入了高三。进入了各种题海的包围之中，为着那个被无数学子镀上了金色光环的大学梦，开始了昏天暗地的拼搏。而他，似乎已定格成了一帧帧美丽的图片，被记忆收藏，虽然偶尔还会想起他，还会心海涟漪荡漾，但她已经能够分清楚哪些是梦想哪些是现实，更知道了孰轻孰重。

再后来，她上大学、读研究生、留在京城工作、结婚、生子……日子波澜不惊地向前推进。她已见多了各种爱恨情仇，已对爱情婚姻有了深刻的体味。偶尔，想起那些锁在日记本里的爱恋，她便哑然：的是往事如烟啊！

本以为那些斑斓的往事，已被时光的长河冲成了一片苍白。却不曾想到，那一日，随手翻开的一张晚报上，他那被无数次在心底抚摸的名字又石破天惊地闯入她的眼睛。而此刻，他在隔了万里山河的另一个国度里，因一场突发事件，已长眠在了他乡。虽是二十年音讯杳无，报纸上他的遗照，与记忆中他那帅气的形容，已有了很大的变化，但她还是一下子就认出了他——没错，正是他。

怎么会是这样？这样的纸上"相逢"，更像一个黑色幽默，更像一个小小说出乎意料的结尾。握着报纸，她久久地呆立无语，肆意漫过来的记忆潮水，将她淹没在无处倾诉的悲伤之中。

谁说爱已经远走？在随后的日子里，她开始通过各种方式寻找有关他的信息，努力地想勾勒出他这些年来的生命轨迹。于是，她知道了他一帆风顺的求学之路，知道了他的两段不幸婚姻，知道了他在老家还有一位卧床的母亲和一个八岁的儿子。

而她，从此开始经常给那可怜的老人和孩子寄钱，每一张汇款单上，都署名：曾经那样地爱过。

是的，曾经那样深深地爱过，不止她自己知晓，天地知晓，时光也知晓。

其实你我都没有错

欣然美丽面颊上的那一抹忧郁，很诗意地吸引了我。于是，我满怀爱怜地走近了她，在那个临街的咖啡屋里，倾听她那幸福而伤感的爱情故事，我眼睛有些湿润，脸上挂满了认真和同情。

相识的第三天，在她那挂满布艺饰品的极富浪漫情调的闺室里，我目睹了写字台上她那位英俊而才华横溢的男友的容貌，看到了影集中他们幸福牵手的一个个定格的瞬间。

欣然和她的男友在高中时便已心有灵犀，当年男友以全校总分第一的成绩考入北大，为了与他离得更近一些，她毅然放弃了进名牌大学的机会，选择了北京一所普通院校的同时也选择了四年轰轰烈烈的爱情。

大学一毕业，男友便去美国一所著名大学读研究生了。此后，她整个身心都被痛苦与甜蜜交织的思念占据了。渐渐地，男友的电话和书信越来越稀少，以至一年后，竟再也没有他的音信了。那无数次在报刊中看到的故事情节，真实地降临到她的头顶，她悲戚得欲哭无泪。

我充满理解的默默无语的倾听，减轻了她心底淤积的深厚的伤感。接过我递给她的纸巾时，她有些难为情地冲我微微一笑，说她总是这么没出息，无法挽留的却总要努力去挽留，该结束的却总是无法轻松地结束。我深有同感地表示——那不是她的过错，因为爱是不能忘记的。

再次相见时，她的眼里已有了一抹灿烂的亮色，一身素装衬出她脱俗的高雅。我的心情也大受感染，愉快地邀请她再次走进初识的那间咖啡屋。耳畔回荡着轻柔的音乐，轻轻搅动银质的杯盏，在不经意的四目相对时，我蓦然发现——她和我已经陷入了一条流淌的情感长河。

我供职的是一家很小的广告公司，公司在激烈的市场竞争中风雨飘摇，几欲倒闭，但老板并不大在意，只是到月末才到公司一趟，例行公事似的，因为他更关心他在市中心地段的两处影楼的盈利数额。而我不能不为自己的未来考虑，虽然我只是美术专科学校的普通毕业生，也没有多少广告方面的天赋和创造力，但我必须提醒自己一定要努力奋斗，不只是为我，还为着可爱的她——刚结识的女孩儿欣然。

听完我准备再去大学进修两年广告设计的想法，欣然拍手称赞，并慷慨地说她愿意予以经济上的援助。她真是个细心的女孩儿，知道我这几年微乎其微的收入，恐怕难有积蓄支付那笔数目不菲的学费和各种开支。我感动地谢绝她："谢谢你的真诚，如果需要的话，我会接受你的援助的。现在紧一紧，我估计还能撑下来。"

她也不再坚持："你不跟我客气就好，朋友间最可贵的就是心灵的相知。"

欣然这句话，说到了我的心坎上。就为这一句话，我也得好好地珍惜我们的缘。

送别的晚宴是在她的小屋里举行的，她买了一大堆我平时喜欢吃的蔬菜，两个人在厨房里说说笑笑的功夫，就把那个小餐桌摆得满满的。平时滴酒不沾的欣然，那天主动地斟了满满一杯红酒，边与我对酌，边笑容可掬地听我夸夸其谈自己将来的美好前景。不知是因为激动，还是红酒的缘故，她很快就粉面桃花别样红了，为她的美丽更添了一份无法形容的美丽。

我就读的大学在大西南，距欣然的城市有五千多里的路程。火车启动时，我故作潇洒地改动了诗人舒婷的一句诗，冲站台上挥手的欣然大声地喊道："世界很大很大，我们心的距离却很小很小。"

接下来的日子，用书信频递来概括我们的交往应当是最准确的。虽然当今电话和网络很发达，联系起来也更方便、更快捷，但我发现，传递情感的最佳方式还是传统的书信。那铺展在信笺上的一行行文字，因有万水千山的跋涉，而多了一份珍贵；因一份翘首以盼的期待，而多了一份欣喜。书信还可以珍藏起来，可以随时拿出来翻看，可以反复咀嚼。所以，我和欣然不约而同地喜欢上了写信。也正是那一封封洋溢着挚爱真情的书信，缩短了时空的距离，让我们感觉到彼此牵挂的幸福，感觉到了因为心中燃烧的某些希望而使生活陡然美好起来。

后来，欣然寄来了八千元钱，让我交上所欠的学费。她还在信中一再叮嘱我要先安心求学，不要过多地兼职挣钱，先打好基础，以后会有很多发展的机会的。

握着汇款单，我仿佛又看到了欣然那晶莹的眸子，心中涌动着无言的感动。

又一个春天来临的时候，我的那件名为《深情》的作品，在全国性的广告大赛中获得了一等奖。我兴奋地打电话向欣然报喜，她祝贺了我几句，然后告诉我一个突兀的消息——她那位三年多音信杳无的男友突然回国看她了，他希望他们重新开始。

我攥着话筒怔了半天,才慌乱地"哦"了一声,言不由衷地说了两句连自己都莫名其妙的话。欣然忙在那边追问我怎么了,我嘴里说没什么,语气里却透露出了心底的秘密。那个下午,我心情糟糕透了,为一句玩笑差点儿跟寝室的同学动起手来。

从那以后,欣然的信明显地少了,字里行间也多了些许陌生的客气。我再也无法从容地在信纸上热情四溢了,因为那个突然回来的博士,我的自卑又不可避免地冒了出来,将我从头到脚淹没起来。

黄昏的大学校园里,一对对亲昵无比的恋人从眼前晃过,无法平息的内心的浮躁,让我拖着沉重的双腿漫无目地走上长街,挥不去的思绪不绝如缕。

在一栋民居前,一大群人正围观一株巨大的昙花,那晶莹如雪的花瓣已开始萎缩,看样子要不了多久就会凋落了。昙花的主人满怀自豪地向众人介绍:"我这株昙花养了八年了,这还是第一回开花。其实,它不开花,也是挺美的,你们瞧它的枝叶长得多精神,有人拿名花来我都不换。"

我不禁顺着主人的手指,再次细细地打量起那枝繁叶茂的昙花。主人说的没错,这的确是一株令人赏心悦目的昙花,即使它不开花,也自有一份独特的美丽,那是别的花所无法替代的。

我那美丽而短暂的爱情,多么像眼前的昙花呀。我不由得蹲下身来,目不转睛地盯着那渐渐萎落的花瓣,直到浓浓的黑夜包围上来,我才泪眼蒙蒙地回到宿舍。

拧亮台灯,我开始给欣然写信,此时我的心情已平静许多,真该感谢那株昙花。

欣然的回信翩然而至,她在信中说,她现在心里很矛盾,她不知道该不该原谅男友的一度迷失,不知该不该接受他的道歉,该不该跟随他去美国，了却她藏在心中已久的夙愿，她不知道接下来的会是触手可及的幸福，还是再一次的无端伤害。

我能够给她一个清晰的答案吗？她的犹豫里不已透出了心里真实的倾向吗？也许她并不指望从我这里寻到答案，就像当初她并没有期望我能够带走她心头的忧伤一样。

捧着那张薄薄的信，我仿佛面对着一个生死攸关的重大抉择，第一次真切地体会到了什么叫作进退两难。

这一回，我没有回信，因为我不知道该说些什么，我只好让她听从心灵的召唤。

令人有些窒息的近两个月的彼此沉默后，欣然在电话那端平静地告诉我——为了最后的抉择，她抛了十次硬币，有六次告诉她选择美国，她说她只好接受命运的安排了。

我清楚，抛掷硬币不过是欣然不想让我太伤心的一个漂亮借口，她还是无法割舍那来自青春岁月里的初恋，她去意已决。

还好，她还有四次对我的深情相向，尽管那更像一段美丽的童话，但我内心里分明还是感到了些许真诚的慰藉。如此，我只能故作潇洒地向她表示祝福。

我把她借给我的钱全都还清了，还用刚刚到手的第一笔不菲的报酬，买下一家花店除了玫瑰以外所有的鲜花，作为我第一次送她的礼物。我和欣然都明白，那一篮篮的鲜花都已与爱情无关。

欣然漂洋过海去了那个让我这一生恐怕都不会涉足的国度。在她走后的好长一段日子里，我常常扪心自问，我是不是真的很爱欣然？每一次肯定的回答，都让我心痛。就像欣然无法割舍她从前的男友，我同样无法割舍那段无疾而终的爱情，尽管我和欣然都不曾向对方表白过，但埋在心灵深处的爱，却是会生根的。

得知欣然结婚的消息，是在一个深冬的早晨。我迎着飘飘洒洒的雪花，想去那个温馨的咖啡屋坐一坐，等我走到那条熟悉的小街时，一排排造型精美的楼房突现在面前，从前的那些繁荣的小店铺都已没了踪影。

正有些失落时，一家歌厅里飘出一曲熟悉的恋歌——"其实你我都没有错，错就错在相逢在春季，那时我们有着一样的落寞，走过岁月的风雨后，我们都想到了秋天不该一无所获……"一位先天演唱基础欠佳却唱得很投入的歌手，替我说出了心里的感慨。

是的，我和欣然都没有错，我们只不过是在寒冷日子里，伸出了彼此热情的手，让一段曾倍感孤独的路程多了一些温暖。就像许多花朵并不孕育果实，许多果实也并不甜美，凋落和成熟都有着各自的理由，或许有一种选择就意味着多种放弃……

我给欣然挑了一枚十分精致的贺卡，把深深的祝福写在了那块温馨四溢的奶酪旁边。走出邮局没多远，一个漂亮的南方女孩儿迎面走过来，满脸微笑地请我帮她照一张相。对着镜头里的那张幸福的倩影，我的眼泪再次不争气地涌了出来。我赶紧把相机还给女孩儿，转过身去，把再次涌上来的伤感掩饰起来。

我默默地告诉自己：必须得学会忘记了，尽管有时很难很难。

今夜，我为你写一首清纯的小诗

其实，这是一个很平常的日子。

白天搬动书柜时，不经意地翻开大学毕业留言册，再次目睹你青春灼灼的容颜，不由得怦然心动，一个不容拒绝的愿望油然而生——今夜，为你写一首诗。

此刻，在那个繁华的都市里，也许你正与丈夫一起幸福地欣赏着精彩的电视节目，也许你正同一位朋友津津有味地谈论着某个流行的话题，也许你正给孩子讲述着迷人的童话……但你肯定不会想到，千里之外，你的那位依然清贫但绝不自卑的同窗，会在这样一个月朗星稀的夜晚，一如当年那样，在认真地为写一首清纯的小诗。

虽然你我已是山一程水一程，已是多年音信杳无，彼此都已走过浪漫岁月，并且你也从未对我有过哪怕是片言只语的请求，我也不曾有过半点儿的承诺。可是，我还是要告诉你：就在今夜，我一定要为你写一首清纯如水的小诗。

是的，这是物质生活空前繁荣的时代，已经很少有人再对诗歌痴迷了，人们更为关心的是如何赚钱，如何消费得够档次，如何活得出人头地……就连当初许多女孩儿崇拜的"校园诗人"阿伟，现在也去搞广告策划去了。那次聚会，他喝得红光满面，却掩不住怅然，叹道："整天让钱弄得疲惫不堪，一点儿写诗的心情也没有了。"望着阿伟那明显发福的身子，我真不知道该说些什么。

其实，我自己也是这样，毕业几年来，一直在疲于奔命，为工作、为房子、为职称……劳心劳力，忙碌而无奈，已经许久没有静下心来写一点儿东西了。

直到那一天，一位十六七岁的女孩儿，拿着一本许多年以前出的刊物，指着上面我写的那首诗说："老师，你再给我们写一些这样有青春气息的诗，好吗？"

面对那双清澈的眸子，面对那一语诚挚，我恍然发觉：就在不经意之间，我那充满诗意的青春正悄然逝去，苍老的不仅仅是眼睛，还有泪水啊……

真该伸出挽留的双手了，挽留住生命中那些不可或缺的诗意。或许那只是一段灼痛心灵的往事，一个美丽无瑕的故事，甚至只是一个会意的眼神，一抹淡淡的微笑……这些美丽的情节，我们真的都应该好好珍惜啊，就像今夜，望着你倚栏的情影，我极其认真地拿起笔来，在那素洁的稿笺上，倾泻绵绵如缕的情思。

我知道，这首简单而真诚的小诗，也许最终也无法抵达你的案头，也许只能永久地栖息在我的蓝封皮的日记里了，但我依然深情满怀地遥望远方，为你也为我写下这个曾无数次书写却永远年轻的题目——青春有约。

真 爱 如 陶

两人恋爱时，他囊中羞涩，不能带她去高档消费场所，两个人便牵手去大学附近的陶吧，交上十元钱，两人痛快地玩上两个小时。

起初，他和她照着别人的样子，让泥坯在手掌中一圈一圈旋转，心也悠悠然地转动。四目相对时，彼此的微笑里漾满爱的涟漪。他们似乎并不在意制成什么器皿，相对而坐的那份温馨，才是他们最最渴求的。

后来，两人开始比赛技艺，相约为对方制作一个最精致的陶器，以传递心灵深处的爱意。

他们按照工序一丝不苟地操作——打坯、磨型、镂花、抛光、上色……认真得像一对老工匠。数不清他们打碎了多少即将或已完成的作品，因为那上面总有一点点不能让他们十分满意的瑕疵。终于，两人各为对方做了一个精美的陶器。

大学一毕业，他们就组成了一个简单而温暖的小家。

不久，他们便饱尝了经济基础薄弱的苦恼。两人所去的单位都不大景气，婚后生活一直被"拮据"缠绕着，害得他们连孩子都不敢要了。雪上加霜的是，他乡下的父亲又得了一场重病，让他借了数万元的债。为了省钱，他们在市郊租住了没有暖气的房子。

贫贱夫妻百事哀，艰难的日子熬了两年，仍看不到转机。她开始有点儿懊悔自己当初爱得过于浪漫，没考虑到要维系持久的婚姻，没钱是万万不能的。

于是，她开始抱怨丈夫没能耐，挣不来钱，让她跟着受罪。他一脸愧色地默默听着，然后出去寻找挣钱的门路，但他没特长，那个鸡肋一样的工作又不能割舍，结果，他忙活了半天，也没挣回多少钱。昔日那个可爱的他，在她的眼里便一天天地矮了下去，尤其是看到几位同窗女友嫁得风光体面，她更有些追悔莫及了。于是，她更变本加厉地挑剔他。时间一久，他的脾气也坏了起来，开始与她对吵，家庭战事逐步升级，两人的感情日渐恶化。

那天，因为一点儿小事，两人又吵了起来，她的一句很伤他自尊的话，让他冲动地第一次打了她一巴掌，把她打回了娘家。

独守空房，他黯然的目光忽然停在那两个落了一层灰尘的陶器上面。他走过去，轻轻擦拭那两个爱情的信物，顿时百感交集。

一周后，她从娘家回来。他诚恳地向她赔礼道歉，要带她再去一次陶吧。她却决然地说："你跟别人浪漫去吧，我没那个兴致了。"

任他怎样挽留，她还是毅然坚持与他分手。几个月后，她与一个房产开发商住到了一起，过上了阔太太生活。但她幸福的日子没过多久便结束了，因为开发商又看中了一个更漂亮、更年轻的姑娘。

这时，在北京闯荡了一年的他，虽然没挣到多少钱，却已看到了灿烂的前景，他坚信自己肯定能闯出一片广阔的天地。

忙碌之余，他就一个人去陶吧放松一下。抚弄着柔软的陶泥，他常常不由自主地想起和她在一起的那些美好的日子。一想到婚后她跟着他受的那些苦，对她发的那些脾气，他就心存愧疚，后悔没能像恋爱时那样对她多宽容一些，多一点儿耐心，好好加工一下婚姻这个陶器。

三年后，衣锦还乡的他刚回到给了他温馨与伤感的那座小城，就得知一个不幸的消息——她得了肝癌，已是晚期。

望着病床上她那瘦削、苍白的面颊，他的心阵阵发痛，他一遍遍哀求医生一定要治好她的病，他愿意不惜一切代价，去挽救她的生命……

抚摸着他一直带在身边的那两个恋爱时留下的陶器，她蓦然发觉——真正完美的爱情，其实正如这陶器，需要不断精心地研磨。她后悔因红尘里的种种诱惑一时迷失了自己，没能同他一起把爱情这个易碎的陶器细细地磨好……

往事不堪回首。在他温暖的怀抱中，她恋恋不舍地合上了双眼。临终前，她轻轻呢喃着四个字——真爱如陶。

辑八／因为懂得，所以珍惜

深深地懂得，是换我心为你心，是真正地洞穿了世情冷暖，明白了聚散离合，知晓了爱恨情仇。长相知，却简单成无语的对视，心相印，却朴素成最自然的云卷云舒。因为懂得，所以心生慈悲，相信一切都是最好的安排，愿意一生珍惜。

今生没有赶赴的约会

　　读中学时，她还是一个性格内向又有点儿自卑的女孩儿。

　　高二那年，理科班一个很帅气的男孩儿扣动了她心扉。她常常在操场上寻觅他的身影，每当看到英俊潇洒的他，她都会莫名的兴奋。平时不大喜欢运动的她，经常捧着一本书，站在球场边，看他在篮球场上飞奔，默默地为他精彩的投篮喝彩，但没人知道她心底的秘密，她也从未向他表白过什么，只是站在那个情感的距离上，悄悄地喜欢他。

　　有位诗人说过——喜欢不等于爱，却是通向爱的桥梁。在那个朦胧的花季里，那个青春洋溢的男孩儿，让她欢喜让她忧，几天见不到他，她心里就会空落落的。

　　没想到，那男孩儿像一阵风似的，突然从她的视野中消失了——他随父母搬到南方去了。他走得那样匆忙，永远也不会知道有个女孩儿曾暗暗地喜欢他。

也许那根本算不上是她的初恋，可却是那样刻骨铭心，好长一段时间里，她变得更加寡言少语了，整天是一副郁郁不乐的样子。

年轻的班主任郑老师把她叫到办公室里，关切地询问她怎么了。她咬着嘴唇说没什么，其实那会儿她难过得眼泪都要掉下来了。

是的，她无法忘记那个可爱的男孩儿。

她开始在课堂上走神，老师讲的内容有时根本不往耳朵里进，作业也常常丢三落四的，常常一个人面对着天空发呆。高二最后一次期末考试，她的总成绩跌到上高中以来最惨的地步——全班倒数第七，最拿手的外语竟然只得了五十九分，让父母为她长吁短叹了好几天。

她也好几次提醒自己忘却那个男孩儿吧，但她却难以做到，像诗词中所写的那样，常常是"刚下眉头，却上心头"，真是"剪不断，理还乱"，弄得她身心憔悴。

就在那个暑假里，她收到了一封来自长春的信，写信人是和她一样马上要升入高三的男孩儿，名字叫关歆。

关歆的字写得很漂亮，像郑老师写的，他说是看了她发表在《中学生博览》上的一首小诗，几经思索后才为她写了这封信，想要同她交个笔友。

落寞中的她，正有许多心事不知向谁倾诉呢，面对关歆的真诚，她没有丝毫犹豫，立刻提笔写了回信。很快，她们便成了无话不谈的笔友。

关歆似乎有特异功能，第二次来信，他就感觉她有很多的心事，说如果她信任他，可以告诉他，他愿意倾听，愿意帮她分担一份苦恼。

于是，她把积压在心底的秘密全都写了出来，一下子洋洋洒洒地写了七大张稿纸后，她竟感到一阵莫名的轻松。

很快，关歆的回信便来了，如她期望的那样，他像一个老朋友，又像一位师长一样，与她探讨了男女同学之间的那些敏感话题。他告诉她，他也曾有过跟她类似的经历，也曾迷茫过，但很快在老师的帮助下走出了情感的误区。他说她的那些情感都是纯洁的、美丽的，都是应该珍惜的，只是不能让它们成为今后成长的一种负担，因为她们还很年轻，还有很多重要的事情等待着她们……

关歆的话，如一缕清风，拂去她心中的抑郁，让她恍然感觉到自己真傻，竟一度沉迷于情感的泥淖里，而忘了自己还只是一个高中生，还有许多事情要做……

关歆还随信寄来了他写的几首诗歌，其中有一首《走过从前》，仿佛是专门为她写的，让她感到特别温暖。

再开学时，她已从那段伤感的往事中走出，开始埋头复习功课。她和关歆相约每两个月通一次信，互相汇报自己的收获，彼此竞赛，看谁进步得快。

本来基础就不弱的她，突然增加了一股动力，又采纳了关歆介绍的一些学习方法，成绩很快就提了上来。看到老师和父母满意的目光，她在心底十分感激关歆，她写信告诉他，她很想见见他，当面向他表示感谢。他却在信中告诉她——要感谢的是你自己，因为这世界上没有谁能够打败你，除非你自己先倒下了。

渐渐地，关歆成了她崇拜的青春偶像，她越来越迫切地想见到他了。有一次，她甚至在信中说，他若是不能来，她就请三天假，去长春看他。他慌忙写信叮嘱她——千万不要去，如果她不听话，他就不认她这个笔友了。他又给她讲了钱钟书说的那句关于母鸡和鸡蛋的话，告诉她只要知道朋友在远方关心着自己，努力不让朋友失望就足够了……

虽说关歆的话不无道理，可她在内心里却真的想早日见到他，哪怕只是短暂的一次会面呢。就在她准备给他突然来一个惊喜时，他的信翩然而至——他说他要和她定一个美丽的约会,等她们都拿到大学录取通知书后,他亲自来看她,还要送她一份特别的礼物,而现在她们暂时中断任何联系,全力以赴地投入到学习中去……

这真是一个美丽的约会,她听从了关歆的安排,盼望着高考早日结束。

七月里,她又一次走进班主任郑老师的办公室,询问录取通知书是否到了。他微笑着问她:"还在等那个美丽的约会吗?"

"老师,你怎么知道?"她惊讶地望着郑老师。

"告诉你吧,你已经进入重点大学录取分数段,而你的笔友关歆现在要如约送你一份礼物,那上面有真诚的祝愿。"

"你?郑老师……"接过郑老师递过来的一个精致的蓝封皮的日记本,她恍然大悟。

原来,近在咫尺的郑老师,就是她一直在心中感激的笔友关歆,他曾为她那段日子莫名的精神抑郁而焦急,为了让她早日走出那片情感的沼泽,他委托自己在长春一所中学教书的大学同学,帮他寄给她一封封署名关歆的信件,帮她拂去心灵上的阴影,让她重新拥有了青春的梦想和激情……

那今生没有赶赴的约会啊,将永远的美丽深深地写在了她青春斑斓的记忆中。

因为懂得

她说，真正懂得她的人，是他。

他说，她懂得他，他幸福着她的幸福，悲伤着她的悲伤。

他和她相识的时候，他是使君有妇，她是罗敷有夫。两对神仙眷侣，令世人羡慕不已。而他们四人之间那份情真意挚，更是弥足珍贵。

她的爱人遭遇车祸时，他正在主持一个会议，妻子的一个短信，让他的脸色立刻煞白。他匆匆忙忙地结束会议，在众人惊愕的注视中，第一个跑出会议室，驱车疾奔医院急救室。

爱人猝然离去，她的世界下雪了，彻骨的寒冷，她几乎要窒息了。她将自己关在小屋里，身旁摊满了爱人的照片，一任泪水恣意地流淌，从早到晚，拒绝见任何人，包括他和他的妻子芸。

芸担忧地对他说："她一个人被巨大的悲痛包裹着，若是不能自拔，该多么可怕啊。"

他拍拍妻子的肩膀，安慰她道："她就是太悲伤了，我们不要打扰她，她会走出来的。"

芸仍不放心，她还是想去陪陪她，哪管只是陪着她哭泣，一句话也不说。

他摇摇头，告诉芸："她不需要的，外表柔弱的她，有着一颗特别坚强的心，她一定是想让心中成河的悲伤尽情奔流，然后再重新开始。"

芸半信半疑，问他怎么知道她会这么想。他说他懂得她，从看到她第一眼时就懂得了，就像他与芸只那么四目轻轻一对，便胜过千言万语了。

果然，两周以后，她便仿佛什么事情都没发生一样，又开始认真地上下班，又与同事和朋友们谈笑风生了。大家都小心翼翼地不去触及她的伤心事，在她面前极力回避爱情、婚姻一类的话题，反倒是她主动地提起，而且毫不掩饰地谈论曾经的幸福，那样自然，就像是谈论邻家女孩儿的故事。

于是，大家便赞叹她的淡定与从容，赞叹她活出了人生的大境界，那种人生修为真是超凡脱俗。对此，她粲然一笑，说："我哪里有你们说的那么高的境界呀？再夸，我就要飘起来了。"

她带着四岁的女儿天天去公园，遇到他正给儿子童童介绍有关北极熊的生活习性。两个原本就熟悉的孩子牵了手在前面跑，他和她跟在后面，像一对恋爱中的男女。

她知道芸喜欢静静地待家里，不愿意到人多的地方去，连逛街给儿子买衣服，有时都是他的任务。她还知道他在写小说，问他写得怎么样了。他笑笑，说刚起了个头，还没有进入状态。

他问她还写诗吗？她说还在写，因为诗歌，她拥有了那一段幸福无比的爱情。她现在写诗，是因为对爱、对人生有了更深刻的感悟，她知道自己的爱人一定在天堂里祝福着她，希望看到她更美丽的诗句。

他说他特别相信，有那样一双明亮的眼睛，在遥远地天国注视着她，她一定能拥抱灵感，一定会遇见感动心灵的文字。

她说，爱人从来都没有走出她的心，她常常在夜深人静时，听到爱人在与她说话。

他说，他懂得，有些永恒的爱，并不需要厮守在一起，仿佛永远分离，却又终生相依。

她点点头，有些爱，是藏在心灵深处的，是无须表白的，有时，一个眼神，一个细微的动作，就会诉说许多许多。

他悄悄帮她借钱还银行的房贷，悄悄帮她把女儿送入离家更近的那家很难进的幼儿园，悄悄帮她一次次联系诗集出版的单位。他告诉芸，他之所以悄悄帮她，是不想让她感到难为情，只装作那一切都不过是他举手之劳的事情。

而她，怎么会不懂呢？她只是在心底感激着他，也感受着他送来的缕缕温暖。

是爱，还是喜欢？是知心朋友，还是红颜知己？他那样悉心地关注着她，心甘情愿地为她做着每一件他认为应该做的事。

她也知道，这世界上还有一个像爱人一样的男人，在倾心关爱着自己。她懂得他眼神里流露的那些纯净，懂得他沉默的背影上写着的柔情。她更懂得，他和她今生，只能站在那个美丽的距离上，心心相印。因为他有自己心爱的妻子，而她有天堂里的知心爱人。

因为懂得，当各种流言蜚语无端地传来时，他淡淡地一笑，依旧不避猜忌地与她谈诗论文，依旧与她带着儿女一道去看最新的电影。而他的爱人芸，对于那些"好心人"添油加醋的"善意提醒"，呵呵笑着告诉他们:"我的老公是什么样的人,我最懂得。他和她,根本没有那些捕风捉影的传闻。"

她亦是懂得,他的家庭风平浪静,夫妻恩爱,和谐,温馨。

她的诗集出版了,他似乎比她还要高兴,那天晚上他多喝了几杯红酒,坐在那里跟芸开玩笑,若是她比芸早出现在自己面前,恐怕他就会……

芸的秀拳立刻擂到他宽厚的胸膛上,撒娇地大吼一声:"纵然是先遇见,你也会错过的,因为你我的姻缘,前世便已结定,这是你说过的。"

"对啊,没错。我们的美好姻缘,是前世今生都已结定的,我一直幸福地心怀感激。"他紧紧地拥抱着芸。

她一直带着女儿过着一份简单而充实的生活,再没有谈婚论嫁,虽然也有过几次相亲,但始终未能遇到令她怦然心动的那一个。

他曾问她究竟要找一个什么样的人才肯嫁呢?她嫣然一笑说,或许上帝知道。

他便无语,因为懂得她的绵密心思。

她见了他的那一丝窘迫,开心地笑了。她和他一样懂得,生命中有些真爱,是心底藏着金子,是心灵之花上那一触即碎的露珠。

从那个字走来,向那个字走去。这一生,就足够幸福了。

因为懂得,所以倍加珍惜,所以悉心照料。

永远的豆香

这是那个特殊的年代里发生的真实故事。

一个寒冷的冬日,过度的劳累和严重的营养不良,让年轻瘦弱的她晕倒在课堂上,被学生扶回宿舍。

等她醒来时,她面前放着一碗豆饼粥。那个不曾和她说过一句话的他,正守候在她身边,微笑着将碗递到她手里,看着她狼吞虎咽地吃下那一碗豆饼粥。然后,他又从兜里掏出两小块粗糙的烤豆饼,放到她的床头,冲她会意地点点头,走了。

此时,她的父母正在一座城市里疯狂地投身于一场"革命",她听从了父母的"下去锻炼锻炼"的教诲,来到了这个小山村当上了教师。

那个他,其实和她来自同一座城市。她不知道,他还是她父亲揪出来的"右派"呢。留过学、能摆弄大机器的他被"发配"到这个偏远的小山村,一个戴着高度近视眼镜的书呆子,只好去喂牛马。

村里的男女老少都不敢与他接触,她也不例外。他也很自觉地远离人群,整日沉默寡言,一心一意照看那些牛马。渐渐地,人们似乎忘记了他的存在。

那带着一丝霉味的豆饼粥,让那个寒冷的夜晚陡然温暖了许多。暗夜中,她抚摸着他留下的豆饼,眼前一再闪现他微驼的身影、破烂的棉袄、带着草屑的头发,还有他那善意的微笑……

坐在四壁空空的小屋里,她的心头涌着一股股的暖流,不由得将他留下的那两块豆饼放到鼻子底下。这一回,她竟闻到了一股香味,虽说很淡很淡,却是那样地真实,让她久久地闻着,不想放下。

再后来,他隔三岔五地悄悄送来几块豆饼,有一次,竟是一把他积攒了许久的金黄的豆子。

再见面的时候,两个人只是会意地微笑着互相点点头;没人的时候,她和他也简单地交谈几句。只是谁也没提那豆饼的事,似乎那是一个需要彼此珍藏的秘密。

又一个春天来临的时候,美丽的她做出了一个惊世骇俗的决定——她要嫁给他。父亲不相认的威胁和母亲苦苦相劝的眼泪,都未能让她改变自己认定的抉择。

似乎很自然地,她被取消了当老师的资格,跟着他喂牲口,跟着他靠拾荒熬过那些难以想象的苦日子。

再后来,他平反了,进了一家大型企业当上了工程师,她也随他进城了。

如今,已做奶奶的她,每每给儿孙们讲起那年那月的故事,总会情不自禁地慨叹一句:"那豆饼可真香啊!"这样说时,仿佛那香气已弥漫了整个屋子,缭缭绕绕,不绝如缕……

这是我迄今所听到的最简单、也是最让我难忘的爱情故事。那个她就是我的芳邻，今年已经七十岁了。我已好多次听她在讲述那个年月里的故事，她那一脸的幸福，常常让感动不已，那来自久远岁月中的浸润着爱意的一把黄豆、一块豆饼，自有一缕特别的芬芳。无疑，那爱的豆香，不仅会永远地飘在他和她的生命中，也应该飘在我们的生活中……

幸福着他的幸福

周末，为写一篇杂志特约的文章，我如约去拜访那位崇拜已久的老作家。

走进靠近市郊的那个爬满青青葡萄藤的古朴小院，老人正坐在一把古色古香的藤椅上，悠然地听着一曲民乐，微闭着双眼沉浸在遐思之中，面前的茶几上摆着一杯酽酽的绿茶。

老人已经年逾八十，依然身体健朗，耳聪目明，有着叫人如沐春风的笑容。她先是赞叹我写的那些小品文，说是有真情在里面。我连忙说自己写的东西过于简单了，不够深刻。她却不同意地认真说道："复杂未必就等于深刻，你的文章朴素得清新，相信你做人也是如此。"我感激她的勉励，连连点头，又说了一些不是闲话的闲话，我怀揣的那份拘谨便在不觉间烟消云散了。于是，我索性扔掉了临来之前悉心准备的采访提纲，且随老人飘逸的思绪，轻松而愉快地倾听她关于写作和人生的真知灼见。

那日，老人谈兴极高，好多奇言妙语让我应接不暇，心中更添一份敬佩，须知老人只读过六年书，而今却完全可以用著作等身来形容她创作上的成功，尤其是近年来，她激情奔涌，文笔更可谓是炉火纯青了。

聊着聊着，就聊到了那个"是什么使你走上了创作之路"的似乎永远新鲜的老话题上面。这时，我发现老人的脸上竟掠过一抹幸福的羞涩，她微笑地看着我欲言又止。我的好奇心立刻便被调动起来，忙追问她一定有什么秘密吧？

老人呷了一口茶，将目光投向天空上悠悠的白云。仿佛经过了一番激烈的心灵的辩论，她忽然盯住我的眼睛，让我承诺一定保密部分内容。然后，她才将珍藏于心底的秘密和盘托出——

她和他曾是青梅竹马的玩伴。十五岁那年，情窦初开的两个少年，便把爱的誓言刻在了村头那棵老槐树上面。然而，那个多雨的秋天，他在上海的一位远房叔叔要领他去大都市，听说依了算命先生的指点，他得迎娶那位漂亮的表妹。他虽是拼命地反抗，但最终没能拗过父母，流着泪一步一回头地离开了那个偏远的小山村。

仿佛天塌地陷般的骤然打击，她一个人关在小屋里不吃不喝，呆傻地坐了两天两夜，而后，给父母留下一张纸条，一路乞讨着追到了上海。茫茫人海中，自然是找不到他的踪影了。其实，就算是找到了他，她又能怎么样呢？她在黄浦江畔徘徊了几天后，决定就留在这座城市里，因为她最爱的人在这里。从那以后，她当保姆、做小餐馆的服务员、卖报纸、扫大街……很多苦活累活都做过，但她从没有想过要离开那里，因为一想到自己爱着的人就在这座城市里，所有的艰辛便都被一种含泪的幸福冲淡了。

在大上海漂泊的那些日子里，她遇到了一位在报社工作的热心雇主，帮她找了一份较稳定的校对工作。忙碌之余，她开始把自己满怀的思绪倾泻到稿纸上面，不知不觉间，她竟成了一位作家。虽然后来有很多人追求过她，可她从未动心过，一直孑身一人。

她说她已在内心里嫁给了他，是因为爱他，她才来到这座繁华的城市，才拿起笔来，才成了作家……

原来如此！

我惊诧地望着饱经沧桑的老人，不禁为她的那份特别的爱而肃然起敬。

"那你后来找到他了吗？"我很想知道那个他后来怎样。

"听说他后来娶了他的表妹，在这座城市里过得很幸福，但他不知道我在这座城市里，因为我改了名字，也从没有去找过他。"老人平静地告诉我。

"为什么不去见他？"我不禁有些困惑。

"知道他过得幸福就行了，何必再去惊扰他呢？"老人似乎很满意这样的结局。

就因为一份爱，一个农家少女远走他乡，最终成为一位著名作家，就因为一份爱，她一直守在这座繁华的城市里，因为她始终感觉到她和他离得很近很近……

母爱深深深几许

他是在乡下长大的。母亲是土生土长的乡下人，没什么文化，但没文化的母亲对孩子的爱，并不比别的母亲少几分，相反，正是她那"特别"的爱，让他一生刻骨铭心。

外祖母有一对很漂亮的银手镯，后来给了母亲和大姨一人一只，但他从未见母亲戴过。

高三那年的一个周末，母亲第一次搭别人的车，来到县城一中，在递给他两罐咸菜后，又兴奋地塞给他一盒包装得挺漂亮的营养液。

他惊讶地问母亲："咱家那么困难，买它干什么？"

母亲说："听人家说，这东西补脑子，喝了它，准能考上大学。"

他摩挲着那盒营养液，嗔怪道："那么贵的，您又借钱了吧？"

母亲很轻松地说道："用手镯换的，留着它也没大用，只要你能考上大学，比什么都重要。"

"可是，那是您最宝贵的东西啊！"他知道那只银手镯是外祖母留给母亲的结婚礼物，是母亲最贵重的东西了，一直压在箱底。

"别'可是'了，好好学习，妈妈就高兴了。"母亲微笑着。

母亲走后，他打开一小瓶营养液，慢慢地喝下了那浑浊的液体。没想到，当天晚上，他便肚子疼得被同学们送进了医院。原来母亲带来的那盒营养液，是伪劣产品。回到学校，他把它全扔了。

后来，当他接到大学录取通知书时，母亲欣然说道："那盒营养液还真不白喝呢，当初你爸爸还怕人家骗咱呢。"

他使劲地点头，心里像被什么东西堵住了。

炎炎夏日的一天，正在大学读书的他，急匆匆赶到邮局取邮包。

未及打开那个包裹得很结实的小纸壳盒子，一股浓浓的馊味已扑面而来。等打开时，才发现里面装的是五个煮熟的鸡蛋，经过千里迢迢的邮寄，早已变质发臭。

他不由得心里暗暗埋怨母亲：真是没事找事，在这么大的城市里，什么样的鸡蛋吃不到？这么热的大夏天，还从那么远的乡下邮寄这东西干啥？

很快，母亲让邻居代写的信到了。读信时，他不由得怦然心动——原来，乡下前些日子正流传着母亲买五个鸡蛋，煮熟了送给儿女吃，以保儿女平安的传言。母亲还在信中一再叮嘱他，让他一定要一顿吃掉那五个熟鸡蛋……

读信的那一刻，他心里暖融融的，仿佛母亲就站在面前，慈祥地看着他吃下了那五个鸡蛋。

放暑假回家，母亲问他鸡蛋是否坏了。他笑着说："没有，很多同学都羡慕我有个好妈妈呢。"于是，他看到母亲一脸的幸福，如阳光一样灿烂。

毕业前，他写信告诉母亲他有女朋友了。母亲十分欢喜，很快寄来了一条红围巾。当他拿了它给女友时，她不屑地说了声："多土啊，你看现在谁还戴它呀？"

女友说得没错，城里的女孩儿几乎没有再戴这种很普通的围巾了。可这毕竟是母亲的一番心意啊，女友勉强答应收下了。

后来，他跟女友的关系越来越淡，最后只得分手。

那天，他问她："那条红围巾呢？"

"那破玩意儿早让我扔了，你若是要它，我可以再给你买一打。"女友淡淡说道。

他摇头，心里充满了悲哀，为母亲的那条无辜的红围巾。

不久，他给后来做了他妻子的樱子买的第一件礼物，就是跟母亲买的一模一样的红围巾，并告诉她是母亲买的。

后来，母亲曾自豪地跟很多人说："我相信自己的儿子的眼光错不了，就选一条普通的红围巾，一下子就帮他拴住了一个好媳妇……"

看到母亲那无以掩饰的喜悦，他的幸福中夹着一丝怅然，那是母亲不曾知晓的。

母爱深深深几许？关于母爱的故事有很多很多，仅此三个母亲不知道真相的小事，便让他一生深深地感激慈爱的母亲。

美丽的土豆

那会儿，家里穷得叮当响，父母辛勤劳作一年，连全家的口粮都挣不够。可我偏偏又喜欢读书，念完了初中，又考上了县城的高中。于是，全家人勒紧腰带供我上学。

能继续读书，我已心存感激，怎能再让家人为我受苦？我暗暗地给自己订了一个最低的伙食标准：早上不吃饭或者只喝两碗稀溜溜的粥，中午就着咸菜吃三两大馇子干饭，最少时每天仅花五毛钱。

如此的节俭自然无法糊弄肠胃，常常是上午第三节课后，肚子开始咕咕地叫唤着提意见了。我先是抱着肚子忍耐，实在忍不住了，便跑到自来水龙头跟前，咕咚咕咚灌些凉水对付一下。

好容易盼到开午饭了，三两大馇子干饭兑多半饭盒开水，畅快淋漓地打扫得干干净净，然后，回到教室接着看书。那会儿，我很少运动，主要是为了节省点儿能量，让肚子里那有限的一点儿粮食能多支撑一会儿。

那天上午,我的肚子又闹情绪了,难受得我坐卧不安。这时,坐后面的女生李素洁悄悄地从桌子底下塞给我一个蒸熟的土豆。奇怪,握着那个圆圆的土豆,饥饿竟减轻了许多,直到午饭吃过了,那个土豆我还没舍得吃掉。

那时,在中学里男女生之间界限分明,彼此交往的很少,特别是像我这样来自乡下一向腼腆的学生,跟女同学说句话都要憋得脸通红,更不要说跟家住县城里的李素洁深入地交往了。记得下课时,我是慌乱地冲着李素洁微微一笑,算是表达满心的感激了。

没想到,此后她又接连好几天偷偷地在我的书桌里塞进一些吃的东西,烤土豆、发糕、烧饼、李子、沙果,等等,有一回竟是一小把红润润的花生豆。

虽说没有什么太精美的食品,送得最多的是土豆,可那在我看来却已是美味佳肴了。我不能安然受之,便约她到校外,问她将吃的给了我,她的午饭怎么办。她说她吃得少,有一点儿就够了,要我帮帮她,她正要减肥。

其实,她几乎算得上是班级里最苗条的女生了。面对她纯洁的双眸和善意的谎言,我只能感激地道声"谢谢",同时劝她以后不要再给我吃的了。她却摇头,依旧送给我一些吃的。

后来,她真的每天都要送给我一点儿吃的,渐渐地同学们都知道了这件事,就有同学打趣道:"她是不是对你有点儿'意思'了?要不怎么单给你吃的?"我自然是不承认,不过有时在心里也想,她可能不止是因为不忍看着我饿肚子吧?想着想着,一种说不出的情愫便暗暗滋长起来,再看她的眸子里,似乎也闪着一丝朦胧的意思。但我不敢过多地去想,我怕亵渎了她的那份心意。

那天中午，她约我去操场僻静的一角。两个人坐下来，她打开那个花布书兜。哦，满满的一书兜的烤土豆！

她说："今天我们来个烤土豆宴吧，尝尝我的手艺。"

"你烤的？香味都出来了。"我边说边拿起一个，剥去外边那层薄薄的皮，看着里面已烤出的一层焦黄的皮，口水都流出来了。

"嗯，早上烤的，快吃吧。"两个人很香地吃着烤土豆，随便地聊了起来。我知道了她家里离学校挺远的，每天要骑半小时的自行车呢，所以中午不能回去，要带饭的。后来从同学那里我才得知她的家境也相当困难，一点儿也不比我好。

当我说很感激她拿吃的给我时，她就轻描淡写地说道："也不是什么好的，只要你不嫌弃就行。"

"我哪里敢嫌弃？说真的，这对我来说已是最好的东西了。"看着我津津有味地吃着烤土豆，她满意地笑了。我敢说，那份香甜是没法形容的。

只是没有想到，不久她就随父母搬迁到南方去了。

那天天空飘着细细的雨丝，我去车站送她。她的微笑里藏着明显的伤感，一向很男子汉的我怎么也管不住眼泪了，开始还可以偷偷地用袖子去擦，后来干脆任其恣意地流了。

她说了好多要我注意身体、一定要考上大学之类的话，我只是一个劲地点头，列车启动时，我大声地冲着她喊道："我永远记着那些土豆。"

后来我们通了几封信，便断了联系。直到大学毕业后的一个夏日的黄昏，在北方的那个叫牡丹江的小城车站，我们才再次邂逅。

那天，我请她吃饭，点了一桌子用土豆烹制的菜肴。酒杯端起的时候，两个人的眼里都闪烁着晶莹的泪花。我知道，那是为我们曾经的艰难，曾经的关爱，以及穿过沧桑岁月时那份难舍的浓浓情谊而流……

哦，美丽的土豆，在越来越深的追忆中，如此强烈地扣动着我柔柔的心扉，叫我一生感恩，感恩生命中那一串淳朴的情节，那一缕浸润心灵的爱意……

呵护孩子晶莹的心愿

岁末的一个午后,女儿做完了所有的作业,拿出一沓彩纸,开始叠千纸鹤。她有九十九个美好的心愿,要藏在这九十九只千纸鹤中,送给爸爸妈妈。

小屋的光线有些暗,她把东西移到方厅靠窗口的一张小木桌上。窗外又飘起了雪花,女儿的思绪也在开始飘动——她想到了在北京打工的爸爸,他都快一年没回来了,他现在好吗?这次能如数拿回工钱吗?上一次他只拿回来三分之一的工钱啊。这一只千纸鹤祝愿爸爸平平安安,这一只祝愿爸爸碰上一个好心的老板,这一只祝愿爸爸早一点儿回来……女儿的小手灵巧地翻飞着,单纯的祝愿一个接一个,目光里也浸满了虔诚和认真。

"卖糖葫芦喽,卖糖葫芦喽。"窗外传来响亮的吆喝声,女儿抿了抿嘴,她已经两年多没吃那酸酸甜甜的糖葫芦啦,因为爸爸妈妈都下岗三年了。她已经学会了节省每一分钱,这一沓彩纸还是邻居老奶奶给她的,因为她给行动不便的老奶奶送过一个月的报纸。

随着远去的吆喝声,女儿的心又被妈妈牵去了——妈妈正在菜市场帮人家挑菜,每个月能赚三百块钱,在爸爸寄不回工钱的日子里,那就是她们母女全部的生活费了。妈妈每天都是早出晚归,她真担心妈妈那柔弱的身子撑不住了。她叠了一只红色的千纸鹤,希望妈妈永远健康;她又叠了一只粉色的,希望妈妈春节前能买一条漂亮的围巾,那天妈妈看到刘阿姨的围巾,眼神中流露的那份喜欢啊,女儿一想起来就要落泪。

一只只漂亮的千纸鹤摆在小木桌上,女儿默默倾诉着一个又一个真诚的心愿。是的,就在新的一年即将来临的这个飘雪的午后,女儿绵绵的情思,像窗外那些晶莹的雪花,在无声地纷纷扬扬。

妈妈回来了,今天她第一次回来得这么早。女儿欢喜地迎上去,但妈妈那一脸未消的怒气,让她愣住了。

"不在家里好好学习,叠这些破东西干什么?当吃当喝吗?做完作业了,就不能主动多学一点儿吗?这么大了怎么还不懂事?还让妈妈操心?花那没有用的钱干什么?你不知道爸爸妈妈最大的心愿,就是你将来有出息吗?"平时一向温和的妈妈,显然在外面受了很大的委屈,看到女儿在家没有学习,还把不大的方厅弄得一片狼藉,忍不住把一肚子的火全撒到了女儿的身上。

"我,我……"女儿惊诒地望着妈妈,泪水含在眼里,默默地收拾着桌子上的东西。

"快把它们都扔掉,别让我看着心烦。"妈妈严厉地命令道。

女儿的眼泪再也忍不住了,簌簌地滑落下来,打湿了那只悉心叠成的千纸鹤,仿佛无辜的千纸鹤也伤心地流泪了。

"哭什么哭？还不赶紧学习去，这次考试要不拿第一，能对得起你在外面拼死拼活的爸爸吗？我在外面受苦遭罪，难道回来要看你这么不争气吗？"妈妈理直气壮地训斥着女儿，随手将女儿没叠完的千纸鹤抓过来，扔到厨房的垃圾篓里。

女儿啜泣着回到了自己的小屋，拿出日记本。

很晚很晚，女儿才躺下休息。妈妈织一会儿毛衣，有些不放心地来到女儿的小屋，她已后悔不该向女儿发那么大的火，因为女儿一向是很懂事的。

轻轻拂去已入梦乡的女儿脸上的泪花，妈妈拿起女儿枕头边上的日记本。蓦地，她的心一颤，那几行亲切的文字像电流一样击中了她：妈妈，对不起！我叠那些千纸鹤，本来是想表达美好的心愿的，是想让您高兴的，却惹您生了那么大的气。我知道，您很辛苦，在外面受了许多委屈却没法诉说。我一点儿也不怪您，您永远是我的好妈妈，我以后一定加倍努力地学习，一定不会让您失望的……

"哦，我的宝贝女儿。"妈妈恍然读懂了女儿那些晶莹的愿望，她拣回那些扔掉的千纸鹤，将它们一一地摆到床头，看着它们，心头荡漾的是难以诉说的幸福。

很多的时候，孩子们会用他们自己独特的方式，表达对父母、亲人和老师们的美好心愿，有的很朴素，有的很简单，有的也很单纯，有的甚至很幼稚，但那源于一颗颗晶莹之心的，却是千金难买的一片纯纯的真情真爱。只是大人们往往因为生活的重负或者自己的心愿总是太高，常常忽略了孩子的心声，常常误会了孩子的心愿，把那些虽然简单却美好无比的心愿，轻易地抛掷到了一边。其实，孩子美好的情感和优良的品质，正是在那一点一滴的美好心愿中成长起来的。

与爱同行

那年春天,他和妻子来到省城打工。因为两人都是文盲,又没有一技之长,在劳务市场蹲了十多天,两人带的钱快花光了,仍没有找到一份哪怕收入极低的工作。

又一个春光明媚的白天过去了,依然求职无门的他,心情黯然地拉着妻子走出了那家肮脏、拥挤的旅店,因为此时他兜里只剩下五元钱了,他们连最便宜的旅店也住不起了。

徘徊在北方料峭的大街上,他和妻子的脸上挂满了忧愁——找一份工作怎么就那么难呢?

夜幕降临,寒气逼来,他不禁更加愁苦起来——到哪里过夜呢?他打量着灯火阑珊的城市,一种被拒绝的冷漠,让他几乎手足无措。

这时,他矮小的妻子拉拉他的手,指了指前面一个工地旁紧紧相连的一排水泥涵管。他立刻明白了妻子的意思,两人牵手过去,一前一后低头钻进去,把随身携带的两个小包打开一铺,顶头一躺,就是一个两面"开门"的小屋了。

"给,趁热吃了。"抵头俯卧的妻子,在黑暗中从贴胸的内衣兜里,掏出一个煮熟的鸡蛋递给他。

"哪里来的?"他很惊讶,因为这几天,为了省钱,他们每天的伙食都是馒头就着咸菜,并且每天只吃两顿。

妻子微微一笑:"买的,你忘了,今天是你的生日,我兜里只有够买一个鸡蛋的钱。"

"我的生日?都什么时候了,你还记得我的生日?"他眼角一阵灼热。

"什么时候都得记着这个日子啊!难道你能忘了?"妻子在他脑门上轻轻一点。

"哦,忘不了,忘不了。"他恍然想起,这一天还是他们的结婚纪念日呢,他和她曾经精心挑选过的。

"可我没给你买礼物啊,我真笨,嫁给我,让你跟着我受这么多的苦,你该后悔了吧?"他满怀羞愧地握紧妻子的手。

"后悔什么呢?这是缘分啊。再说了,苦日子不会总跟着咱们的。"妻子平淡的语气里透着真诚和期望。

他受了妻子的感动,把鸡蛋放到妻子手里,坚定地告诉她:"对,苦日子不会总跟着咱们的,我会不惜力气挣钱,让你跟着我享福的。"

"快吃了吧,早点儿歇息,明天还得去找活。"妻子把剥了一半的鸡蛋递到他嘴边。

"还是你吃吧,我不饿。"他又推给妻子。

两个人推让了半天,最后决定一人吃一口,轮换着把鸡蛋消灭。于是,两人轮换着吃,但每个人都咬很小的一口,为此俩人又争执了一番,但结果两人依然都是慢慢地抿那么一点点。那一个鸡蛋,就像千金难买的美味佳肴似的,他们足足吃了一个小时,吃得两人心中盈满了幸福,让世间所有的文字在那一刻都黯然失色了。

数年后,经过流泪流汗的艰苦打拼,他和妻子终于成了那座城市有名的"垃圾王",拥有了资产达数百万元的公司,帮助近百人找到了生活的出路。

在一次与笔者的交谈中,他深情地讲述了上面这个真实的小故事,并真切地告诉我——就是在那个晚上,那个充满爱意的鸡蛋,让他强烈地意识到:自己必须得做一个真正的男子汉,把所有的苦难都踩在脚底下。因为妻子已默默地告诉了他,只要与爱同行,就一定会涉过风霜雪雨,就一定会看到绚丽的彩虹……

幸福的爱情需要留个抽屉

那天,她忘了带家里的钥匙,便去离家不远的丈夫单位。

丈夫独有一间办公室。见门虚掩着,她便轻手轻脚地进去,准备给他来一个突然袭击。

她的脚步还是惊动了他,只见他飞快地将胸前拉开的抽屉推上,并慌乱地从桌子上抓起锁头锁好。

"刚才在看什么?瞧你那慌张的样子。"她惊讶道。

"别瞎说,没有的事。"他脸上露出被人看破秘密的窘态,不会撒谎的他语气明显地不坚决。

"那你把抽屉打开,让我看看。"她伸手向他要钥匙。

"没什么可看的,快回家吧。"他连忙挥手撵她。

"我偏要看看你的秘密。"她更想知道抽屉里锁着什么东西了。

"什么秘密不秘密的,别瞎猜了,不过是老朋友的两封信而已。"

他轻描淡写着边说边站起身来，要拉她走。

"怕没那么简单吧，是不是哪个女子的情书？"她知道英俊潇洒、文笔颇健的丈夫还是相当有魅力的。

"我说你别乱吃醋好不好，一点儿也不知道尊重人。"丈夫有些恼了。

"什么？我吃醋？我把什么都毫不保留地给你了，你却还藏着掖着什么不让我知道……"她委屈得眼泪快要掉下来了。

回到家中，她越想越感到委屈，越想越感觉丈夫还不够爱她，他爱她肯定有所保留，要不然为何不给她打开那个抽屉呢？

"别生气了，我就不能有一份个人的情感秘密吗？"

"对你的妻子，你还保留什么？我们有什么不能说出来的？"

"有些事情真的只能说给自己，就像你有什么不便跟我说的，我一定不会追问你的，这是彼此的信任和尊重。"他语气平静地说道。

"你不告诉我抽屉里锁着什么，你就是不信任我，就是有对不住我的事。"她气鼓鼓地扔下这句话，便去找好朋友丽丽。

听完她愤愤不已的倾诉，丽丽拉着她坐下，给她讲了自己的故事——

那时，丽丽和男友爱得如胶似漆，都商量好结婚的日子了，她偶然发现男友有一个小木箱始终锁着，从未向她打开过。她以一个女孩儿特有的敏感，觉得那里面一定藏着什么秘密，便要男友打开。男友说什么也不肯，只是一再向她保证那里面放的是一样很普通的东西。而她更想知道木箱子里到底放着什么了。于是，当男友不在的时候，她找来一把钳子砸开了那把锁头。果真如他所说的，里面的东西极其普通——只是一张她熟悉的女孩儿的照片，那个女孩儿此时已被一次意外事故夺去了如花的生命。

当丽丽终于释然地肯定男友没有撒谎，与他相约准备走过幸福的红地毯时，男友却冷静地宣布与她分手。

"仅仅是因为你砸碎了他的一把锁头？"她不解地追问。

"是的，那是我一生中所做的最大的傻事。"丽丽挂着泪痕的脸上充满了深深的懊悔。

"男人们也真是的，把事情如实地说出来不就得了，为何非要像保留什么机密似的，守着那样一些微不足道的小事、小物、小情呢？"她还是心存困惑。

"其实这不是男人的过错，一个真正成熟的女人也是这样，总要在自己的内心深处保留一方只属于自己的领地，在那里存放着自己的无法也无须向他人诉说的苦辣酸甜……那是属于个人的心灵圣地，即使最亲爱的人，也拒绝探访。"阅尽世事沧桑的丽丽这样总结道。

"哦，这么说，丈夫那个上锁的抽屉，真的不该让我胡思乱想，无须大惊小怪……"她郁结的心田陡然拂过一缕清爽的风。

"是的，看你们夫妻一向恩恩爱爱的，那抽屉里肯定没有影响你们爱情的东西，你又何必非要自寻烦恼，何必非要刨根问底破坏彼此的感情呢？他的秘密，你帮他保留着；你的秘密，他也会帮你珍藏着。像我当年那样的傻事，你可别再做了。"丽丽劝慰她。

"好吧，丽丽，就听你的，我再不跟他提那个抽屉了。"她一身轻松地回到家中。

此后，她和丈夫真的谁都没再提那个抽屉，仿佛它根本不曾存在，而他们的爱情生活，却因彼此的信任与尊重，变得更加美好起来。

数年后，丈夫主动向她"泄密"，打开抽屉，让她看到那里面放的不过是几位女性文友的素笺。

道理就这么简单——幸福的爱情，需要相爱的双方彼此尊重，包括尊重对方的某些秘密，而不是一味地要求彼此完完全全敞开，应该容许心爱的人有一份心灵的秘密，不要强行打开他的心灵的抽屉，这不仅仅是爱的技巧，更是爱的一种境界……

你的秘密，我不说

最近一段时间，他经常在单位里加班，几乎每天回家都很晚，进了屋门，他勉强地冲她笑笑，匆匆地吃上几口饭，便一脸憔悴地跟她打一个招呼，跑进屋里倒头便睡。

看到他睡得那香甜无比的样子，她疼惜地猜想他近来在忙什么，为什么不告诉她呢，等他醒来欲问时，见他火急火燎的样子，到嘴边的话又退了回去。

她心想：他忙碌总是有他的道理的，他不愿意说，或许是怕她跟着牵肠挂肚，那她就索性不去打探了，但愿忙过这一段日子，他就能够轻松一些。

还是有了不解的心事，她这个全职太太，很想为他做一些力所能及的事情，帮他减轻一些负担。于是，为他做好了可口的饭菜，为他沏好了败火的冰糖菊花茶，满脸笑容地迎他进门。他还是带回一身的疲惫，应付似的吃一点儿东西，喝两口茶，跟她说一句："以后不用弄那么麻烦的饭菜，对付一口就行了。"

"那怎么可以？你工作那么辛苦，身体要吃不消的。"她疼爱地看着他。

"怎么？你都知道了？"他惊讶地看着她。

"我只知道你现在特别忙，你是为了这个家。"她明了一向木讷的他，更喜欢做，不喜欢说。

他如释重负地对她点点头："知道你懂，所以不跟你说了。"

他又匆匆地出门了。她却再也坐不住了，悄悄地跟了出去。令她惊愕的是，他没有去那间高档写字楼，而是又转了两次车，进了一个院墙破旧的小公司。此时，她才惊讶地得知，他已被那家大公司裁员了，现正奔走在两个小公司之间，同时做着两份工作。

霎时，她的眼泪簌簌地滚落下来，她明白了：他每天脚步匆匆，疲惫不堪，却从没告诉她事情的真相，他是想把所有的艰难都一个人扛起来，让她继续悠然地做他的全职太太，不让她因他的工作变故而担忧⋯⋯

回家的路上，她便想好了，再也不上网玩消磨时间的种菜偷菜、抢车位的游戏，也不去商场买那些很少派上用场的时尚物品，她不仅要学会精打细算地过日子，还要琢磨做一份在家里能干的工作。当然，她肯定不会向他说的，就像他不跟她说工作的事一样。

她仍是每天做好了营养晚餐，和往常一样笑盈盈地等他进屋，欢快地为他盛饭、端菜，看似没心没肺地哼着歌刷锅洗碗。他心里便有些石头落地似的轻松，偶尔过来跟她闲聊几句，还说这段时间总是加班，冷落她了，很对不起，等发了奖金，给她买喜欢的礼物。

她心里暖暖的，却装作很兴奋的样子："好啊！不过，得我自己来选，这回不一定选品牌的，我要选物美价廉的。"

他很惊讶："我的出手大方的老婆，怎么突然学会过日子了？"

"因为你工作那么辛苦，我再大手大脚，心里会不好受的。"她笑嘻嘻地在他胸前撒娇。

"也别太节省，我会赚钱，帮你买你喜欢的东西。"他的心情不错。

三个月后，他兴奋地向她宣布："加班的日子结束了，我又换了一份工作，离家更近了，终于可以准时地回家来，可以好好地享受你的那些拿手的菜肴了，这段日子忙得连吃饭都没了胃口。"

"太好了！"她为他的苦尽甘来而高兴。

"今晚，我们去看电影吧，也陪你看看夜景。"他热情地提议道。

她和他欣然地换上休闲装，挽着手走上霓虹灯闪烁的长街，清凉的夜风，撩得心里也爽爽的。

那部名叫《等你回家》的小成本的印度电影真不错，那两个不著名的演员，将一个温馨的家庭故事，演绎得让人心潮澎湃。影片尚未放完，她便感动得眼泪流得一塌糊涂，忍不住在他耳畔说："你就像那个沉默寡言的丈夫，就知道在外面傻干。"

他则满脸幸福地说："你就是那个贤惠、能干的妻子，把家打理得怎么看着都温暖。"

刚走到影院门口，她突然被人喊住了，是一家文化公司的老总，他告诉她，她编写的那部书稿出版社非常看好，这个月底便可出版。如果她愿意，还可以做下一个选题，稿酬也可以适当提高。

他惊诧地望着她："你什么开始编写书稿了？怎么没有跟我说过？"

她笑着说："你离开了原来的那家公司，不也没跟我说过吗？"

"我是因为不想让你担心。"

"我也一样。"

两只手紧紧地握在了一起,两双眼睛里面盈满了幸福。没有说出的那些也是爱,是藏在心底的暖暖的爱,只有倾心相爱的人,才更懂得。